三田誠広

作品社

目次

主な登場人物

親鸞……浄土真宗宗祖
善鸞（範意／慈信房印信）……親鸞の長男
小鶴（常陸）……善鸞の妻
如信……善鸞の子　真宗二世
覚信尼（王御前）……親鸞の末娘
日野信綱……親鸞の従兄
日野広綱……信綱の息子　覚信尼の夫
覚恵……覚信尼の息子　覚如の父
光玉尼……覚恵の妹　如信の妻
恵信尼（筑前）……覚信尼の母
玉日姫……善鸞の母　九条兼実の末娘
九条道家……玉日姫の甥　摂政関白
慈円……玉日姫の叔父　天台座主
尋有……親鸞の弟　善法院住職
蓮位……親鸞の側近
顕智……親鸞の側近　真仏の門弟
性信……親鸞の門弟　横曾根派
真仏……親鸞の門弟　高田派

信楽……破門された門弟
喜兵衛……信楽の門弟
心願……造悪無碍の門弟
浄念……信楽の弟子
良安……忍性の弟子
唯円……親鸞の門弟
飯富平太郎……唯円の兄
宇都宮蓮生……下野の領主
笠間時朝……常陸笠間の領主
北条時頼……得宗　五代執権
北条貞時……得宗　九代執権
太田乗明……日蓮の弟子
日蓮……日蓮宗宗祖
覚盛……唐招提寺を復興
叡尊……真言律宗宗祖
忍性……叡尊の弟子
法然……親鸞の師　浄土宗宗祖
覚如……親鸞の曾孫　真宗三世

善鸞

第一章　再会

京の冬は底冷えがする。

灰色の雲が空をおおっている。

雪こそ降っていないが、地面は凍(い)てついていた。

叔父の尋有(じんう)が住職を務める三条富小路(とみのこうじ)の善法院(ぜんぽういん)を出て三条大路を西に進み、西洞院大路(にしのとういんおおじ)で左折して南に下っていく。

四条大路を横切ったあたりから、胸苦しさを覚えた。

やがてその建物の前に出た。

五条西洞院。

かつて関白九条兼実(かねざね)の邸宅であった家屋が、いまもその地に残っている。

年月を経て建物は朽ち廃屋となっていたが、敷地の一隅に兼実が建てた念仏堂があって、その周囲は修復され、人が住めるようになっていた。

ここが自分の生地だと亡き母から聞かされていた。

祖父の兼実が晩年の隠居所とした洛東の法性寺(ほっしょうじ)に母とともに移ったのは赤子のころのことで、ここで暮らした記憶は残っていない。

九条兼実の末娘だった母は、病に倒れた高齢の兼実に付きっきりで看病していた。子どもの世話は筑前(ちくぜん)と呼ばれる侍女に任されていた。その侍女の顔はかすかに記憶している。幼い自分は侍女に懐いていたのかもしれない。そのことが悔やまれる。

師の法然(ほうねん)が讃岐(さぬき)に流罪となり、連座して父が越後(えちご)に配流(はいる)されたおり、どういうわけか侍女の筑前が妻として越後に赴いた。母と自分は置き去りにされた。そのことに憤(いきどお)りを覚えた。

父は母と子を捨てたのだ。

そう思っていた。

あとで母が、事情を説明してくれた。

流罪になったものは、家族があれば流刑地に伴うのが慣例だ。だが母は兼実の看病のために流刑地に同行することができず、侍女に同行を命じたのだ。

法然と父は捕縛された当初は死罪を言い渡されていた。九条兼実の奔走によって死罪は取り消され、法然は讃岐、父は越後に配流された。遠流(おんる)という重い刑ではあったが、讃岐にも越後にも九条家の領地があった。すでに病んでいた兼実は、後鳥羽(ごとば)院とそこまで話をつけた直後に倒れた。母としては兼実の看病をしないわけにはいかなかった。

かつて筑前と呼ばれた侍女は、落飾して恵信尼(えしんに)という法名を法然から授けられていた。恵信尼の父親は九条家の家人(けにん)で、長く越後の領地を管理していたことから、土地の一部を拝領していて、のちには恵信尼が相続することになった。幼少のころを越後で過ごした恵信尼は、領地の農民とも親しかった。従って配流先での生活も安泰であったし、いまも恵信尼は五人の子どもとともにその地で暮らしている。

父を恨む気持は、いまはない。

だが、幼い自分の心の中に、傷のようなものが穿(うが)たれたことは否めない。

越後に配流された父は、流罪が解けると東国に向かった。以後二十数年に亘って、常陸(ひたち)の稲田(いなだ)や下野(しもつけ)の高田(たかた)を中心に教えを説き、東国の広大な地域に弘まった浄土真宗の宗祖となった。

親鸞(しんらん)。

その名は京にも伝えられていた。

この年（文暦(ぶんりゃく)二年／一二三五年）の二月、鎌倉の明王院(みょうおういん)において一切経校合(きょうごう)の催しがあった。版木で量産された宋版一切経が普及したいまでも、肉筆での写経は修行や結願(けちがん)の儀式として励行されていた。幕府は御家人たちに写経の奉納を勧め、集まった写経の内容を確認するために、関東在住の高僧が鎌倉に招かれた。

選ばれた僧侶には大きな名誉が与えられる。同時に新興の宗門にとっては、東国での布教が幕府に認められた証(あか)しでもあった。

ここに親鸞も招かれ、校合の作業のあと幕府の御所で催された慰労の宴席にも臨んだ。そこには執権北条泰時(やすとき)や将軍藤原頼経(よりつね)も同席していた。

長く東国で教えを説いてきた親鸞は、この校合の儀式に招かれたことを一つの成果として布教に区切りをつけ、故郷の京に戻る決意を固めた。

父が京に戻っていると叔父から聞かされたのは、半年ほど前、初夏のころだった。

親鸞は帰洛すると、師の法然の墓所に参拝し、その足で九条大路に面した九条道家(みちいえ)の邸宅を訪問した。

親鸞が兼実の娘婿となった当時の五条西洞院の邸宅には、孫の道家が猶子(ゆうし)として同居していた。従って親鸞とは旧知の間柄だ。法然が説いた専修念仏の教えは京では布教が禁止されていたため、布教する意思がないことを摂政を務める道家に伝えておく必要があった。

承久の乱という未曾有の内戦があり、幕府の軍勢が京に攻め上って、後鳥羽院、土御門院、順徳院が流罪とされた。四歳の幼帝は廃帝となり、幼帝の外戚（母方の叔父）で摂政を務めていた道家も辞任を余儀なくされたが、自身の三男が鎌倉幕府の四代将軍であったことから、新帝（後堀河帝）のもとで関白に復帰した。

その後、関白の地位を長男の家実に譲って引退したのだが、娘の中宮竴子が産んだ四条帝が即位した直後に家実が亡くなったため、再び摂政に就任することになった。のちには次男と四男も関白に就任し、三代の関白と将軍の父という立場で太閤と称されることになる。

その九条道家から、親鸞は廃屋となったこの念仏堂を借り受け本拠の草庵としている。

門前でしばし佇み、呼吸を整えた。

大声にならぬように気遣いながら声をかける。

僧形の人物が顔を見せた。あとで側近の蓮位だとわかった。

親鸞が東国で最初に拠点としたのが常陸国下妻の小島草庵で、その地名を名字にした下間宗重という在地の武者が準備に当たっていた。それがいまの蓮位で、親鸞を東国に招いた下野の大領主宇都宮蓮生の配下だった。蓮位はそれ以後、つねに側近として親鸞に仕えている。

「聖人さまがお待ちかねでございます。さあ、こちらへ」

用件も訊かず、奥の間に案内された。名を告げることもなかった。相手は自分が訪ねて来ることを知っていたのか。

敷地は広大だが修復されたのはごく一部の建物だけで廊下もなく、次の間の隣が、親鸞が居住する

第一章　再　会

奥の間になっていた。

年末の冷え込んだ日であったので、板敷きの床に火桶が置かれていた。

その火桶に手をかざしながら、座した老人がこちらを見上げていた。

「範意（はんに）ですね。よう来なされた。ずっと待っておったのですよ」

老人の声が聞こえた。

範意というのは自分の幼名だ。

八歳で出家して慈信房印信（じしんぼういんしん）という法名を授かっているのだが、そのことは言わなかった。

幼名で呼ばれることに懐かしさを覚えた。自分はいま幼い範意となって、父の眼差しにさらされているのだと思った。

無言で老人の前に座し相手の顔を見据えた。

「火桶にあたりなさい。今日は寒いですね」

老人が語りかけた。

身が固くなっていて、火桶の方に手を伸ばすことができなかった。

蓮位が板戸を閉じたので、二人きりになっている。

庭に面した障子は閉まっていた。曇天なので部屋の中は薄暗かった。

長い沈黙があった。

相手は沈黙を恐れていない。鋭い目つきでこちらのようすを窺っている。

その眼差しの強さに押し出されるようにして声を発した。

「父ぎみが帰洛されたことは、叔父から聞いておりました」

相手は沈黙を守ったままで、こちらの顔を凝視していた。

ずっとあとになって、この時のことを思い出して親鸞が語ったところによると、息子の顔立ちに母親の面影を捜したのだが、母よりも父に酷似していたので、自分の姿を見るようで困惑していたということだった。

長い間のあとで、親鸞が問いかけた。

「帰洛した直後に、弟の尋有が訪ねてきました。あなたのことも聞きました。あれから半年になります。なぜすぐに来られなかったのですか」

声の調子は穏やかだったが、詰問された気がした。

自分の息づかいが荒くなるのがわかった。

たやすく答えられることではない。思いがけないことが次々と起こった。自分の心が揺れ動いていた。父に会いにいく気にはなれなかった。

答えに窮していると、親鸞は微笑をうかべた。

「あなたは山を下りられたのですね。わたしも二十九歳の時に叡山を離れました。入門するのも仏縁ですが、離れるのも仏縁であったと思うております」

言葉が優しく、自分の頰を撫でるようだった。

この優しい言葉で、東国の広大な地域に宗門を広げたのだろう。

父がどれほどのことを知っているのかはわからない。ただ叔父の尋有や、九条道家から話は聞いているのだろう。いつか自分が助けを求めに来ると思い、静かに待ち受けていたのかもしれなかった。

父は農民のような頑健な体つきをしていた。そのがっしりとした体に向けてこちらの身を投げ出すような気持で、範意は胸の内を語り始めた。

「ご存じかとも思いますが、山を下りて母の甥にあたる九条道家さまのお世話になり、九条大路の邸宅の一隅に身を置いておりました。親しく世話をしてくれる女房がおり、いつしか懇ろとなりました。常陸の九条家の荘園で荘官を務めておるものの娘で、洛南に小邸があり、そこで出産をいたしました。男児が無事に生まれたものの、母親は産後の肥立ちが悪く命を落としました。母を失った子をどのように育てるか、思い惑うております。そうした取り込みがありまして、こちらに伺うわけにいかなかったのです。ただ……」

わずかに言い淀んでから、言葉を続けた。

「もっと早く伺うべきであったとは思うております。日が経つにつれて、ますます敷居が高くなりました。何よりもわたくしが山を下りたことを、父ぎみはお怒りではないかと懸念いたしておりました」

心を開いて打ち明けたことで、親鸞の眼差しが和んだようだった。

「怒ってなどおりませぬ。すべては仏縁でございます。わたしが山から下りましたのは煩悩に駆られてのことでございますが、それも仏のお導きだったのでございましょう」

「煩悩が仏のお導きとは、いかなることでございますか」

「煩悩のゆえに山を下り、法然上人の門下となりました。思いがけず九条家と縁戚となったのも法然上人のお計らいでした。これも思いがけないことでしたが、法然上人が流罪となり、わたしも連座して越後に流されました。その後、上人のお弟子の宇都宮蓮生どののご依頼で東国に赴き、専修念仏の教えを東国で弘めることになりました。長い旅路でございましたが、元はといえば、愚かなわたしが抱いた煩悩から始まったのです」

「その煩悩というのは、いかなるものでございますか」

思わず声に力がこもった。

責めるつもりはない。自分も山を下りた。ただ煩悩とは何なのか、父の言葉で聞きたかった。

父は穏やかな表情で答えた。

「美しい姫に心を奪われたのです。有り体に申せば、姫をわがものにしたいという欲に衝き動かされました。その姫とは、兼実どのの末娘の玉日姫です」

それが範意の母だった。

父の煩悩によって自分はこの世に生まれたのだ。

宿世というしかない。

こちらの心の内を見抜いたかのような言い方だった。

自分の場合は、理由もわからぬままに山を下りた。結果としては、その後に女に迷い、子を産ませることになった。

「わたしも長男のあなたが生まれたおりは、いささか心が乱れました」

親鸞は微笑をうかべた。

その微笑に、胸のつかえがとれる気がした。思わず心の内を吐露することになった。

「いまのわたくしも困惑し、途方に暮れております」

しばらくの間、親鸞は慈しむように、息子の顔を見つめていた。それから身を乗り出すようにしてささやきかけた。

「赤子の世話はどうされているのですか」

「母親の実家で乳母を雇っていただき、いまはその乳母の里に預けてありますが、いずれはわたくしが引き取らねばと思うております。とはいえいまのわたくしは尋有さまの善法院で修行を続けております。お寺で赤子を育てることもできぬと……」

「尋有は一歳違いの弟で、子どものころはよう遊んだものです。尋有も憶えておることでしょうが、われら兄弟は幼いころ伯父にあたる日野範綱どのの館の一部を借りて住んでおりました。いまはご子息の日野信綱どのが相続しておりますが、問い合わせたところ、われらが育った別棟の建物はいまもそのままになっているとのことですので、借り受けることにしました。ただ子どもを引き取るとすれば、女手があった方がよいと思いまして、越後におるわが末娘を呼ぼうかと算段しております」

「越後には何人もお子さまがおられるようでございますね」

「二男三女があります。末の娘は年が明ければ十三歳になります。わたしが常陸の稲田を出立するまでは、稲田でともに暮らしておりましたので、よう知っておりますが、いささか気の強いところはありますが賢い娘で、赤子の世話くらいはできるでしょう」

「他のお子さま方も、越後にお住まいなのですか」

「越後には母親の恵信尼の領地があります。わずかな土地ですが、暮らしの支えになっております。二人の息子も、領地の近くの栗沢、益方という地で、浄土の教えを説いております。恵信尼が地元の武者や農民に信頼されておりますので、息子たちは好意をもって迎えられておるようです。恵信尼のことを憶えておいででしょうか。あなたが幼いころに侍女として世話をしておったのですが」

　忘れることはない。恵信尼は付きっきりで幼い範意の世話をしてくれた。当時の範意は、実の母親のように恵信尼を慕っていた。

　だが、その恵信尼が親鸞の妻として越後に赴いたことで、気持が離れてしまった。

　範意は冷ややかな口調で言った。

「さあ、どうでしょうか……。侍女がおったことはかすかに憶えておりますが」

「兼実どののご息女であなたの母にとっては姉にあたる任子さまは、後鳥羽帝の中宮として入内され、いまは宜秀門院と称されております。その任子さまに恵信尼は女房として仕えておりました。父親が筑前介（ちくぜんのすけ）に任じられたことがあり、宮中では筑前と呼ばれておったそうですが、任子さまが宮中を退（しりぞ）いて落飾されたおりに、お付きの女房は揃って出家いたしました。それで法然上人より恵信尼という法名を授けられ、その後は玉日姫に仕えておったのです」

「そのころから、恵信尼さまは父ぎみの側室だったのですか」

親鸞は苦笑するような表情になった。

「わたしが比叡山の麓の赤山禅院（せきさんぜんいん）で説法をしているのを最初に聴きに来たのは恵信尼でした。わたしの説法に胸を打たれたのでしょうか。恵信尼は仕えていた玉日姫を赤山禅院にお連れして、わたしと引き合わせたのです。それが縁で玉日姫はわが妻となりました。ただ玉日姫はお父ぎみの関白兼実さまのお世話をしておりましたので、赤子の世話は恵信尼に任せておりました。恵信尼はあなたの育ての親といってもよいでしょう」

父と母、それに恵信尼という侍女との間に、どのような話し合いがあったのか、赤子であった自分には窺い知ることはできない。いまとなってはどうでもよいことだが、自分の異母弟や妹にあたる五人の子どもは父のもとで育ち、自分は父に捨てられた。そう思うと、母の異なる妹に親しみをもつ気にはなれなかった。

「まだ幼いお方にご負担をおかけするのは、申し訳なきことでございます」

「なに、案ずることはありません。わたしの娘ですから、あなたにとっては妹です。常陸では恵信尼が越前に戻っていることが多く、幼い末娘が内向きのことを取り仕切っておりましたので、門徒の方々からも慕われて、王御前（おうごぜ）と呼ばれておりました」

「それは……」

幼い娘が門徒たちを仕切っているという話に、わがままで生意気な娘ではないかと、身構える気持になった。

親鸞は言葉を続けた。

「わたしには妻の玉日姫もおりましたし、恵信尼にも世話になりました。あなたが生まれても安心しておられました。わたしは法然上人のもとに泊まり込むことが多く、赤子の顔を見ることも少なかったのですが、それでもあなたが言葉を話すようになってからは、仏の教えなどを話して聞かせたのですがね。憶えておらぬでしょうが……」

「いえ、憶えております」

範意の脳裏に、そのおりの記憶がまざまざと甦った。

流罪が決まって越後に旅立つ前夜、範意は父と二人きりになった。

父は黙って、範意の顔を見つめていた。あるいはこれが永遠の別れになると思っていたのかもしれない。

その時、範意の方が父に問いかけたのだった。

「父ぎみがおられずとも、わたくしは独力で精進（しょうじん）を続ける覚悟でございますが、明日お別れせねばならぬというのであれば、最後に一つだけ、父ぎみにお伺いいたしたきことがございます」

父は驚いたように目を大きく見開いた。

「最後の機会になるやもしれません。何なりと問うてください」

父の言葉に範意は応えた。

「わたくしは日々、経典を読んでおりますが、仏の教えというのはまことに多様であり、経典ごとにさまざまな世界が描かれ、異なる教えが説かれております。そうしたさまざまな教えの内で、これこそが仏の教えのただ一つの神髄であるというものがあるのでしょうか」

範意は五歳くらいだったはずだ。

自分が話した言葉はその後も、何度も思い返した。思い返す内に文言が変化して、それを真実の記憶と思い込んでいるのかもしれない。しかし確かに、そのようなことを父に尋ねたのだった。

父の言葉は、はっきりと憶えている。

「教えは人に対して説かれるものです。人というものはさまざまですから、それに応じて教えもまた多様なものとなります。されどもいまは戦さが続く末法の世です。苦しみ惑うことの多い末法の世の衆生(しゅじょう)には、新たな教えが必要となりましょう。それが浄土の教えです。いまはひたすら専修念仏を弘めねばならぬと思うております」

父が越後に発ったあと、祖父の兼実が亡くなり、そのあとを追うように、看病していた母も亡くなってしまった。

範意は八歳で仏門に入った。

比叡山では座禅を組み、陀羅尼(だらに)を唱えた。山岳修行にも励んだ。念仏の修行もしたが、阿弥陀堂の仏像の周囲を徹夜で駆け回る苦行に近いもので、法然や親鸞が説く専修念仏とはまったく違うものだ。

おりにふれて父のことを考えた。父が説いたという専修念仏について考えた。なぜひたすら念仏を唱えるのか。座禅や陀羅尼や山岳修行は不要なのか。考えても答えは得られなかった。いつか父と再会することがあれば、そのことを質(ただ)したいと思っていた。

いまがその時だ。

「幼き日々に学んだ父ぎみの教えは、いまも脳裏に刻まれております。されども叡山ではさまざまな修行をいたしました。あまりに多くのことを学んだため、何が正しい教えなのか、いまは思い惑うております。叔父のもとで修行を続けておりますが、できれば父ぎみにお導きをいただきたいと思うております」

　そう言って範意は頭を下げた。

　親鸞は満足したような笑みをうかべた。

「赤子のことは心配は要りませぬ。王御前がこちらに着けば、乳母とともに日野の館に移し、あなたは修行に専念すればよいのです。尋有の寺は叡山の里寺です。経典も揃っておるでしょう。そこでさまざまな教えを学ばれるもよし、時にはこちらに通って、専修念仏の教えを学ばれればよいでしょう」

「弟子にしていただけるのですか」

　思わず声を高めて問いかけた。

　親鸞はすぐには答えず、笑いながら言った。

「今日は冷え込んでおります。火桶に手をかざしなさい」

　親鸞に促されて、範意は火桶の上に手を差し出した。

　炭の火はほとんど消えかかっていたが、白い灰を通して、温もりが伝わってきた。

「わたしは門徒の方々を弟子とは呼んでおりません。浄土に向かってともに歩んでいくということで、同行（どうぎょう）と呼んでおります」

　話しながら、親鸞は背後の机の方に向き直った。

　筆を手にして、一気に二文字を認（したた）め、範意に手渡した。

「これは……」

　範意は呻（うめ）くような声を洩らした。二つの文字が目に飛び込み、そのまま臓腑に染み渡る気がした。

　善鸞（ぜんらん）。

　すぐにはそれが何なのかわからなかった。

わずかな間のあとで、法名らしいと察した。

「善鸞……」

その名をつぶやいてみた。

叡山で修行したので経典は読み込んでいる。善鸞の「善」が往生礼讃を著した中国の善導和尚から採られたことはすぐにわかった。法然上人が黄金に輝く善導和尚と対面する夢を見て浄土宗を興したという話も伝え聞いていた。むろん「鸞」は父の親鸞から受け継ぐことになるが、元はといえば中国において初めて浄土の教えを弘めた往生論註の曇鸞法師から採られている。

これからは善鸞として生きるのだ……。

与えられた法名の重さに、身の引き締まる思いがした。

父が洛東の青蓮院で若き慈円を戒師として出家したのは九歳の時と聞いている。

いまは善鸞となった範意が出家したのは八歳の時だった。母が亡くなったため、山に入るしかなかった。授戒の場は父と同じ青蓮院で、戒師も慈円だった。

範意にとって母の叔父にあたる慈円は、天台座主を何度も務めた高僧で、比叡山の東塔に開かれた新青蓮院を本拠としていたが、洛東の青蓮院にまで足を運んでくれた。

儀式のあとで、慈円は微笑を浮かべて語りかけた。

「そなたの父ぎみは生真面目な修行者でありました。たくさんの経典を読み、山の中で倒れるくらいに山岳修行に励み、やがてわたしの側近となりました。治天の君と称された後鳥羽院とも親しく、院に歌を献上するほどに和歌も得意で、側近としてわたしの支えになってくれました。そなたは父ぎみによく似ておられる。怠らずに励めば、父ぎみのような優れた修行者になることでしょう」

まだ少年だった範意は、慈円が親族だという気安さもあって、恐れることもなく問いかけた。

「優れた修行者であった父が、なぜ山を下りることになったのでしょうか」

子どもらしい無邪気な問いではあったが、答えにくい問いであったかもしれない。

慈円は少し考えてから語り始めた。

「叡山ではお山を開かれた最澄さまが唐の天台山で学ばれた教えを伝えております。天台では法華経という経典が正法として尊ばれておるのですが、仏の教えには長い歴史があり、数多くの高僧がおられるので、教えにもいろいろあるのですよ。そこで叡山では、決められた戒律に従い、座禅を組み、陀羅尼と呼ばれる呪文を学び、念仏を唱え、山岳修行にも打ち込みます。仏さまにお水を供えたり、花を活けたり、お寺の掃除をするのも大事な修行です。その内のどれか一つが欠けても、天台の教えからは外れることになります」

相手は子どもであるから、慈円は微笑を絶やさず、噛んで含めるように説き聞かせた。

「いろいろある教えの中でも、とくに里におられる皆さまに恐れと望みの気持を弘めたのが、浄土の教えです。昔から悪いことをすれば地獄に堕ちると言われてきましたし、念仏を唱えれば極楽浄土に往生できると伝えられてきました。叡山の横川にある恵心院におられた源信さまが往生要集を著され、阿弥陀仏の極楽浄土のようすと、地獄に堕ちたものが苦悶するようすを説かれたのですが、叡山の法師が里に下りてこの教えを伝え、地獄絵図なども描かれましたので、誰もが地獄を恐れるようになりました。里の人々は欲に負けて飲酒、女犯の戒めを破らずにはおられぬでしょう。源平の戦さでは武者の方々が人を傷つけ殺めました。そういう人々を救うために、法然上人というお方が専修念仏の新たな宗門を興されました。そなたの父も法然上人の弟子となるために叡山から離れたのです」

まだ子どもだった範意は無邪気に問いかけた。

「その法然上人やわが父が、なぜ流罪に処されたのでしょうか」

慈円は大きく頷いて、範意の顔を見つめた。

「奈良の興福寺（こうふくじ）から訴えがあったのですよ。法然どのの教えは戒律や修行を否定するものです。念仏さえ唱えておれば、人を殺した罪も極楽往生の妨（さまた）げとはならず、飲酒、女犯も許されるとするもので、これでは戒律を守り厳しい修行に耐えておる叡山や奈良の修行者が報われぬことになります。法然どののの教えを受けたわが兄の関白兼実どのは、法然が戒律を守らずともよいと言いながら、本人はしっかり戒律を守っているのを見て不審に思われ、そんなことを吹聴しながら自分だけ極楽に行こうとしておるのではと責められたのです。すると法然上人は、いちばん真面目な弟子であったそなたの父を、関白どのの末娘の入り婿とされた。女犯の罪を負わせたのです。関白どのの縁戚になったことで、そなたの父は連座で流刑に処せられたのでしょうね」

微笑をうかべていた慈円の顔が、にわかに厳しさをたたえたように思われた。

「ただ念仏を唱えるというだけでは罪にはなりませぬ。叡山でも念仏は修行の一つとされております。法然上人の門弟の多くは、叡山に戻ったり、戒律を守ることを誓ったりして、連座を免れたのです。ただ法然上人やそなたの父は、ひたすら念仏だけを唱えておればよしとする専修念仏にこだわり、叡山や奈良の厳しい修行を否定したのです。そのために興福寺などから訴えられることになったのです」

慈円は愚管抄（ぐかんしょう）という歴史書を執筆した当代随一の博学だった。その慈円の言葉には重みがあった。

専修念仏。

その言葉が脳裏に刻まれた。

範意は比叡山で修行をするようになった。

比叡山にも阿弥陀仏を祀った念仏堂があり、そこでは念仏の修行が励行される。

念仏とは文字どおり、仏を念ずることで、仏の名を唱えながら思いを凝らして仏の姿を観想する修行だ。ただ比叡山では常行三昧（じょうぎょうざんまい）と称して、阿弥陀仏の周囲を徹夜で駆け回る一種の苦行となっている。しかもこの苦行が九十日間続くことになる。わずかな食事と水を摂ることはあるが、横になって眠ることは許されず、疲れれば梁（はり）から下がった綱を摑んで立ったまままどろむことになる。

夢見心地で綱にぶらさがりながら、父もこの修行に打ち込んだのだろうか、と考えてみる。

座禅を組んでいても、山岳修行に出た時も、父のことを考えた。父もこの堂で座禅を組み、この山道を走破したのか。

遊行（ゆぎょう）ができるようになると、父の足跡を辿った。

法隆寺、聖徳太子廟（びょう）、赤山禅院、大乗院、六角堂……。

また専修念仏を訴えた奈良の興福寺にも出向いて、専修念仏をなぜ糾弾するのかを探ろうとした。

父の足跡をたどり、父を批判するものの声を聞いて、父が何を求め、何を考えていたか知ろうと努めた。記憶の中から消えそうになっている父の姿を追い求めた。

父が二十九歳で山を下りたことは母から聞いていた。その年齢が近づくと胸が騒いだ。母から聞いた話では、父は修行の途上で幾たびも夢告（むごう）を受けたという。徹夜で修行を続けていれば、束の間のまどろみの中で夢を見ることはある。しかし自分が何を為すべきかを示唆（しさ）するような夢は見たことがなかった。

父は赤山禅院で母と出会った。比叡山の寺域は女人禁制だが、麓の赤山禅院には女人も詣でることができる。母はそこで法話を説いていた父の姿を見た。父もまた母の姿を見た。そのことが下山につながった。

自分にはどのような出会いがあるのか。

考え始めると息が苦しくなり、修行に身が入らなくなった。夢告があったわけではない。法然上人のような師に恵まれたわけでもない。何かわけのわからぬものに追い立てられるように山を下りた。母を亡くしたいま、身寄りといえば親族の九条道家を頼るしかなかった。まだ五条西洞院で暮らしていたころ、関白兼実の孫にあたる道家は猶子の扱いで兼実のもとで勉学していた。母の話では赤子だった範意を道家は弟のように可愛がってくれたという。

兼実が洛東の法性寺に移ったあとも、道家は実父でのちに摂政となる九条良経（よしつね）の二条邸から、足繁く祖父の法性寺に通ってきた。祖父と同居していた範意は少年だった道家の姿を憶えている。比叡山に入ってからも法事などで九条の新邸に招かれることがあった。道家とは親しい間柄になっている。

九条の邸宅を訪ねて道家と対面した。

「山を下りたいと思うております」

思いきって心の内を打ち明けた。

九条道家はまだ壮年の人物だが、摂政や関白を歴任しているため、老獪（ろうかい）な公卿らしい懐の深さを感じさせた。道家にとって、仏道から逃れようとする若き修行者の行く末など、どうでもよいことのはずだが、それなりに威厳を保ちながら思案する顔つきになった。

「そなたの父の親鸞どのは山を下りて法然上人のお弟子となられた。そなたも何かあてをもって山を下りることにしたのか」

「仏の道から離れるつもりはないのです。いずれは遊行の旅に出てみたいとも思うておりますが、いまはまだそこまで考えが及ばず、何を目当てにすればよいか思い迷うております」

道家は大きく頷いて、ほっとしたようすを見せた。とくに目当てがないということは、当面は問題を起こす惧（おそ）れはないということだ。道家は親身になっているようすを装って、身を乗り出すようにして語りかけた。

「還俗（げんぞく）するつもりはないのだな。比叡山だけが修行の場ではない。遊行の旅に出るのもよいだろう。先年亡くなられた慈円どのは、そなたを高く評価しておられた。行く先が決まるまでは、この館で心身を休めてはどうかな。ここには幼い子らもおる。いずれは仏門に入るものもおるので、仏の教えなどを手ほどきしてやってほしい」

道家の温情に甘えて、九条邸に逗留することになった。まだ十歳にもなっていない四男以下の子どもたちに漢文を教えたり、経典の内容を説き聞かせたりした。この四男はのちに関白になって新たに一条家を起こすことになるのだが、他の子どもたちは仏門に入ることになっていた。

子どもたちのそばには、乳母や侍女が控えていた。老女に近い侍女もいたが、多くは若い女たちだった。

比叡山は女人禁制の男ばかりの世界だ。九条の邸宅は女ばかりの世界だった。

寝殿造りの中心に位置する主殿には、公卿や高位の文官が招かれて酒宴が開かれることが多かった。酒や料理を運んでいくのは侍女の役目で、そのため渡り廊下で結ばれた建物には多くの侍女が控えていた。

範意もこれまで法事で九条の邸宅に招かれることはあったが、儀式の場では男たちに囲まれる。だが九条邸で日常生活を送ることになると、女たちに囲まれて暮らすことになる。足が地に着かないような夢見心地の日々が続いた。

侍女たちの中に、美しい顔立ちだがいくぶん年嵩（としかさ）の女がいた。その落ち着いた雰囲気に好感を覚えた。若い侍女たちを仕切る立場らしく、あれこれと指示を出すさまに聡明さが感じられた。法事などで九条邸を訪ねていたころから、その女は範意の顔を憶えていて、笑顔で話しかけてくれた。範意が九条邸で寝泊まりするようになると、女はつきっきりで世話をしてくれるようになった。

周りの若い侍女からは常陸（ひたち）さまと呼ばれていた。

邸内の侍女は名前ではなく通称で呼び合うのが慣例だ。父親の役職や氏姓を用いることが多く、女は常陸国に所縁（ゆかり）があるものと思われた。

常陸といえば、親鸞が布教の拠点としていたところだ。

試みにさりげなく尋ねてみた。

「あなたはなぜ常陸と呼ばれているのですか」

女は笑いながら答えた。

「常陸の生まれだからでございます」

範意にとっては母の姉であり、継母（ままはは）の恵信尼が仕えていた中宮の宜秀門院任子の領地が常陸国小鶴（こづる）にあり、女の父親が荘官を務めていた。女も小鶴で育ったのだという。

小鶴は女の幼名でもあった。

父親が小鶴に赴任して、その地で女児が生まれたので、地名を採って名付けたということだ。

親鸞の本拠が常陸国の稲田だと叔父から聞かされていたので思わず問いかけた。

「稲田という地を知っていますか。小鶴の近くではないでしょうか」

女は嬉しげに応えた。

「稲田はすぐ近くでございます。常陸の海岸から下野に塩や海産物を運ぶ塩街道という道があり、稲田は街道の要衝です。そこにおられる親鸞聖人のお噂は、常陸では知らぬものがないほどでございます」

「親鸞聖人……」

女の口から父の名が告げられたことが驚きだった。

女は重ねて言った。

「あなたさまのお父ぎみでございましょう」

「なぜわたしの父のことを知っているのですか」

「北の方が話しておいでてでした。親鸞聖人も源氏のお血筋だと伺っております」

北の方というのは九条道家の正室の西園寺倫子(さいおんじみちこ)だ。

道家の母と倫子の母は姉妹で、その姉妹の母は源頼朝(よりとも)の姉にあたる。従って倫子が産んだ九条家の子どもたちは、両親の双方から源氏の血を受け継いでいる。三男が鎌倉将軍として下向したのはそのためだ。

親鸞の母が源氏の血筋だということを、範意は母の玉日姫から聞いていた。

そのために源平の戦さが起こったおり、親鸞をはじめ五人の兄弟は全員が出家することになったのだった。

北の方は自分や子息に源氏の血が流れていることを、誇りに思っているのだろう。それで時おり法事に招かれる範意のことを、源氏に所縁(ゆかり)の親鸞の子だと話したようだ。

女は子どものころに耳にした親鸞という名を憶えていて、範意にも親しみを覚えていたのかもしれない。

父の名を通じて、その女と懇意となった。

「常陸というのは、どのようなところですか」

さまざまな話をしたが、女が最もいきいきした顔を見せるのは、故郷の話をする時だった。女の幸せそうな姿を見ていると、自分の気持も満ち足りる気がした。

「常陸の海はどこも東にあります。小鶴は海からも近く、夜明け前に海岸に出れば、海原の向こうから陽が昇ります。穏やかな風が流れ、稲が豊かに実る、住みやすいところです。明るくて元気のよい人が多く、言葉遣いは乱暴ですが、気立てのよい人ばかりでございます」

「明るい土地で、人々に悩みがなければ、念仏なども要らぬのではないですか」

思わずそんなことを訊いてみると女は真顔になって声を高めた。

「鎌倉殿と呼ばれた源頼朝さまが伊豆で挙兵されたおり、武者の多くは平家配下の国司を討って鎌倉に結集しました。されども挙兵の前には、武者たちは国司のもとで郡司などの役職に就き、また大番役で上洛して平家の配下となって働いておりました。その恩を忘れず頼朝さまの挙兵に加わらなかったものも少なくないのです。常陸でも鎌倉に結集せずに反旗を翻した武者がおりました。同じ親族のものらが敵味方に分かれて殺し合いをしたこともございました……」

話しているうちに女の目に涙がたまり、頬に零(こぼ)れ落ちた。女のすぐ身近なところでもそのような争いが生じ、対立が尾を曳くこともあったのだろう。

「頼朝さまは二十万騎の軍勢を京に送り出し、平家を滅ぼしましたが、ふだんは農耕に勤(いそ)しんでいるような人々が、農兵として駆り出され、戦場で人を殺すことになりました。帰って来た男たちは、武功を立てたと勇んでおったのですが、一時の熱が冷めると、罪の重さに苦しむことになりました。人を傷つけた自分は地獄に堕ちるのではという恐怖から、鋤(すき)や鍬(くわ)を持つ手にも力が入らなくなり、心の病にかかったように、死を恐れてふるえおののくことになるのでございます」

女の話を聞いていると胸が騒いだ。比叡山で長く修行をしていたので、下界のようすには疎(うと)かったが、つい最近、承久の乱という政変があり、一時は九条道家も摂政を辞して逼塞(ひっそく)していた時期があった。

往生要集によって伝えられた地獄の恐ろしさは、法師の説法や地獄絵図によって京の周辺だけでなく東国にまで弘まっていたようだ。

地獄から逃れるためには、阿弥陀仏の西方極楽浄土に往生せねばならぬ。そのために称名念仏が奨励された。

浄土三部経の一つの観無量寿経には、罪を犯したために真仏土と呼ばれる窮極の浄土に行けぬものらも、罪の深さに応じて九品と呼ばれ九つの段階に応じた化身土に往生でき、そこにおられる九体の阿弥陀仏の化身に導かれて、最終的には真仏土に赴くことができると説かれている。

平安中期に大権力者となって太閤と称された藤原道長は、住居に隣接した鴨川の堤の上に九体の阿弥陀仏を祀った法成寺を建立し、黄金色に輝く九体の仏の前で、念仏を唱えながら往生したと伝えられる。

藤原道長の時代は朝廷の派遣した国司のもとで地方国も概ね治まっていた。各地にある荘園から莫大な富が藤原摂関家のもとに集まってきた。荘園というのは新規に開墾された無税の農地だが、有力貴族の名義にする必要がある。そのため摂関家には莫大な名義料が入り、税収の入らない朝廷の財政は破綻することになる。

この問題の解決を図ったのが白河帝で、武者を国司として地方に派遣し、名義だけの不正な荘園を摘発して税収を増やした。そのため摂関家の勢力が衰え、武者が台頭した。その武者たちの間に争いが起こり平治の乱に勝利した平家が朝廷を独裁することになった。

平家の専横は東国の武者たちにとっては大きな問題だった。東国の農地は武者たちが小領主となって守ってきた。領地の多くが摂関家や有力社寺に名義を借りた無税の荘園や御厨だった。平家の配下が国司として赴任するようになると、名義だけの荘園の摘発が始まる。平家が進めた宋銭による貨幣経済で米の価が下落したことも、武者たちにとっては打撃だった。

平治の乱の敗北で流人となっていた源頼朝が伊豆で反乱を起こし、のちに御家人と呼ばれることになる東国武者たちが結集して鎌倉幕府を開いた。

幕府は朝廷の国司に代わって配下の御家人を守護として全国に派遣し、荘園には地頭を置いて管理を強化した。これに反発した後鳥羽院が、幕府を独裁する執権北条義時の追討を命じたのだが、幕府軍が京に攻め上って後鳥羽院は隠岐に流された。

相次ぐ戦さによって人心は荒れ、地獄への恐れが広がっていたのだろう。東国には戦さに加わった武者や農兵が多い。そうした人々の胸に、親鸞の教えは干天の慈雨のごとく染み込んでいったのではないか。

常陸に生まれ育った女は、周囲の武者や農兵のようすを熟知していた。話しながら涙を流した女のようすから、女の繊細さ、聡明さ、情の濃やかさが感じられ、自分の気持が女に強く惹かれていくのを覚えた。

公家はいくつもの建物が渡り廊下で結ばれた広大な邸宅に住んでいる。長い渡り廊下の一部を板や布で仕切った房と呼ばれる区画が、住み込みで働く侍女たちに割り当てられていた。それゆえに女房と呼ばれる。

いつしか常陸と呼ばれる女の房に入り込んで、睦み合うようになっていた。

そうした成り行きも宿世であり、仏に導かれたものだったのだろうか。

だとすれば仏は自分に試練を与えたのだ。

女は男児を産んだが、そのおりの出血が激しく数日後に息を引き取った。

それでも女は、生まれた赤子の泣き声を聞き、嬉しげな顔を見せていた。自分の命が長くないことを悟ったようすで、決意した顔つきで範意に語りかけた。

「慈信房さま……」

慈信房印信というのが、慈円から授けられた比叡山での法名だった。

「この子に法名を……」

「生まれたばかりの赤子に法名とは……」

女の真意がわからなかった。

「あなたさまは、お父ぎみの跡をお継ぎになるのでしょう。親鸞聖人の浄土真宗をさらにお弘めにならねばなりません。その真の教えを後の世に伝える責務を、この子は負うておるのでございます。わたくしは……」

涙に咽びながら、女は言葉を続けた。

「夢告を受けました。夢の中に観音菩薩が顕われてお告げになったのです。わたくしはこの子を産むためにこの世に生まれてきたのでございます。この子をわたくしの身代わりとして大事に育ててくださいませ」

「ならばわが法名の印信から一字を採って、如信と呼ぶことにしましょう」

「如信……」

女は嬉しげにつぶやいた。

「浄く灼かな名でございます」

長く話して疲れたのか、女は安心して目を閉じた。

声にはならないが、唇がわずかに動いていた。

南無阿弥陀仏。

女は声を出さずに念仏を唱えていた。

生まれた赤子は乳母として雇った近在の農婦がしばらく預かってくれることになった。妻の実家とはそれで縁が切れた。もともと望まれた婚姻ではなかった。赤子が乳離れすれば自分が引き取らねばならない。

途方に暮れていたところを、父の親鸞が助けてくれた。

親鸞の伯父にあたる日野範綱の館は、子息の信綱から孫の広綱に引き継がれてそのまま残っていた。親鸞が幼少のころに暮らしていた離れになった小宅は、古びていたがわずかな修復で住めるようになった。

下妻の小島草庵のころから側近としてお側に侍っている蓮位の他に、顕智という若い門弟がいた。善鸞より年下と思われたが、かつて叡山や周辺の寺で修行をしたことがあり、知人が多かった。建物の修復など人手のいる作業も、どこからか人を集め迅速に進めてくれた。

何もかもが父の掌の中で事が進んでいる気がして気持が塞いだ。さらに自分よりも若い顕智が父の側近として活躍するさまを見るにつけ、自分の無力さが痛感された。

赤子の母は念仏を唱えながらあの世に旅立っていった。子どものころから親鸞の名声を聞いていて密かに信心していたのかもしれない。自分に好意を寄せたのも、親鸞の子息ということで心が動いたのではなかったか。

すべては仏のお導きなのかもしれなかったが、親鸞という偉大な存在の陰に隠れ、守られているいまの自分が不本意だった。

越後から少女が到着した。

王御前。

年が明けて十三歳になっている。

まずは五条西洞院の親鸞の草庵で、善鸞は少女と対面した。

幼いころの消えかけた記憶が甦った。少女は面立ちが記憶の中にある恵信尼にそっくりだった。

美しい少女だったが、恵信尼に似ていると思うと、気持が引けてしまう。

ただ鋭い目つきだけは父親譲りだった。おそらくは聡明な、気の強い人柄なのだろう。用心せねばならぬと思った。

警戒するような目つきで睨んでいたせいか、相手も挑むようにこちらを睨み返した。

少女は強い語気で吐き捨てるように言った。

「おらの兄(あに)さんは二人だげだ。栗沢と益方の他(ほが)に、別の兄さんがおるなんど、知んねえごどだっぺ」

ほとんど抑揚のない特徴のある語調に胸が騒いだ。亡くなった妻の小鶴が常陸の出身だった。侍女として働いている時は京言葉を話していたが、二人きりになると訛りが出た。

少女も常陸で生まれ育ったので、訛りがしみついているのだろう。

懐かしさを覚えて、気持が和んだ。

親鸞が娘に話しかけた。

「わたしは門弟を同行と呼び、すべての門徒を同胞(はらから)と思うてきました。肉親のみを格別に扱うつもりはありません。されども善鸞どののように、修行の身でありながら生まれたばかりの赤子を抱えるという、大きな困難に遭われておる時は、何と言うても身近におるものが手助けをせねばなりませぬ。恵信尼どのもそのことがようわかっておるから、そなたを上洛させることにしたのです。王御前どの、わたしからもお願いします。いまはそなただけが頼りなのです」

父の言葉に王御前は表情を硬ばらせた。

「赤子の世話なんど、嫌女に任せておげべえい」

王御前は若い女の下人を連れていた。実家の所領を引き継いだ恵信尼は、下人も何人か抱えていた。王御前は帰洛する朝廷の役人の一行に加えてもらったのだが、少女一人では母親としても不安だったのだろう。その下人の女は、小肥りの温和そうな顔立ちだったが、なぜか嫌女と呼ばれていた。

あとでわかったことだが、下人の身分ではあるが、主人の命令でもいやなことはいやという、芯の強いところがあって、好意的にそのように呼ばれているとのことだった。

嫌女が笑いながら言った。

「おらに任せれ。じょんのびでおらっせ」

女はよくわからない言葉を早口にしゃべった。どうやらこちらは越後の方言らしい。

王御前は満足げに微笑んだ。

「赤子の世話は嫌女に任せて、おらあどごぞで働きでえ。せっかく上洛したんじゃ。父ぎみは九条さんと親しいのだっぺ。母も務めでおった女房ちゅうもんになりでえ」

親鸞は微笑をうかべた。

「宮中の女房になるのは難しいでしょうが、どこぞの公家の屋敷で行儀作法を学ぶのもよいでしょう。わたしが頼んでみましょう」

どうやら親鸞は、この末娘に甘いところがあるようだ。

善鸞としては口を挟む余地がない。すべては親鸞と王御前の間で話が進んでいく。

翌日、善鸞は赤子を預けてあった乳母のもとに赴いた。

年が明けて二歳になった如信は、伝い歩きができるほどに成長している。乳母に預けたままにして足繁く通うわけでもなかったのだが、父親の顔を憶えていて、近づいていくと嬉しげな笑顔で抱きついてくる。

ひしと抱きしめてこの子を守ってやらねばならぬと心に誓う。

如信……。

いずれこの子も仏の道を歩むことになる。

だがいまは、この幼い命を、大事に育てなければならぬ。当面は日野の館で王御前と嫌女の世話になることが決まっている。

赤子はもう粥（かゆ）のようなものは食べられるようになっていたが、乳離れしたわけではないので、乳母は日野の館に通ってくることになっていた。館の場所を教えるために、乳母を伴って日野の館に向かった。

赤子は善鸞が抱いている。小さな命の温もりが腕に伝わってきた。

日野の館も洛南にあり、乳母の里からはそれほど離れていない。善鸞は親戚なので以前にも日野の館を訪ねたことがあり、当主の日野広綱や、隠居している父親の信綱とも面識があった。

日野の館に到着して、親鸞が借りた建物に近づいていくと、中から話し声が聞こえた。嫌女が大声で笑っている。若い広綱の声も聞こえた。どうやら母屋にいるはずの広綱やその父の信綱もこちらに来ているようだ。

部屋の中に入ると、そこにいた全員が、善鸞が抱いている赤子に目を向けた。

「おやまあ、ちっけな童（わらし）だごど」

王御前が素速く歩み寄って、善鸞の手から赤子を奪い取った。いささか乱暴な手つきだったので、善鸞ははらはらせずにはいられなかったが、親鸞は笑いながら末娘のようすを眺めている。

赤子は乳母に育てられているのだが、乳母の里は農村で近在の人々が気安く出入りするため、人見知りをしない子どもに育っている。

親鸞が手を伸ばして抱き寄せると、声を立てて笑った。

「この子は何という名ですか」

親鸞の問いに、善鸞は答えた。

「如信と名づけました」

親鸞は少し驚いたように声を高めた。

「まだ赤子なのに、法名のような名ですね」

「わたくしは慈円どのから印信という法名を授かりました。そこから一文字を採りました。いずれは出家すると思われますので……」

「それはよかったですね。如信という名のままでわたしの門弟といたしましょう」

その話を聞いていた日野広綱の父の信綱が、意気込んだようすで問いかけた。

「聖人はこの京においても教えを説いておられるのか」

親鸞はとぼけた口調で言った。

「いやいや。また流罪にはなりたくないですからね。わたしを流罪に処された後鳥羽院は、ご本人が隠岐に流罪となりましたが、専修念仏はいまだに洛中では禁じられたままになっております。東国の門弟たちが上洛してくることもあり、そのおりは言葉をかけることもございましょうが……、まあ、息子や孫など、家族に言葉をかけるくらいのことは許されるのではないですかな」

「わしは聖人の従兄にあたる。同じ敷地に住んでおったので、子どものころはよう遊んだものじゃ。あなたと連れ立って関白兼実どのの家司(けいし)であった叔父の日野宗業(むねなり)のところに通って漢籍の勉学もした。

わしの方が年上じゃが、勉学では敵わず、悔しい思いをしたものじゃ。とにかくわしと聖人とは親戚であるから、わしが門弟として教えを受けるのは許されるであろう。わしは隠居の身じゃが、いまさら出家するつもりはなかった。されども従弟の聖人が新たな宗門を興したのじゃから、教えを受けて極楽浄土に往生したいものじゃ」

親鸞は微笑をうかべた。

「わたしも孫の顔を見たいので、ここには通うて来たいと思うております。同じ敷地ですから、お宅に出向いて、仏の話などいたしましょう」

実際に日野信綱は親鸞の門弟となり、尊蓮という法名を授けられることになる。

父が親鸞の門弟になったことで、息子の広綱も乗り気になったようだ。

「わたくしは宮仕えをしておりますので、いますぐ出家するわけにはまいりませぬが、在家のままで聖人の教えを学ぶわけにはいかぬのですか」

親鸞は大きく頷いて言った。

「在俗の門弟は沙弥と呼ばれます。難しいことは申しませぬ。わたしが師の法然上人から学んだのは、ただひたすら阿弥陀仏の本願を信じ、念仏を唱えなさいということだけです。念仏ならば、在俗のままでも、いくらでも唱えることができますよ」

「念仏を唱えるだけで、極楽に往生できるのでございますか」

「ほれ、そのように問われるということは、わたしの申すことを疑っておられるのでしょう。まあ、あせらずに、気長に念仏を唱えておれば、いつしか疑いが晴れ、阿弥陀さまの本願を信じることができましょう」

親鸞の言葉に、広綱は少し慌てたように言った。

「聖人のお言葉を疑うておるわけではございません。念仏を唱えることなど、いともたやすきことです。あまりにもたやすいので、いささか不安な気もするのですが、聖人さまのお言葉に偽りがあるわけもないでしょう。いまここで心を入れ替えて、お言葉をそのままに信じたいと存じます」

「よきお心がけです。このわたしも、法然上人から教わったことを、ひたすらに信じておるだけでして、そのほかに難しい理屈があるわけではないのですよ」

「はあ、さようでございますか……」

広綱はまだ半信半疑といった顔つきだったが、ここで気分を変えようとしたのか、にわかに王御前の方に向き直った。

「それにしても、聖人さまの娘御は、何とも愛らしいお顔立ちでございますな」

娘を褒められて、親鸞は相好を崩した。

「母親に似たのでございましょうな」

「行儀見習いを兼ねてご奉公されるのはよきことでございますが、お若い公家の邸宅などに仕えますと、いささか心配でございます」

親鸞は笑いながら言った。

「摂政どのにお頼みして、隠居されたご年輩のお方を紹介していただきましょう」

実際に少しのちに、王御前は九条道家の紹介で、公家の久我通光(こがみちてる)の邸宅で女房として働くことになる。

久我通光は五十歳近い公卿で、権力者として一時代を築いた土御門通親(みちちか)の嫡男として生まれた。母が後鳥羽院の乳母、姉が土御門帝の生母であったことから、若くして公卿となり、三十三歳で内大臣に昇った。だが後鳥羽院の側近であったことから、承久の乱の後には没落した。従って王御前が出仕した当時は、穏やかな隠居生活を送っていた。

数年後、隠岐に流された後鳥羽院と密書をやりとりして院の復権を図るなど、九条道家との対立が際立ったことから、王御前は久我邸を辞し、嫌女と如信のいる日野邸に戻った。家主の日野広綱の正室が病に倒れたことから、手伝いに入るうちに広綱の継室となり、男児（覚恵）と女児（光玉尼）を産むことになる。

男児が七歳の時に夫が亡くなり、王御前は父のもとで出家して覚信尼という法名を授けられた。だがその後も周囲の人々からは王御前と呼ばれていた。

覚信尼は善鸞の子の如信も引き取って、二人の実子とともに日野家で子どもたちを育てた。三人の子どもたちは実の兄妹のように仲良く育った。

幼いころの如信は、覚信尼が公卿の邸宅に出仕していたので、嫌女が世話をしていた。この女は野放図なほどに明るい人柄で、日野家の郎党や下女ともすぐに親しくなった。如信も大人たちに囲まれて育ち、明るくてよく話す子どもになっていった。

やがてこの如信が真宗二世と称されることになるのだが、それはのちの話だ。

善鸞は三条富小路の善法院に寝泊まりしていたが、朝になると日野の館に赴いた。そこにはすでに親鸞が来ていることもあった。親鸞がいなければ少しだけ如信の相手をしてから五条西洞院の親鸞の草庵に向かった。

五条西洞院では、親鸞の居室に入って二人で机を並べ、善鸞は浄土の教えを学習し、親鸞は執筆に勤しんでいた。

狭い居室の中で並んで座している。父の息づかいが間近に感じられた。同じように息を吸い、息を吐く。父の思いが自分の胸の内にひたひたと染み込んでくるようだ。父のかたわらにいることが愉しかった。父と自分とはつながっている。父は自分であり、自分は父だと思っていた。

　これまでは若い顕智が親鸞のそばにいた。直接に指導を受けることもあったのだろう。善鸞が毎日通うようになると、顕智は遠ざけられることになる。そのためか、善鸞に向けられる顕智の眼差しには、険（けわ）しさが感じられた。

　顕智は親鸞の前室に控えている。入口から奥に進もうとすると必ず顕智の居室を通ることになる。善鸞が親鸞の指導を受けている時も、板戸一枚を隔てた隣室に顕智が控えているので、指導のやりとりは筒抜けになっているはずだ。

　始めのうちはそのことが気にかかった。親鸞に質問する時も、なるべく小声で問いかけるようにしたのだが、時が経つとそこに顕智がいることなど忘れてしまった。

　親鸞は教行信証（きょうぎょうしんしょう）（顕浄土真実教行証文類（けんじょうどしんじつきょうぎょうしょうもんるい））と呼ばれる著書を執筆していた。

　東国で本拠とした稲田草庵に隣接した稲田神社には、宇都宮蓮生が寄進した宋版一切経が収蔵されていて、いつでも参照することができた。また蓮生は法然の門弟であったため、曇鸞（どんらん）、道綽（どうしゃく）、善導（ぜんどう）らの浄土に関する論書を筆写していて、それも寄贈してくれた。

　親鸞は自らの心覚えのために必要な経典を引用しながら、浄土の教えの要点を書き記していた。

　教……学ぶべき教えとは何か。
　行……為すべき行いとは何か。
　信……往生への道をいかに信ずるか。
　証……悟りの境地をいかに証（あか）すか。
　これらを総じて教行信証と呼ぶ。

書くべきことはこの四つにすぎない。

そう思って書き始め、自らもこの書を教行心証と呼んでいたが、四番目の「証」の巻を終えたあと、さらに「真仏土」の巻と「化身土」の巻を追加した。九品仏（くほんぶつ）の信仰がすでに弘まっていたので、観阿弥陀経に記されたこの教えの詳細を記述しておきたかったのだろう。

自らの心覚えであるから平易に説く必要はない。すべては漢文で書かれている。東国の門徒の多くは、経典など読んだこともない人々で、この書を読みこなすことはできない。稲田にいるうちに最初の草稿は完成していたのだが、親鸞は門弟の誰にも見せることはなかった。

推敲をする過程で全篇を書き写した。親鸞は東国を去るにあたって、法然の門下であったころの法弟であり、自らの一番弟子でもある性信（しょうしん）に草稿を授けた。書き直した書は京に戻ってから、さらに改稿を重ねている。

善鸞はその改稿途上の書を授けられた。

執筆をする親鸞と机を並べて教行心証を読むことから修行を始めた。隣に親鸞がいるので、疑問があればただちに質問することができる。

父の書いた文章を読む。それは心躍ることだった。

まずは序文を読み終え、ただちに「教」の巻に移る。

父から手渡された草稿はかなりの厚さだった。教行心証という表題は聞いていたから、最初の巻も相当の厚さだと予想していた。だが読み始めた途端に「教」の巻は終わってしまった。

「これだけですか……」

思わず声を出した。

「冒頭の『教』の巻はこれで終わりですか」

「それで充分だと思ったのです」

穏やかな口調で親鸞は応えた。

この巻には浄土の教えの神髄ともいえるものが書かれているのではと期待して巻を開いた。だが教えの内容については何も書かれていない。

この巻の冒頭には二種の回向のうちの往相について次のように書かれている。

「謹んで浄土真宗を案ずるに二種の回向あり。一つには往相（自らが浄土に往生すること）、二つには還相（この世の人々を浄土に導く）なり。往相の回向について、真実の教行心証あり。それ真実の教を顕わさば、すなわち大無量寿経これなり。釈迦、世に出興し、如来の本願を説きて経の宗致とす。すなわち仏の名号をもって経の体とするなり。何をもってか出世の大事なりと知ることを得るとならば……」

ここまで読んで、善鸞の気持は昂まった。「阿弥陀仏」はアミターバ（無限の光）またはアミターユス（無限の寿命）という梵語を音写した名称で、漢訳では「無量寿仏」と訳される。その仏の名を冠した大無量寿経こそが仏の教えの神髄であるとここには記されている。

続いてその経典の内容が語られるはずだと期待をもって読み進めたのだが、そうではなく、親鸞は側近の阿難に語りかける釈迦のようすについて言及する。

大無量寿経を語ろうとする釈迦は、全身から喜びが溢れ出し、姿が清らかで、顔つきも晴れ晴れとしている。側近としてつねに釈迦に付き従っている阿難も、初めて目にするような釈迦の姿に驚きを隠しきれず、思わず声に出して賛歎せずにはいられなかった。

「本日の世尊は喜びに満ち、お姿が浄らかで、お顔が輝いておられます。わたくしは今日までこのような世尊のお姿を見たことがありません。何ゆえにいまの世尊はかくも神々しいまでの輝きを放っておられるのでしょうか」

するととと釈迦は阿難に対して、あなたのいまの言葉は、天上の神々があなたに語るように伝えた言葉なのか、あなた自身がいまわたしの姿を見て思うがままのことを言われたのかと問いかける。阿難は、自分の思うがままのことを述べたのだと答える。

釈迦は大いに悦び、尊い阿弥陀仏の教えについて語ることの喜びを語り始める……。

そこでこの巻は終わっていた。

善鸞はいささか拍子抜けがした思いだった。教えの内容については何も言及されず、ただ教えを語る釈迦の姿だけが記述されている。

「まことにこれだけでよいのでございますか。ここには浄土の教えを説く釈迦の、歓喜に満ちた姿だけが語られ、経典の内容については何も説かれておりません。これだけで、何を学ぶべきかがわかるというのでございますか」

親鸞は穏やかな口調で語り始めた。

「経典の内容については、『行』や『信』の巻に記しておきました。これはわたし自身の心覚えのために書いたもので、教えを受ける人にとっては無用のものです。法然上人の教えは、無義の義というものです。教えの正しさを示す理屈はないのです。浄土の教えはただ信じるしかない。信じるということに理屈はありません。むしろ理屈は有害です。義にとらわれておっては、無心に信じるという気持に揺るぎが生じます。ひたすら信じる。それでよいのです」

親鸞の声がわずかに高まった。

「この教行心証を書くにあたり、最初に記しておきたかったのは、教えを伝える喜びです。理屈は無用です。心覚えの理屈を書くのは後回しでよろしかろうと考えました。わたしは門弟に、理屈を説くつもりはありません。わたしは法然上人から聞いたありがたい教えを、ただそのままにお伝えしたいと思うておるだけです。何よりも大事なことは……」

親鸞と善鸞は肩を並べて机に向かっている。善鸞が父に問いかけ、父が応えて、横座りになったまま顔だけが向かい合っている。

目の前に父の顔があった。わが子の顔をまともに見据えて親鸞がささやきかけた。

「自分がその言葉をお伝えすることが、嬉しくてたまらぬという、そういう気持をもつことが大事で、その余のことは、どうでもよいのです。喜びをもって語れば、聞いているものは心を打たれます。何よりも大事なのはそこのところです。理屈を伝えてそれが正しいかどうかを考えてもらうのではなく、ただひたすら喜びをもってお伝えする。その喜びさえあれば、教えはいくらでも弘まっていくのです」

「もしもその教えが誤っていたとしたら、教えを伝えた相手を過(あやま)たせることになるのではありませんか」

親鸞は微笑をうかべた。無邪気な幼児が悪戯(いたずら)をするような、屈託のない、天真爛漫な目の輝きが、善鸞の全身を温かく包み込むようだった。

「わたしの言葉が誤っておるのであれば、わたしは地獄に堕ちましょう。それを聞いたあなたも地獄に堕ちることになります。ともに地獄に堕ちようではありませんか」

思わず善鸞も、釣り込まれるように笑みをうかべた。

いま父と自分とは、一つの心となって結ばれているのだと思った。

ただ自分は教行心証を読み始めたばかりで、浄土の教えを喜びをもって語るほどの境地には到っていない。

そう思うと不安が募ってきた。

「わたくしは長く叡山で修行をしておりました。父ぎみもご承知のとおり、叡山ではさまざまな修行を致します。念仏も唱えますが、経典を読誦し、陀羅尼、座禅、山岳修行など、すべての修行によって、悟りを目指すことになります。その中で、ただ念仏を唱えるだけでよいという教えを、にわかに信じることはできませぬ。従って、喜びをもって語ることなど、できそうにありませぬ」

心の底から絞り出すような声で善鸞は早口に語った。その善鸞の顔を、親鸞は目を細めるようにして眺めていた。

「いまはそうでしょう。急ぐことはありません」

親鸞は優しくささやきかけた。

「信じるというのは心の微妙な動きです。勉学した理屈によって動くものではありませぬ。すべては仏のお導きだと思うておれば、あれこれと思い惑うこともなくなります。善鸞どの……」

親鸞はわずかに上体を前に傾けて、善鸞の方に顔を寄せた。

「わたしがなぜ東国での布教を自ら停止し、布教が禁じられている京に戻ったか、おわかりでしょうか」

善鸞は無言で父の次の言葉を待ち受けた。

「あなたに会いたかったからですよ」

その言葉が重い気の塊のようなものになって胸に迫ってきた。

親鸞はさらに上体を傾け、手を伸ばして善鸞の肩にかけた。

肩にかかった手に力が入り、善鸞の体も前に傾いた。

父と子は抱き合うような姿勢になった。

耳もとでささやく父の声が聞こえた。

「父と子は血でつながっております。こうして胸と胸を合わせれば、わたしの胸の脈動が、あなたの胸にも感じられることでしょう。わたしは法然上人からそのようにして教えを授けられたのです。いまその教えをあなたに伝えます。わたしの言葉を信じていただけますね」

「信じます……」

喉に貼り付いたようになった声を絞り出した。

その声が父の耳に届いたのかも定かではなかった。

ふと、何かの気配を感じた。

同じ気配を、父も感じたようだった。

父は素速く上体を離して、廊下の方に目を向けた。

前室の板戸が半ば開き、顕智の顔が見えた。何か用があって、声をかけながら同時に板戸を開けたのだろう。そこで顕智は金縛りになったように動きを止めた。見てはならぬものを見たような異様に硬ばった表情で、顕智はこちらを見つめていた。

「いま、善鸞に、大事な教えを伝えていたのですよ」

親鸞は慌てたように言った。

その声の抑揚から、困惑したようすが感じられた。

第二章　門弟

息子の如信がまだ幼児だったころのことだ。

善鸞が日野の館に赴くと、親鸞が先に来ていて、幼児の相手をしていた。何やら歌のようなものを口ずさんでいる。

朗々とした見事な声だった。

幼い如信も祖父の声に聞き惚れているかのように耳を傾けてじっとしていた。

〽五劫思惟の苗代に
　兆載永劫のしろをして
　雑行自力の草を取り
　一念帰命の種下ろし
　念々相続の水流し
　往生の秋になりぬれば
　実りを見るこそ嬉しけれ

如信は聡明な子で言葉をしっかりと話し、簡単な漢字や漢語も学んではいたが、この歌の文言を理解できるほどではない。もちろん聞いている善鸞には、それが浄土の教えを詠み込んだ歌だということはすぐにわかった。

善鸞が庭先に現れたことに気づいた親鸞は、いくぶん当惑したような笑みをうかべながら、言い訳のようにささやきかけた。

「これは田植歌でしてね」

そう言ってから、もう一度、同じ歌を口ずさみ始めた。

歌い終えてから、親鸞は語った。

「越後（えちご）でも常陸（ひたち）でも、この歌を農民に教えて一緒に田植や草取をやりました。皆で歌を歌うというのは、農民たちにとっても大事なことです。それで作業が捗（はかど）りますからね。農民たちは言葉の意味はわからぬものの、節回しに乗せて歌っているうちに、すぐに言葉を憶えます。穫り入れの後の宴会のおりなどに、一つ一つ言葉の意味をお伝えすると、なるほどそういうことだったのかと納得して、知らぬうちに浄土の教えの神髄を心得ることになるのです」

善鸞は大きく頷いて言った。

「如信も知らぬうちに、雑行とか帰命といった言葉を憶えることになるのですね」

親鸞は声を立てて笑った。

「この子は京育ちですから、田植というものがわからぬかもしれませぬが。この日野の里から少し行けば田圃（たんぼ）がありますから、季節が来たら見せてやりたいですね。されども京の人々には田植歌よりも、今様（いまよう）（当時の流行（はや）り歌）の方がなじみがあるでしょう。そう思うて、今様の節に合わせた和讃というものもいくつか作ってみたのですよ」

そう言って親鸞はいきなり歌い始めた。

親鸞はいかにも気持よさそうに朗々とした声で歌っている。

〽無明長夜の灯炬なり
　智眼昏しと悲しむな
　生死大海の船筏なり
　罪障重しと歎かざれ

確かに理屈を並べて説くよりも、歌にして伝えれば、教えは容易に弘まっていくだろう。善鸞は父の布教の一端を学んだように思った。

親鸞は続けて、新たな歌を歌い始めた。

〽像末五濁の世となりて
　釈迦の遺教かくれしむ
　弥陀の悲願ひろまりて
　念仏往生さかりなり

親鸞は日野の館に留まっていることが多くなった。

如信に読み書きを教え、浄土の教えを説いて聞かせる。

当初は娘の王御前がいるので娘の顔が見たいのかとも思ったのだが、王御前が久我邸に出仕したあとも日野の館に通い続けた。やがて王御前は勤めを辞して日野広綱の継室となった。男児の光寿が生まれると親鸞は二人を相手に漢籍や仏教経典を教えるようになった。

光寿は父親の日野広綱が亡くなったこともあって、親鸞、善鸞と同じように、青蓮院で得度して天台の修行僧になり、覚恵という法名を授かった。

如信は覚恵より年上であり、先に仏門に入ってもよいところであったが、親鸞は如信を手放さなかった。手元に置いて付ききっきりで浄土の教えを伝授し、やがては自らの後継者にと思い定めているようなところがあった。

〽弥陀の名号(みょうごう)となへつつ
信心まことにうるひとは
憶念の心つねにして
仏恩報ずるおもひあり

親鸞は和讃を作り続けた。

やがて教行(きょうぎょう)心証(しんしょう)の執筆を終えた親鸞は、東国の門弟への書状を書くほかは、ただひたすら新たな和讃を作って日々を過ごすことになる。

〽如来大悲の恩徳(おんどく)は
身を粉(こ)にしても報ずべし
師主知識の恩徳も
ほねをくだきても謝すべし

五条西洞院(にしのとういん)の草庵は増築を重ね、道場と呼ばれる広間や宿坊を備えるようになった。

京での布教は禁じられている。

従って門弟が増えるわけではないのだが、親鸞を慕う門徒が東国から訪ねてくることがあった。多くは常陸あたりの在地の武者で、京への赴任が決まったり何かの用で京に滞在するものたちだった。そうした門弟なら短い挨拶だけで去っていく。

だが親鸞の帰洛から数年が経つと、東国からの来訪者が増えるようになった。

東国では面授の門弟たちがそれぞれに宗派を作り、自分の寺なども整備して布教に努めていた。宗派を率いるものは弟子たちの寄進によって生活を維持し、寺の整備の費用にも当てる。門徒が増えれば寄進も増え寺も立派になっていく。

寄進の一部は京の親鸞に送られる。親鸞としても門弟に礼状を出し、励まさないわけにはいかなかった。

宗派を率いる指導者は多忙で上京する閑もないのだが、新たに門徒となった弟子たちが一目でもいいから宗祖の尊顔を拝したいと、続々と東海道を上ってくる。

応対する道場や宿坊が必要だった。

五条西洞院は関白九条兼実の邸宅だっただけに敷地は広大だ。古びた建物が使われないままに残っているので、わずかな修復で宿泊施設を増やすことができた。

側近の顕智の手配で建物が修復されていった。

顕智が現場を取り仕切るようすを見ていると、際立った聡明さが感じられた。

親鸞も顕智の能力と熱意を高く評価していた。本来なら第一の側近として、つねに親鸞のかたわらにあるべき門弟ではあるが、そばに侍るのは善鸞だった。顕智は少し距離をとった位置に遠ざけられた。

気のせいか、顕智は善鸞に対して敵意と見えるほどのよそよそしい態度をとることがあった。顕智は高田門徒という宗派に属していて、時々下野の高田に戻ることがあった。誰に対しても公平に対応する蓮位と違って、他宗派の来訪者には冷たい態度で接することが多かった。

善鸞に対しても、むきだしの敵意を示すわけではないが、いつも目を逸らして、頑なに会話を避けようとしている。

それでは草庵の中に気詰まりな雰囲気が広がってしまう。

善鸞は父の後継者として宗門をまとめなければと配慮するようになっていたので、何とか顕智と親しくなりたいと思っていた。

顕智の顔を見れば、さりげなく話しかけるようにはしているのだが、庵室や道場の用を頼むくらいで、会話の糸口を見つけるのに苦労をした。

「顕智どのは、父のもとに入られて長いのですか」

そんなことを尋ねてみたことがあったが、顕智は硬い表情で短く答えるばかりだった。

「長くはございません」

そこで会話が途切れてしまう。

確かに下妻(しもつま)に本拠があったころから仕えている蓮位と比べれば、顕智の門弟としての経歴はそれほど長いものではないだろう。

おりを見てまた話しかけた。

「増築の手伝いに来られた方々は、顕智どのの指図に忠実に従っていますね。配下なのですか」

顕智は硬い表情のままで応えた。

「同輩です。叡山の麓の寺にしばらくおりましたころの仲間です」

「仲間の方々にお骨折りをいただきました。感謝いたしております」

「わたくしは聖人(しょうにん)のために尽くしておるだけです」

まるで息子のおまえのために働いているわけではないと言いたげなようすだった。

善鸞は父に相談したこともある。

「顕智というお方は、心を閉ざしておられるように思うのですが、わたくしの気のせいでしょうか」

親鸞は笑いながら答えた。

「まあ、そういうところもあるでしょうね。あれは生真面目な質でしてね。いまは一途に専修念仏を信心しておりますが、以前は善光寺の聖として、寄進を集める活動にむきになって取り組んでおったこともあるのですよ」

「善光寺聖というのは背中の笈に仏を納めて各地を巡回する勧進僧ですね」

「わたしが越後に配流されておったころにも、聖は毎年やってきました。自宅に招いて問答をしたこともあります。彼らは笈の中の仏像を人々に拝ませて寄進を集めるのですが、その仏は善光寺の秘仏とされている本尊の模造仏だということです。小さな仏で一つの光背に阿弥陀三尊が並んでおり、村人たちも拝むおりは念仏を唱えておりました。小さくてよくわからないのですが、手の印相が阿弥陀仏とは違っているようにも見えるのです。それでも昔から阿弥陀さまだと伝えられておるようですね」

「父ぎみが東国に赴かれる前から、念仏を唱える風習は弘まっていたのですね」

「そういうことになりますね。念仏はわたしが弘めたものではないのですよ。顕智の兄弟子の真仏は、下野の高田に自分の寺をもっておりました。善光寺の模造仏を本尊として、門徒も大勢おったのですが、稲田のわたしの草庵を訪ねてきましてね。門徒の全員とともに浄土真宗に帰依したのです」

「高田の門徒たちは、最初から専修念仏を信心していたわけではないのですね」

「そういうことですね。いまでも高田の寺には善光寺の仏が安置されており、門徒はその前で念仏を唱えています」

父の話では、高田門徒を率いる真仏が親鸞の門弟となったので、顕智も門弟となったとのことだった。

善鸞はその経緯について、顕智に直接尋ねてみた。

「あなたはなぜ聖人の門弟となったのですか」

顕智は短く答えた。

「法兄の真仏さまに従ったまでです」

感情のこもらない言い方だった。善鸞との議論を避けようとする意図が感じられた。

善鸞は相手の気分を損ねないように、穏やかな口調で問いかけた。

「いまでも高田では仏像を拝んでいるそうですね。それでは善光寺の末寺と同じではないですか」

顕智は冷笑をうかべた。

「高田の如来堂を浄土真宗の寺院と定められたのは、親鸞聖人です。そのことを、お父ぎみからお聞きではないのですか」

親鸞は仏像崇拝を否定してはいない。だが仏像を尊ぶという姿勢ももっていなかった。ひたすら念仏を唱えていれば、阿弥陀仏のお導きで必ず極楽往生できる。従って仏像などは必要ないのだが、それでも通常の寺院のように御本尊となる何かが欲しいという要望があるようで、親鸞は仏像の代わりに、自ら筆を執って六字の名号を認め(したため)、門弟たちに与えていた。

六字の名号とは、南無阿弥陀仏という文字そのもののことだ。

時には「南無」を略字で「南无(なむ)」と書くこともある。

多くの寺には、釈迦三尊、阿弥陀三尊、薬師三尊など、本尊の左右に脇侍(わきじ)の菩薩が配置されている。脇侍も欲しいという要望に対して、親鸞は九字の名号(南無不可思議光如来)と十字の名号(帰命尽十方無碍光(むげこう)如来)を書き与えることもあった。

五条西洞院の道場にも、本尊の六字の名号が掲げてある。

善鸞は思わず詰問するように声を高めた。

「なぜ真仏どのやあなたは、聖人の門弟になられたのですか。仏像を拝むということであれば、善光寺聖のままでもよかったのでは……」

　顕智は目を逸らして低い声で応えた。

「あなたさまは聖人のご嫡男です。わたくしとは立場が違います。あなたさまと諍論するつもりはございません」

　そこで話は打ち切りとなった。

　専修念仏の教えを説く親鸞が、仏像を本尊とする寺を認めるというのは、奇異な感じがした。父のすることだから理由があるのだろうと、あれこれ考えてみたが、納得できるような考えは思いつかなかった。

　どうにも合点がいかないので、おりを見て父に尋ねた。

「下野の高田には、一光三尊の仏像が祀られておるとのことですが、なぜそのようなことをお認めになったのですか」

　親鸞は微笑をうかべて答えた。

「わたしが同行と呼んでいる門弟たちは、それぞれの地元で教えを弘めております。各地には住職のいなくなった荒れ寺がありまして、そういうところを本拠にしているものも少なくないのです。性信の寺は元は真言宗だったようで、大日如来や不動明王があります。高田の如来堂にある善光寺の仏像は、昔から阿弥陀三尊と称されておりますので、真仏たちは念仏を唱えておりました。真仏の弟子たちも仏像を拝むのを慣習としておりましたので、そのままにしておいたのです」

　そう言ったあとで、親鸞は笑い声を洩らした。

「わたしは念仏を唱えることを皆さまにお勧めしておりますが、仏像があれば拝みたくなるのは無理からぬことでしょう。細かいことにこだわらぬようにしております。どんな仏像でも、拝みたければ拝めばよいのですよ」

善鸞は思ったことを口にした。

「そういうことであれば、東国にはさまざまな仏像を本尊とした浄土真宗があるということになりませんか」

「仏像があろうと、名号があろうと、あるいは何もなくただ目を閉じて念仏を唱えるということであろうと、念仏を唱えるということであれば、形などはどうでもよいのです。この五条西洞院の道場も、何もないと寂しいと顕智どのが言われるので、名号を書いて貼ってみたのですがね。東国からはさまざまな門弟がやってきますが、名号は皆が尊んでおりますので、よかったと思うております」

親鸞の語りようは穏やかで、高僧らしい大らかさに満ちていた。

それが悟りの境地というものであろうか。

自分はとてもそのような境地にはなれぬと善鸞は思った。

顕智に比べれば、もう一人の側近の蓮位はかなりの年輩だけに、善鸞と競い合うようなところは少しもなかった。

親鸞の東国での活動は二十年に及ぶものだったが、その当初の下妻小島草庵のころからの側近だった。善鸞はおりにふれて、親鸞の東国でのようすについて、蓮位から話を聞くことになった。

蓮位の話でとくに心に残っていることがある。

信楽という門弟がいた。俗名を相馬義清という武者だった。

父は相馬の領主で、祖父は頼朝の重臣千葉常胤という名門の出身だ。信楽自身も下総の新堤に領地を有していた。下妻からはわずかな道程の地だ。

父の相馬師常（もろつね）が法然（ほうねん）の弟子だったことから、親鸞が東国で活動を始めた当初に小島草庵を訪ねて門弟となり、名号本尊を授けられて自邸を寺とした。

ところが信楽の説く教えが、親鸞とも法然とも違う異端だという批判が他の門弟の間から生じ、やがて信楽は草庵に来なくなった。信楽は破門されたという噂が広がった。

蓮位は親鸞にこんなふうに問いかけた。

「どうやら信楽どのは、もはや門下ではなくなったようですね。されども聖人さまはあのものに、本尊の名号を授けられました。他にもいくつか、聖人直筆の書を渡されたのではありませんか。わたくしが行って取り戻してまいりましょうか」

すると親鸞は笑いながらこのように応えた。

「それには及びませぬ。親鸞は弟子というものはもっておりません。皆、阿弥陀さまの本願を信じ、ともに往生を念ずる同行の人々です。信楽は多少の回り道はするかもしれませんが、往生を念じていることに違いはありません。わたしが信楽に名号や書を与えたのも、阿弥陀さまのお導きによるものですから、もはやわたしのものではなく、取り戻すわけにもいかぬのです。名号や書を信楽が大事にして、多くの人々を導いてくれるのであれば、それこそが阿弥陀さまの思し召しに適うことでしょう」

この言葉は蓮位が伝えてくれたものだが、善鸞には親鸞の表情や話しぶりが目に見える気がした。

だが気にかかることもあった。

下妻にいたころから、門弟の間には諍（いさか）いがあったのだろうか。

善鸞は蓮位に尋ねた。

「門弟の方々の中から、信楽を破門にせよといった声が上がったのでしょうか」

「性信さまでございます」

蓮位が答えた。

善鸞にとって、その答えは意外だった。

「性信どのといえば、側近第一のお方ではないですか。その性信どのが、他の門弟を批判されたのですか」

実直な蓮位は他人の悪口を言うような人柄ではない。それだけに、真実を告げなければというよほどの思いがあるのか、思い詰めた口調で語り始めた。

「性信どのは鹿島神宮の神官の子で、下妻から鬼怒川を少し下った横曾根の古寺を改装して、すでに門徒を育てておいででした。鹿島神宮には真言密教を採り入れた神宮寺が併設されており、性信どのも寺で勉学されておったようです。従って漢文が読め、経典にも詳しく、法然上人のお弟子であったころから親鸞聖人に仕えておられました。それだけに性信どのは自分が第一の門弟であるという強い自負をおもちでございます」

そこまで話して、蓮位は声を落とした。

「信楽どのも下妻に近い新堤に領地をおもちで、自邸を改装して寺とし、親鸞聖人から戴いた名号を本尊として、門弟をとるようになりました。性信さまは鹿島神宮に出向いて一切経の書写をされるなど、親鸞聖人の側近としての仕事が忙しく、自らの門弟を増やす閑はありません。横曾根からさほど離れていない新堤のあたりで信楽どのの評判が高くなったので、性信どのとしては良い気分ではなかったのでしょう」

性信は仏教経典に精通している。親鸞は当時から教行信証の執筆を始めていたようだが、執筆にあたっては参照する経典が手元に必要だ。流罪となった親鸞は経典の類はまったく保有していなかった。

のちには宇都宮蓮生が稲田神社に宋版一切経を寄進し、神社に隣接した土地に新たな草庵を建ててくれたのだが、下妻にいたころは、性信が鹿島神宮に通って、必要な経典を書写していた。

下妻で活動を開始した初期のころから、門弟たちの間に競うようなところがあったというのは、初めて知ったことだった。

親鸞は東国の各地を回り、多くの門弟を擁していた。門弟が多いということは、それなりの苦労もあったはずだ。

「その信楽というお方の他にも、破門になったような門弟はいるのですか」

善鸞の問いに、ふだんは表情を変えることの少ない蓮位が、深く沈み込んだ顔つきになった。

「聖人の布教は二十年以上に及びましたから、さまざまな門弟がおりました。聖人の教えはただ念仏を唱えるということだけで、難しい教義があるわけではありません。もっともらしい儀式もなければ、従わねばならぬ戒律もございません。そこに物足りなさを感じて、勝手な教えを説く門弟がいないわけではなかったのです。中には聖人の教えからは掛け離れた教えを説くものもおりました。そういう異端の教えについては、性信さまは厳しく批判をされました。聖人にとって性信どのは大事な門弟でございますから、その批判を蔑ろにすることもできず、かといってすべてを仏の思し召しと受けとめておられる聖人さまのことですから、門弟を無下に破門にするわけにもいかず、いろいろと心を痛めておられたのではないかと拝察いたしておりました」

そこでわずかに息をついてから、蓮位はさらに声を落として語り続けた。

「聖人は他力本願ということを説かれます。すべてを阿弥陀仏にお任せして、無心に信心するのが救いへの近道だというお考えです。なまじ自分で努力して慢心するよりも、自分は救いようのない悪人だと自覚して、ひたすら仏の慈悲におすがりするものにこそ、極楽往生の道筋が開けるということになります。ところがこの教えを鵜呑みにしたものの中には、悪人の方が救われやすいというのであれば、大酒をのんで暴れたり、盗みや不倫を重ねた方が極楽に近くなると、勝手な解釈をするものが出てまいります。これを本願ぼこりとか、造悪無碍（ぞうあくむげ）と申します。弟子の中にそのようなものが出てくれば、あの宗派はとんでもない教えを弘めていると評判を落とすことになりかねません。そこまで行けば、破門ということも避けられなくなります。聖人はあのようなお人柄ですから、造悪無碍の考えに毒されたものに対して、優しく諭されて正しい方向にお導きになるのですが、面授の門弟が新たな宗派を作って布教する場合には、聖人さまのような優しさもなければ人柄にも欠けることになり、破門するしかないということも起こるのでございます」

東国ではさまざまな面授の門弟が別個に活動しているようで、親鸞の教えも多様に解釈されているのではないか。

善鸞はそのような惧（おそ）れを覚えた。

おりをみて善鸞は、東国での布教について親鸞に質（ただ）した。

「東国では面授の門弟の皆さまが、それぞれに教えを説いていると伺っておりますが、そうすると人によって、少しずつ違う教えを説くということも起こるのではないでしょうか」

親鸞は事もなげに言った。

「そういうこともあるでしょうね」

善鸞は驚いて声を高めた。

「そういうこともある……。そんなことでよろしいのですか」

「まあ、同行の皆さま方には、それぞれの事情がありますので、仕方のないことなのですよ」

そう言って親鸞は屈託のない微笑を浮かべた。

「真仏の寺にも、性信の寺にも仏像があります。他の門弟の中にも荒れ寺を修復して本拠としたものがおります。荒れ寺には古びた仏像が残っていることがあります。捨てるわけにもいかぬので、そのままにしておきなさいと伝えることにしております。そうすると周囲の農民たちが仏像を拝みに来ます。その仏が何であれ、南無阿弥陀仏と唱えていただければ、専修念仏ということになるのではないですか。阿弥陀仏は本師本仏と称されており、諸仏諸尊は阿弥陀仏の弟子ということになっておりますから、どんな仏像でも拝んでおれば、阿弥陀さまの思し召しに適うということですね」

「他にも、仏像を拝ませている門弟がいるのでしょうか」

「東国では戦さが絶えなかったですからね。武者も農兵も人を傷つけ殺めました。年を取ると地獄が怖くなってくるようで、わたしのもとに来て救いを求めます。武者の家にはそれぞれの先祖が大事にしていた仏像があります。お釈迦さまであったり、観音さまであったり、薬師仏であったり、いろいろです。古来の神道もいまでは権現と呼ばれ、仏の眷属ということになっておりますから、べつに鹿島神宮の神を拝んでもよいのですよ。ああ、そうそう……」

そこまで話して親鸞は声を出して笑った。

「弁円という修験者がおりましてね。稲田におったころにわたしのところに押しかけてきて、おまえを殺すと凄んだことがありました」

善鸞は驚いて言った。

「どうしてそれほどまでに敵意を抱くようになったのですか」

「専修念仏の教えが弘まりましたので、修験道の信者が減ってしまったようです。山伏といえども霞を食って生きているわけではなく、衆生からの寄進をあてにしておるので、信者が減るというのは、命を縮められるようなものかもしれませぬ」

「それは大変だったですね。お父ぎみは無事だったのですか」

「まあ、のんびりとお話をいたしましたので、その場でわたしの同行となることを誓われたのですが、もとは板敷山（いたじきやま）の南麓にある大覚寺（だいかくじ）の護摩堂（ごまどう）を本拠に山伏集団を率いておりました。大覚寺は天台の寺ですが、護摩堂というからには、不動明王が安置されておったのでしょうね。周辺の人々もよくお参りに来られるそうで、それはそのままにしておきなさいとわたしは申し上げました。寺というものは人々に支えられておりますから、いきなり宗旨替えをするわけにもいかぬでしょう。まあ、陀羅尼（だらに）の代わりに、徐々に念仏の功徳（くどく）を説くようにして、いまでは専修念仏の宗派になっております」

どうやら親鸞が弘めた浄土真宗という宗門は、門弟によってさまざまに異なった教えを説いているようだ。


東国から訪ねてくる門徒たちも、その語るところや、念仏を唱えるようすにも、いくぶんか差違があるように感じられた。

蓮位は長く側近を務めているので、面授の門弟のほぼすべてと顔見知りだったし、宗祖の帰洛以後に門弟になったものも、その師の名を聞けば、どんな教えを受けているかがわかるようで、如才なく対応できる。

これに対して顕智の方は、高田門徒が来訪した時の他は、来訪者と会話することはほとんどなかった。

名号を掲げた道場に案内された遠来の門徒たちは、まず蓮位が相手をする。

親鸞はすぐには現れない。遠来の門弟たちも、まずは旅装を解き、長旅の疲れを癒しながら道場に集まり、本尊の名号の前で念仏を唱え、それから対応に出た蓮位と言葉を交わすことになる。

蓮位は誠実な人柄そのままに、過去を懐かしみ想い出を語る。蓮位と初めて対面した人々も自分たちの師のことを知っている蓮位と言葉を交わすうちに、はるばる京にまで足を運んだ喜びを感じることになる。

人々の気持はさらに盛り上がり、期待に胸をふくらませて宗祖の親鸞の登場を待ちわびることになる。

やがて親鸞が現れる。

さすがに高齢のため、足腰に衰えが見えているが、壁の名号の前に背筋を伸ばして座した姿からは、穏やかな中にもそれなりの重みがにじみだしている。

傲（おご）るわけではなく、威厳をとりつくろうようすもないのに、ただそこにいるだけで、まるで後光が射しているかのような威圧感がある。

息を呑んだような静けさが道場を包む。

来訪者は自ずと手を合わせ、念仏を唱え始める。

まるで生き仏を前にしたかのように、頭を垂れてひたすら念仏を唱え続ける。

親鸞はいくぶん困惑したような微笑をうかべ、いつもの優しさに溢（あふ）れた物言いで、東国のようすを尋ねたり、長旅の疲れを労（ねぎら）ったりもするのだが、はたから見ている善鸞には、親鸞が門弟たちの相手をすることに疲れを覚えているようにも見えた。

年とともに、その傾向は強まっていく。

とくに体調がよくない時は、門徒たちに対応することが負担になっているようすが窺えた。

そんなおりは、善鸞が代理として応対することもあった。

なかなか親鸞が現れないことに、いらだった感じになっている道場に、蓮位に先導されて善鸞が入っていく。思いがけず若い善鸞が名号の前に座ると、これは何ものなのかといったざわめきが伝わってくる。

「こちらは親鸞聖人のご嫡男の善鸞さまでございます」

蓮位が紹介すると、道場を満たしていたざわめきが、一瞬にして鎮(しず)まり返る。

人々の視線が善鸞に集中する。

父と再会したその時、父がしばらく無言で自分の顔を見つめていたことを憶えている。あとになって父は語った。息子の顔立ちに母親の面影を捜したのだが、母よりも父に酷似していたので、自分の姿を見るようで困惑していた……。

確かに善鸞は父に似ている。

何年も父の側近を務めているので、声や話しぶりも似てきたし、表情はもとより、年齢とともに顔立ちまで父とそっくりになってきた。

面授の門弟はもとより、それぞれの師から宗祖の顔立ちや人柄を聞いているだけの人々も、善鸞の姿を見ると、確かに宗祖の嫡男だと感じて、生き仏と同様の威厳を感じるようだった。

人々が自分の前に平伏し、すがるような眼差しでこちらを見上げながら念仏を唱えるさまを、善鸞は静かに見守っていた。

当初は困惑した。

父ならばともかく、宗祖ではない自分は人々に跪拝(きはい)されるいわれはない。だが慣れるにつれてそれなりの対応ができるようになった。あまりいい気分ではなかったが、人々が自分に父の面影を見ようとするのは当然のことで、血を分けた自分が父の代理を務めることも、自分が負っている宿世(すくせ)なのだと思い定めるしかなかった。

せっかく会いに来たのに宗祖の尊顔を拝することができないのは、遠来の訪問者にとっては残念なことだろうが、それでも嫡男に会えたことは、大きな喜びなのだろう。人々は口々に、お父ぎみのお体の具合はいかがでしょうかとか、ふだんの宗祖はどのような暮らしぶりなのかといったことを質問する。

適当に答えておく。

中には難しい問答を仕掛けてくるものもいたが、教行信証を読み込んでいる善鸞にとっては、むしろ専修念仏の教えについての理屈っぽい問いかけの方が答え易(やす)かった。

たとえばある門徒はこんなことを問いかけてきた。

「わたしの同輩たちは競い合うようにして念仏を唱え、昨日は寝る前に百遍唱えたとか、毎日二百遍ほど唱えているとか、数を競い合うようなところがございます。わたくしは回数を増やしすぎれば、念仏に心がこもらなくなるのではという気がしておりますが、いかがなものでございましょう。念仏というものは、数多く唱えるべきでしょうか。多く唱えればそれだけ功徳が増えるということになるのでしょうか」

このような問いは簡単だ。

いつも親鸞が話をしているのをそばで聞いているので、口調までそっくりに語ることができる。

「専修念仏で何よりも大事なのは、阿弥陀さまの本願をひたすらに信じるということです。言い換えれば、無心になるということですね。数多く念仏を唱えなければならないとか、あと何遍唱えようとか、そんな思いがあったのでは、無心にはなれないでしょう。同輩と競うことはないのです。念仏など唱えないでおこうと思っていても、ひとりでに念仏が口をついて出てくる。そうなるように阿弥陀さまが導いてくださるので、何も考えずに唱えたくなったら唱えるということでよいのです。気持がこもっているのであれば数多く唱えるのもよいでしょうし、たった一遍だけの念仏であろうと、信じる気持があればそれでよいのですよ」

「信じる気持。それだけでよいのでございますか」

相手は重ねて問いかけてきた。

善鸞は答える。

「信じればよいのです。その他には何も要りませぬ。ただひたすら信じる。疑いも迷いもなく信じておれば、すなわちそれが悟りなのです。この世に居ながらにして、すでに彼岸の浄土に到達しているようなものです」

善鸞の言葉に、相手は大きく頷いた。

言葉にはそれなりの力がある。ただの言葉ではなく、話しぶりに効果があるようにも思える。だが自分の言葉は父から学んだものであり、話しぶりも父を真似たものだ。顔立ちや声も、自分は父から受け継いでいる。

父の嫡男としては、それでいいのかもしれない。

だが、わずかな疑念が、胸の奥底にある。

いまはただ熱もなく燻(くすぶ)っているだけかもしれないが、いずれはその疑念が大きく広がっていくのではという予感を覚えた。

来訪者の話を聞いていると、東国では年月の経過とともに、大きな変化が起こりつつあるようだった。承久(じょうきゅう)の乱の敗北で朝廷の権威は失墜した。鎌倉がこの国の都となった。

鎌倉は急速に発展している。

武者の府であるだけでなく、経済的にも大発展を遂げているということだ。

それにつれて東国の人々のようすにも変化が生じているのではないか。

そんなことを考えていたところに、聞き捨てならぬ報せがもたらされた。

東国で新たな宗門が生まれたのだという。

鎌倉幕府の公式行事などで用いられる儀礼は、朝廷の慣例を真似たものが多く、打楽器や声明(しょうみょう)を用いた真言密教の様式を採り入れていた。源頼朝や尼将軍と呼ばれた北条政子(まさこ)は臨済宗(りんざいしゅう)を興した栄西(えいさい)を招いて多くの禅寺を築き、御家人にも座禅を奨励していた。下級の武者の間には念仏が弘まっている。

さらに幕府は世の中の秩序の乱れを抑えるために戒律を重んじる律宗（真言律宗）を採り入れようとしていた。

そこに、真言、禅、念仏、律のすべてを否定し糺弾する新たな宗派が興ったらしい。

日蓮(にちれん)という若い修行者が辻説法などで弘めた日蓮宗という宗派で、とくに下総の武者の間で支持者が増えているのだという。

親鸞の側近だった性信の本拠、横曾根も下総なので、まともに衝突するのではと懸念される。

日蓮は四箇格言(しかかくげん)というものを提唱しているらしい。

　真言亡国。

　禅天魔。

　念仏無間(むげん)。

　律国賊。

これが四箇格言だ。

親鸞や師の法然、新たな禅宗を起こした臨済宗の栄西、曹洞宗（そうとうしゅう）の道元（どうげん）など、この時代に新たな宗門を興した宗祖はすべて、若いころは比叡山で天台宗を学んでいた。比叡山ではまず法華経（妙法蓮華経）を学ぶことになる。そこには仏の教えの基礎がさまざまな譬（たと）え話で示され、さらにこの経典の卓抜した世界観として、釈迦を始めさまざまな特徴をもった諸仏諸尊の背後には久遠本仏（くおんほんぶつ）の存在があることが語られる。

久遠本仏とは十方世界とも呼ばれる宇宙全体を遍（あまね）く包み込んでいる巨大な仏のことで、別の経典では異なる名称が与えられている。華厳（けごん）経では毘盧遮那（びるしゃな）如来、大日（だいにち）経では大日如来と呼ばれ、浄土の教えでは阿弥陀仏を本師本仏と称している。

仏教は歴史とともに進化発展していく。その過程で異なる世界観が生じ、さまざまな宗派が生じているのだが、日蓮は比叡山で法華経を学ぶうちに、派生的な宗派はすべて邪（よこしま）なものだと断じ、法華経のみを尊ぶことに命をかけようと決意したようだ。

そのため専修念仏の門徒がひたすら念仏を唱えるように、日蓮の弟子たちはひたすら法華経の唱題（南無妙法蓮華経（なむみょうほうれんげきょう））に努めているとのことだった。

そういうことであれば、念仏と唱題とは似たような朗誦（ろうしょう）ではあるが、異なる文言を唱えるので、真っ向から対立する教えというべきだろう。

東国から訪ねてきた門徒の話を聞いているうちに善鸞は危機感を覚えた。

門徒の話は親鸞が直接に聞くこともあり、面授の門弟からの書状が親鸞に届けられることもある。

東国のようすは親鸞も承知しているはずだった。

だが親鸞のようすを窺ってみても、とくに心配しているようには感じられなかった。

善鸞は思いきって父に尋ねてみた。

「東国では日蓮宗という新たな教えが弘まっているようですね」

「ああ、そのようですね」

とくに興味もないようすで親鸞はつぶやいた。

「父ぎみの教えを、その日蓮というものは批判していると聞きました。念仏を唱えると無間地獄に堕ちるなどと言い立てておるようです」

「まあ、言わせておけばよいのです。阿弥陀仏の本願を信じ、必ず極楽に往生できると安心安堵しておれば、何を言われようと信心が揺らぐことはないでしょう」

「そのような妄言によって、念仏を唱えるものが減ってしまうのであれば、由々しきことではないですか。念仏さえ唱えておれば往生できるものが、念仏を唱えなくなるのですからね」

「無理をせず、成り行きに任せておけばよいのです。念仏を唱えようとしなくても、ひとりでに念仏を唱えたくなる。それが阿弥陀仏の思し召しです。われらはひたすら阿弥陀さまを信じておればよいのです」

事もなげに言いきった親鸞のようすに、善鸞はもどかしさを覚えた。

親鸞が東国を離れてから長い年月が経過している。時が移れば人の生き方や考え方も変わっていく。時勢が移っていくことに門徒たちは困惑し途方に暮れているのではないか。

善鸞は語調を改めて言った。

「性信どのや真仏どのなど、面授の門弟がたはさぞやお困りでございましょう。それというのも門弟の皆さまがそれぞれに異なる教えを説き、浄土真宗が一つにまとまっておらぬからではないですか。そういうことでは、父ぎみの教えが後の世に伝わらぬことになってしまいます」

「それは困りましたね。わたしは法然上人から受け継いだ教えを、一人でも多くの方にお伝えしたいと思うて東国に向かったのですがね……。わたしの力が及ばなかったということであれば、まことに申し訳なきことです。とはいえそのような成り行きも、阿弥陀さまはとっくにご承知だと思いますよ。すべては仏の思し召しなのです」

父ののんびりした話しぶりに、苛立(いらだ)ちを覚えた。

もはやかなりの高齢になっている父には、教えを説く気概が失せてしまったのかもしれない。

善鸞は身を乗り出すような姿勢になって詰問した。

「父ぎみはなぜ門弟の皆さまに異なる教えを説かれたのですか。仏像などを拝してはならぬ。六字の名号を必ず拝するようにと、どうしてお命じにならなかったのですか」

親鸞はとぼけた微笑をうかべた。

「人はさまざまな宿世を負うてこの世に生まれてくるのですよ。性信も真仏も、それなりの生き方があって、たまたまわたしの門弟となったのです。これはすべて阿弥陀仏のお導きです。真言の寺を継承した性信には、その寺を大事にしなさいとお伝えしました。善光寺聖としての修行をした真仏は、すでに模造仏を本尊とした寺をもっておりました。これも宿世と言わねばなりません。宿世を重んじるならば、門弟によって異なる言葉をかけ、異なる教えを説くことも、阿弥陀仏の思し召しに適うことではないでしょうか」

「それは方便(ほうべん)ということですか」

悟りに到達するための方法にはさまざまなものがある。それらは到彼岸(とうひがん)、度(ど)、波羅蜜(はらみつ)などと呼ばれるのだが、言葉による譬え話のようなものをとくに方便と呼ぶことがある。

親鸞は苦笑するような顔つきになった。

「それを方便と言うてもよいのかもしれませんが、わたしが説いておるのはただ一つのことです。阿弥陀仏の本願を信じ、称名念仏によって必ず極楽往生できると信ずること……。その信心さえあれば、あとは何も要らぬのです。ただひたすら信じておれば、心が揺らぐこともありません。すなわちそれは悟りの境地と言うてもよいのです。往生するまでもなく、この世に居ながらにしてすでに彼岸に到達しておるのです。これは理屈ではありません。人はさまざまな生き方をして、いまがあるわけですから、人それぞれに信心の在り方も違ってくるはずです。教えを説くというのは、人に向けて心をこめて手を差し伸べるということですが、どのように手を差し伸べるかは、人によって異なりますので、その場その場で考えるしかないのです」

確かにそれが親鸞の教えなのだろう、と善鸞は思った。

理屈ではなく、心をこめることで、多くの門弟の心を動かし、大きな宗門を築き上げた。

父は東国を歩き回ってさまざまな人と出会い、言葉のかけ方や言葉の選び方を会得して、人に応じた教えの説き方を編み出したのだろう。

仏の教えを興した釈迦牟尼も、対機説法と呼ばれる臨機応変の対応をしたと伝えられる。戒律を厳しく守ることのできる心の強いものもいれば、自分に負けてしまう心の弱いものもいる。それに応じて、守るべき戒律を緩めたり、逆に厳しくすることもあるだろうし、説き聞かせる譬え話の内容も異なってくる。

それが方便だ。

善鸞は父の顔を見据えた。

低い声でささやくように言った。

「父ぎみは東国で数多くの言葉を語られました。父ぎみはそのすべてを方便であったとお考えでございますか」

微笑をうかべていた父の顔が、わずかに硬ばったようだ。だがその硬ばりはすぐに解けて、柔和な笑みがうかんだ。

自分を見つめ返す父の眼差しに、観音菩薩のような慈愛に満ちた光が宿ったように思われた。

父もささやくような声で応えた。

「方便とは菩提心から生じたものでございます。菩薩として生きることを誓った修行者は、おのれが成仏するという欲を捨て、ひたすら衆生のために尽くす道を選んだのです。その菩薩の道筋の行く先々に方便がございます。あるいは方便とは真理から遠ざかる試みであり、悟りの境地から離れることになるのかもしれません。されども人を導くためには、時には方便も必要なのです。菩薩の生き方そのものが方便であり、菩薩の験力も、菩薩の言葉も、すべてが方便であると言わねばなりませぬ」

善鸞が問う。

「ならば父ぎみが受けられたという菩薩の夢告もまた方便でございますか」

「それによってわたしは導かれました。わたしが法然上人と出逢うたというのも、大いなる方便によるものでございましょう」

自分の息が荒くなっているのがわかった。おそらく表情も鬼神のごとき顔つきになっていたのかもしれない。自分の声がどこか遠くの方から聞こえる気がした。

「法華経の方便品では、釈迦の語る言葉はすべて方便であるが、その先に言葉にならぬ領域がある。それこそが妙法であると述べられております」

「あなたも比叡山で長く修行されたので、法華経を読み込んでおられるのですね。法華経という経典は言葉にならぬものを言葉で説こうとした試みと申せましょう。法華経の全体がただ言葉だけで説かれておるゆえに、法華経は方便を超えようとして、結局は方便を語ったにすぎぬとも考えられます。

唐の天台山で修行を重ねた天台智顗さまは、その先を考えなされたのです。言葉を超えるためには、身体を使った厳しい鍛錬が必要である。そういうお考えから、さまざまな修行を編み出され、その教えに従ったのが比叡山で天台宗を興された最澄さまなのですが、法然上人は比叡山の修行は難行苦行をするばかりの聖道門であり、悟りへの道から外れた雑行にすぎないとされました。言葉にも、苦行にも、限界があるのです。その先にあるのは、阿弥陀仏の本願を無心に信じる浄土門すなわち専修念仏だけなのです」

親鸞は話す途中から目を逸らして、どこかの中空を眺めるような顔つきになっていた。場所は五条西洞院の親鸞の居室だ。障子が開け放たれていて、庭の樹木の間から陽光が洩れていた。親鸞はその陽光を眺めていたのではないか。尽十方無碍光如来とも呼ばれる阿弥陀仏の眼差しを、その陽光の彼方に感じていたのかもしれない。

その親鸞に向かって、善鸞は鋭い語調で問いかけた。

「大経（無量寿経）によれば、法蔵菩薩（阿弥陀仏）は四十八の誓願を立てて仏になられたとされております。中でも第十八願の、『もし我れ仏となるを得たらんに、十方の衆生、至心に信楽し、我が国（浄土）に生ぜんと欲して乃至十念せんに、若し生ぜずば正覚（悟り）を取らじ……』というくだりは、最も大事なお言葉であるとされておりますが、それも言葉である限りは、ただの方便ではございませぬか」

「阿弥陀の誓願（本願）によって救われる者がおる。このことは確かです。言葉によって救われるということがあるのです。ならば言葉はただの方便ではございませぬ。真の教えであり、妙法であると言うべきでしょう」

「それでは第十八願よりも、もっとよい言葉があれば、それもまた真であり、妙法であるといえるのでございますか」

「それもまた真でございましょう」

喉の奥に何かがつかえたような気がした。善鸞は苦しげなかすれた声で言った。

「たった一言で衆生を救えるような言葉があれば、それは大輪の花のごときものであり、それに比べれば、第十八願などは、しぼめる花だということになりはしませぬか」

この問いに、親鸞は答えなかった。

ただ次のような言葉を返した。

「何よりも大事なのは、悩んでおる人を安心安堵させることです。その言葉によって人が安心安堵するならば、それは大輪の花と言うべきでしょう」

父の言葉が、善鸞の胸の奥深くに刻まれた。


東国から十人ほどの訪問者があった。

常陸や下総、上総（かずさ）の各地から集まった人々が連れ立ってはるばると京を目指し、長い旅路の末に上洛を果たした。

その中に河和田（かわわだ）の唯円（ゆいえん）というものがいた。

稲田で布教をしていたころに飯富平太郎（おおぶへいたろう）という武者が門弟になり、自ら寺を建立して多くの門徒を育てていたが、唯円はその平太郎の弟で俗名を平次郎という。兄が開いた寺には入らず、稲田草庵に住み込んで親鸞の側近となった。

下妻にいたころからの側近だった蓮位は、つねに親鸞のかたわらにいたが、性信や真仏などの主要な門弟は、それぞれに拠点をもって活動していたので、親鸞の身近にあって世話をするものが不足していた。

　唯円は農兵に近い下級の武者で、漢文の読み書きはかろうじてできるものの、漢籍や仏典に通じているわけではない。持ち前の明るさだけが取り柄の人物だ。よくしゃべる気さくな男で、つねに親鸞のお側に侍っていた。やたらと質問する癖があり、他の門弟たちは閉口していたのだが、親鸞自身はうるさがらずに質問に答え、むしろ唯円の素朴な質問に答えることを楽しんでいるようにも見えた。

　そんな話を蓮位から聞いたことがあって、善鸞も興味をもって唯円のようすを眺めていた。

　十人ほどが連れ立って来たということで、高齢の親鸞も道場に出て来訪者に対応した。

　冒頭、親鸞は唯円たちを見回しながら、穏やかな口調で挨拶をした。

「あなたがたは遠い常陸の国から十いくつもの国境（くにざかい）を越えて、この京においでになりました。命がけの旅だったのでしょう。それだけ強い志をもって旅を続けられたのだと思います。わたしに会えば極楽往生への道なり、奥深い経典の言葉など、新たな教えを聞けるのではと期待されてのことでしょうが、残念ながらそのご期待にお応えすることはできません。わたしはただ念仏を唱えて阿弥陀さまにおすがりするということを、師の法然上人より受け継いだだけで、それ以外のことは何も知らないのです」

　そう言って親鸞は、子どものような屈託のない笑みを見せた。それからわずかに声を高めて言葉を続けた。

「念仏さえ唱えておれば必ず往生できるというのはまことのことなのか。念仏を唱えておるのに地獄に堕ちるということはないのか。そのこともわたしは知らないのです。わたしはただ師の言葉を信じているだけです。もしも法然上人のお言葉が嘘で、それに欺（だま）された自分が地獄に堕ちたとしても、わたしは少しも後悔することはありません。なぜかと言えば、ほかの修行で地獄から逃れる方途を知っていたのに、法然上人のお言葉を信じたがために地獄に堕ちたということであれば、後悔することもあるでしょうが、念仏のほかに何も知らないのですから、わたしにとって地獄というのは、自分の定まった住処のようなものです。地獄に堕ちたとしても、来るべきところへ来たと思うだけのことです」

親鸞がこんなことを言ったものだから、人々はいくぶん落胆したような表情を見せたのだが、唯円だけは元気で、東国の窮状を愬え始めた。

東国では大きな問題が起こっていた。親鸞の帰洛から長い年月が経過したため、浄土真宗という看板を掲げながら、さまざまな異説が生じ宗派間の対立が顕著になっていた。

とくに問題を大きくしているのは、造悪無碍を標榜する一団だった。

善人なおもて往生を遂ぐ。いわんや悪人をや……。

親鸞のこの言葉を拡大解釈して、善人よりも悪人の方がたやすく往生できるのだから、悪を為すことを恐れず、むしろ悪を重ねた方が浄土が近くなると説くものがいる。

念仏さえ唱えていればどれほどの悪を為しても大丈夫だと、欲望に任せて傍若無人に振る舞う輩が横行し、専修念仏を一途に弘めようとする宗派までが人々から批判されるようになっていた。

いま浄土真宗は危機に瀕している。真宗が一つにまとまって危機を乗り越えねばならぬ時に、さまざまな異説が横行していることが何とも歎かわしい、と唯円は強い口調で語った。

「たとえばこのようなことがございました。多くの門弟を抱えておられる宗派の指導者のお方に、お話を伺いにまいった時のことでございますが、いきなり詰問されました。『おまえは阿弥陀仏のご誓願の不可思議な力を信じて念仏を唱えておるのか、それとも南無阿弥陀仏という名号の不可思議な力を信じて念仏しておるのか、どちらなのだ』と、そのようなことを問われたのですが、仏の誓願と念仏の名号とは一つにつながったものですから、どちらかと問われても答えようがございません。わたくしは長くお聖人さまのおそばにおりましたので、このような問いが虚仮威しにすぎぬとすぐにわかりましたが、宗派に入りたての初心のお方は、わけがわからない問いに恐れ入って、怯えきってしまうこともあるのではないでしょうか。このような難解な問いを駆使して威張り散らすお方が、近年は増えておるようでございます」

唯円の話に親鸞は聞き入っているように見えたが、目が虚ろな感じで、本当にちゃんと聞いているのかよくわからなかった。話が終わっても親鸞は黙り込むばかりだった。

それでは間がもたないので、すぐそばに控えていた善鸞が代わりに応えた。

「聖人はいつも、無義の義ということを語られます。専修念仏は理屈ではないのです。理屈ではなく、ひたすら信じる。それしかないと聖人は語られます。ひたすら信じることが大事なので、何を信じるのかと問うことは、かえって無明の闇に迷い込むことになります。思うにそのお方は、言葉を操って門弟を誑かそうとしておるのでしょうね」

善鸞の言葉は相手を勢いづけたようだ。

唯円は再び語り始めた。

「またこのようなこともございました。経典をしっかりと読まず、論書なども学ぼうとしないようなものは、往生できるとは限らない。ただ念仏さえ唱えておれば極楽往生できると安易に思うてはならぬ……。そんなことを説かれる方もおられます。理屈など考えずに阿弥陀仏の誓願を信じてひたすら仏の名を唱えておればよいというのが専修念仏の教えでございますから、このものは明らかに誤ったことを申しておるのですが、真面目な武者の中には、何か努力せねばならぬのではと不安に思うものも少なくないようで、誤った教えを説く宗派が門徒を増やすということもあるようでございます。わたくし唯円は、経典も論書も読んだことがありません。性信どのや真仏どのからは、いつも低く見られておりました。自分でも不安に思い、肩身の狭い思いをいたしておりました」

親鸞は黙っている。

代わりに善鸞が応えた。

「できるだけ多くの経典を読誦して悟りの境地に近づいていくというのは比叡山や奈良の寺院で励行されている自力の修行でございます。専修念仏の教えは心を虚しくしてひたすら他力本願に身を任せるというものですから、多くの経典を読んだと誇るのは、極楽往生から遠ざかることになります。経典の知識がないということで自分を貶めることはないのです。阿弥陀さまの本願を信じ、身も心も投げ出すようなつもりでおれば、阿弥陀さまは必ずわれらをお救いくださることでしょう」

善鸞がそのように述べると、唯円は感心したように大きく頷いた。

唯円は善鸞の顔をまじまじと見つめて言った。

「あなたさまはお聖人さまの跡継であらせられますか」

この日は一行が到着するとただちに親鸞が対応したので、善鸞が嫡男であることは告げられていない。ただ善鸞という法名を告げて親鸞の隣席に着いた。側近だということはそれでわかったはずだが、唯円はいま初めて善鸞の顔立ちを見て血のつながりがあることに気づいたのだろう。

少し離れた場所にいた蓮位が説明した。

「この慈信房善鸞さまはお聖人さまのご嫡男でございます」

唯円は驚いたように改めて善鸞の顔を凝視した。

「ご聖人さまにこのようなご立派な跡継がおられるとは、まことに驚くべきことでございます。これもまた阿弥陀仏のお導きでございましょう。仲間とともにはるばる旅をして京にまでまいった甲斐があるというものでございます」

そう言ってから、唯円は親鸞の方に向き直った。

「東国の浄土真宗はいまや異説の横行で乱れに乱れております。造悪無碍の横行も困ったものでございますが、ある宗派の指導者は、大きな仏と小さな仏というような異説を唱えるようになりました。われらをお守りいただける仏には大小があるということでございます。教団に寄進する金品が多ければ、大きな仏にお守りいただける。寄進が少なければ小さな仏しか守ってくれぬ。そのような話でございます。既存の仏の教えでは、六波羅蜜の第一に布施（ふせ）を挙げておりまして、とにかく布施をせよと、税を取り立てる地頭のように責め立てる寺があると聞きます。わたしは稲田草庵でおそばに仕えておりましたから、お聖人さまがいささかも金品をお求めにならなかったことをよう知っております。昨今の宗派の中には、お聖人さまの教えに反するものがあまりに多く、異説の横行を歎かずにはおられませぬ」

親鸞の顔を見つめ、身を揉（も）みねじるようにして窮状を語る唯円の姿を、親鸞はわずかに微笑をうかべ温かい眼差しで見つめていた。

沈黙を守っていた親鸞が、にわかに口を開いた。

「そのようなことになったのもこの親鸞に到らぬところがあったからでしょう。唯円どのもご承知のように、わたしは下野の大領主、宇都宮蓮生どののご支援を受けておりました。草庵を稲田に移したのも、蓮生どのが宋版一切経を稲田神社の神宮寺にご寄進いただいたからです。稲田の近くには弟ぎみの塩谷朝業（しおのやともなり）どの、稲田頼重（いなだよりしげ）どののご領地があり、米などの寄進を賜りました。またわが妻恵信尼（えしんに）も越後に領地をもっており、米を届けてくれました。だからこそ門弟の方々から金品を受け取らずともよかったのですよ」

微笑をうかべていた親鸞の顔に、翳（かげ）りが過（よ）ぎった。

「門弟の皆さまはそういうわけにはいかぬのでしょうね。寄進を受けて寺なども整備し、さらに門弟を増やしていかねば、宗派を支えて行くことができぬのでしょう。寄進の中からこの五条西洞院に米などを送ってくださる方もおられますので、わたしとしても、感謝をせねばならぬと思うておるのですよ」

唯円も同行の門弟たちも、宗祖である親鸞の声に、身を乗り出すようにして聴き入っていた。

親鸞が門弟に感謝をする。そのことは遠来の訪問者にとっては、ありがたいお言葉だと感じられたようだ。しかし一方、異説を唱える宗派が多いことを歎いていた唯円にとっては、それだけでは満足できなかったようで、涙ぐむような目つきで、さらに問いかけようとした。

「それにしても、かように異説が横行しておれば、浄土真宗は一つにまとまりませぬ。新興の日蓮宗だけでなく、戒律を重視する律宗もあり、法然上人の孫弟子とかいうお方も鎌倉で支持者を増やしていると聞いております。これでは浄土真宗は先細りとなりましょう。異説の横行について、お聖人さまはどのようにお考えなのでございましょうや」

親鸞はため息をついた。

一瞬、何か言おうとした気配が感じられたのだが、口を開きかけたまま、言葉が出てこないようすだった。

善鸞が少し強い口調で言葉を挟んだ。

「聖人はお疲れのようでございます。面談はこのあたりで打ち切ることにいたしましょう」

帰洛してからすでに二十年ほどの年月が経過している。

親鸞は八十歳を超えていた。

足腰の衰えは隠せない。それ以上に気力に衰えが目立ち、門弟の相手をすることに煩わしさを覚えるようになったのではと善鸞は見ていた。

親鸞が体調を崩している時は、善鸞が代理で応対する。当初は面映ゆさを覚えていたが、いまは宗祖の代理として言葉を述べることにも慣れている。生き仏のように拝まれることも当初は苦痛だったが、いまはむしろ誇らしさを覚える。

唯円の目にも、親鸞の衰えはわかったのだろう。唯円は善鸞に向かって言った。

「わたくしどもは東国における異説の横行を歎き、できれば再びお聖人さまに下向いただいて、浄土真宗の統一を実現できぬものかと思い、はるばる十いくつもの国境を越えて上洛したのでございます。されども、お聖人さまにお越しいただくのは難しいようでございますね」

そこで言葉を切って、唯円は善鸞の顔を見据えた。

「そこでお願いがございます。お聖人さまの下向が難しいということであれば、ご嫡男のあなたさまに、東国においでいただくわけにはいかぬでしょうか。こうしてお姿を拝見いたしておりますと、お聖人さまのお姿にまさに生き写しでございます。東国の門徒たちも、あなたさまのお言葉には、素直に従うのではないかと思われます。東国の混乱は目に余るものがございます。浄土真宗の存続のために何とぞお力をお貸しくださいませ」

そう言って唯円は善鸞に向かって平伏するように頭を下げた。同行のものらも同じように頭を下げて懇願した。

思いがけない提案を受けて、善鸞は言葉を失っていた。

すると親鸞が言葉を発した。

「唯円どののお歎きは、わが胸に染みるほどにようわかります。慈信房（善鸞）を派遣することで宗門が一つにまとまるというなら、考えぬでもないのですが、もともと無義の義ということで、理屈を抜きにしてひたすら阿弥陀さまの本願を信じ、無心に念仏を唱えることだけを教義としておりますので、いくつもに分かれた宗派を一つにまとめるのは、容易ならざることでしょう。東国に赴いて何をすればよいのか、何かできることがあるのか、慈信房ともじっくり話し合いたいと思うております。いますぐということではありませぬが、慈信房の意向も聞いたうえで、考えてみることにいたしましょう」

宗祖のこの言葉に、門徒たちは満足して、帰路に着くことになった。

ただ唯円だけは、もっと親鸞の言葉を聞きたいということで、五条西洞院に残った。

少し前に、親鸞の有力な門弟であった高田の真仏が病で倒れるということがあり、真仏の弟子の顕智が高田に戻っていた。従って五条西洞院の雑務に当たるものが不足していた。

唯円はしばらくの間、蓮位とともに親鸞の側近を務めることになった。

唯円は遠慮のない輩だった。

親鸞が机に向かって書き物をし、善鸞がかたわらに侍っている時に、いきなり板戸を開けて居室に入り込み、ずけずけと質問することがあった。

「お聖人さま、お伺いしたいことがあるのですが、よろしいでしょうか」

親鸞はいやな顔一つせずに応える。

「よろしいですよ。何なりと尋ねてください」

唯円は意気込んで話し始める。

「わたくしは日々、念仏を唱えております。念仏さえ唱えておれば必ず極楽浄土に往生できるものと信じてはおりますが、浄土に行けると思うても、躍り上がるような歓喜の気持になったことがございません。それだけでなく、いますぐに極楽浄土に赴きたいという切実な気持もわきあがってこないのでございます。このようなことではよくないと思うておるのでございますが、いかがいたせばよろしいのでしょう」

親鸞は笑いながら答えた。

「唯円どの。あなたもそのように感じておられたのですか。実はわたしも同じようなことを感じて、不審に思うておったのですよ」

唯円は驚いて、親鸞の顔をまじまじと見つめた。

親鸞は語り続けた。

「もしも自分が極楽浄土に必ず行けるということがわかれば、天まで跳び上がり、地でも躍り上がるほどの歓喜があってもよさそうなものですが、よくよく考えてみますと、それほどの喜びがわきあがってこぬからこそ、いよいよ往生は確実だと思われるのですよ。本来なら喜ぶべきところを、喜べないというのは、結局はわたしたちの心の中に、この世への未練とか、煩悩(ぼんのう)があるからではないでしょうか。まあ、ふつうの人間なら、この世に生きている限り、いろいろと欲もあることでしょう。阿弥陀さまはそういうことも、最初からお見通しなのです。欲望をすべて断つというのは、比叡山の高僧でなければ難しいことですから、自力で頑張って欲を断とうなどと考えずに、他力本願ということで、何もかも阿弥陀さまにお任せして、お慈悲におすがりすればいいのです。念仏を唱えていても喜びがわいてこないというのは、わたしたちが煩悩を抱えている証拠なのです。そのような煩悩に負けてしまう弱いものをこそ、阿弥陀さまはお救いくださるのだと思えば、かえって安心安堵できるのではありませんか」

親鸞が唯円の質問に必ず答えてくれるので、唯円はとくに質問がない時にも、親鸞の居室に入り浸りになって、あれこれと質問を考えるようになった。

　唯円は次から次へと質問するのだが、時には適当な質問が思いうかばず、しばらく黙り込んでいることもあった。

　そんなおりには、親鸞の方から唯円に質問することもあった。

「唯円さん、一つお尋ねいたしましょう。あなたはもう一途に念仏を唱えて、阿弥陀さまのご誓願の不思議なお慈悲におすがりしようと、覚悟されていますね。それはどのような覚悟ですか。おそらく強い決意に支えられたしっかりとした覚悟なのでしょうが、その覚悟の強さを自慢するような気持でおられるのではありませんか。よく考えてごらんなさい。あなたがそんな気持になり、一途に念仏を唱えておられるというのも、すべては阿弥陀さまのお導きなのですよ。ですから自分は強い決意をもっていると自慢してはいけません。そういう傲りたかぶった気持は、信心の妨(さまた)げになります。阿弥陀さまのご誓願は、不思議としか言いようがありません。考えることができないというのが不思議ということです。考えるのではなくひたすら信じる。このひたすら信じるということが大事なのです。これは理屈ではありません。なぜ念仏を唱えるかということに、義というものはないのです。あえて言えば、無義だというのが義なのです。理屈を立ててこういうわけで自分は念仏を唱えるのだと言葉で説明してしまっては、無義の義から遠ざかることになります。言葉で自分を安心させたり、人に自慢したりしてはなりません。言葉をお捨てなさい。言葉で言い表わすことも、説くことも、考えることもできない。それが念仏というものの本義なのです」

　そんなふうに親鸞に諭されると、さすがの唯円も言葉を失って、しばらくの間、居室に質問に来なくなった。

　このころ善鸞は来訪者に対応するために五条西洞院に泊まり込むようになっていた。善法院(ぜんぽういん)の宿坊には如信が覚信尼や光玉とともに移り住んでいた。

その如信は毎日五条西洞院に通ってきて、道場の隅で与えられた教行信証を読んでいた。疑問があればただちに奥の親鸞の居室に出向いて教えを受けることになる。

唯円は如信が親鸞の孫だと知ると、あれこれ昔話をするようになった。如信も親鸞の東国での布教のようすに興味をもって、唯円のおしゃべりに耳を傾けていた。唯円は如信とばかり話していて、親鸞のもとに通わなくなった。

親鸞は唯円の質問に答えることを楽しみにしていたのだろう。

しばらく唯円が来なくなると、親鸞の方が道場に出てきて声をかけた。

「唯円さん、あなたはわたしの言うことなら何でも信じますか」

唯円は驚いたようすで、何度も頭を下げながら勢い込んで言った。

「それはもう、お聖人さまの仰せなら信じないということはありません。すべてを信じて仰せに従います」

「わたしが言うたことには、必ず従うというのですね」

唯円は声を高めた。

「はいはい。どんなことでも従いましょう」

親鸞は子どもじみた笑いをうかべて言った。

「たとえば、人を千人ほど殺しなさい。そうすれば必ず往生できますよ……そんなふうにわたしが申しつけたとしたら、あなたは従いますか」

唯円は大慌てで口ごもりながら応えた。

「そ、それは……。お聖人さまのお言葉ではございますが、わたくしの器量では、ただ一人といえども、命を奪うなどということはできかねます」

親鸞は大いに喜んで言った。

「先ほどあなたは、わたしが言うたことにはどんなことでも従うと言いましたね。あれは偽りだったのですか」

唯円は困惑して黙り込んでしまった。

親鸞は満面の笑みをうかべて声を高めた。

「ほうれ、ご覧なさい。もうわかったでしょう。あなたが自分の思いどおりに行動できるのなら、千人殺せと言われたら殺すこともできるかもしれませんが、人の行動というものは、前世からの宿業(しゅくごう)によるものですから、そういう悪業(あくごう)をもたぬ人は、殺そうと思うても一人たりとも殺せるものではないのです。反対に前世からの悪業を負うておるものは、人など殺したくないと思うておっても、いつの間にか百人、千人と殺してしまうこともあるのですよ」

唯円はこのようにして、親鸞の教えをさまざまな形で学んでいた。

善鸞が東国に赴くという話は、親鸞はすっかり忘れてしまったようで、そのことについて話すこともなかったし、唯円も強くは求めなかった。

東国で異説が横行することを歎いていた唯円も、その後は黙して語らなかった。

やがて唯円は故郷の常陸に帰っていった。

唯円がいなくなると、五条西洞院の草庵はひっそりと静まり返ってしまった。

やたらと質問する唯円の相手をしている間は元気だった親鸞も、急に気が抜けたように無口になった。

老齢による衰えが見過ごせないほどになってきた。

善鸞は叔父の尋有と相談して、親鸞を三条富小路の善法院に移すことにした。

時おりは訪ねてくる門弟の相手をさせるのが心配で、草庵から離れた場所に隠居させてしまえば、門弟たちも諦めるだろうと思ったのだ。善法院には覚信尼が移り住んでいたし、如信と光玉もいる。

親鸞は急に元気になって、あちこちに書状を書くようになった。

親鸞が善法院に移ったあと、尋有は下野の輪王寺に住職として赴任することになった。赴任の話は以前からあったらしいが、先延ばしにしていたということだった。親鸞が落ち着くのを見届けて、安心して旅立つことにしたようだ。

善法院は比叡山に本院があり、そこの里寺として京の街の人々の法事などに対応していた。名義だけは天台で学んだ経験のある善鸞が留守職を務めることにしたが、実際に寺の雑務をこなすのは如信の役目となった。

善鸞は五条西洞院を守って、東国からの門弟の相手をした。

善鸞が東国に赴くという話は立ち消えになってしまったが、心の内では、東国に行ってみたいという気持がしだいに脹らんでいた。

二十年に亘って父の言動に接し、教行信証を熟読し、専修念仏の教えを学んだ。五条西洞院で来訪者の相手をするのも大事な仕事ではあったが、東国に出向いて諸国を巡り、新たな布教活動に取り組んでみたい。

善鸞は五十歳を超えている。父のもとで側近を務め、時に父の代理として門弟たちに対応する。それだけで自分の人生が終わってしまうことに、一抹の寂しさを感じていた。

さらに遠来の門弟たちの話を聞いていると、親鸞がいた二十年前とは、東国の様相が大きく変わっているようにも感じられた。世の変化に対応する新たな教えが必要ではないか。それがどんな教えなのかは、実際に東国に出向いてみなければわからない。

自分に何かができるという自信があるわけでもないが、親鸞から多くのものを学びながらも、親鸞にはない新たな教えのごときものが、自分の胸の内で育ちつつあるという予感があった。

その予感が現実のものとなれば、自分は父を超えるはずだ。


京の北西の小倉山（おぐらやま）に山荘をもつ宇都宮蓮生からの招待があった。

東国での親鸞の最大の支援者であった宇都宮蓮生は、有力な御家人であったが、幕府内の紛争に巻き込まれたこともあって引退し、領地のある下野を離れ、小倉山荘で隠棲していた。

宇都宮蓮生は法然上人の門弟であったから、親鸞とは旧い付き合いだった。

法然の側近第一は証空（しょうくう）という弟子で、関白兼実に浄土の教えの詳細を伝授したのも証空だった。法然と親鸞が流罪となった後も、証空は比叡山に僧籍を残していたために連座を免れた。宇都宮蓮生は証空の門弟となって浄土宗の支援を続けた。

法然の入滅後、比叡山の僧兵が専修念仏を根絶やしにするために法然の遺骸を奪おうとした時、蓮生は弟の塩谷朝業らとともに僧兵と闘って遺骸を守り抜くなど、門徒として尽力していた。

その宇都宮蓮生から、朝業の子息で蓮生が養子としている笠間時朝（かさまときとも）が上洛しているので挨拶させたいという書状が届いた。高齢の親鸞のために輿（こし）を差し向けるとのことであったが、親鸞はこれを断り、善鸞を同行させ徒歩で小倉山荘に向かうことにした。

父からの報せが届いたので、招待を受けた日の朝、善鸞は三条富小路の善法院に迎えにいった。親鸞は上機嫌で遠出をする仕度をしていた。足腰が衰えたとはいえ、東国の各地を回って布教に務めていた親鸞にとって、京の郊外の小倉山に行く程度のことは、近所を散歩するようなものだった。

小倉山は盆地の北西の端にある。京の西を流れる桂川が嵐山と呼ばれる景勝の地を造っているのだが、その北に広がる緑に包まれた山地が小倉山で、皇族や貴族の保養地として愛好されていた。

盆地にある京の夏は暑い。だが緑に包まれた嵐山の一郭に一歩踏み込むと、爽やかな涼風が木立の中を吹き抜けていく。

なだらかな丘陵地の先に、こんもりと盛り上がった小倉山の稜線が見えている。

山荘は山の麓にあって、そこまでの道はそれほど嶮しいものではないが、それでも登りの道が長く続く。八十歳を過ぎた親鸞は足取りが乱れることもなく元気いっぱいで坂道を登っていく。

山の傾斜が目の前に迫るあたりに、初老の武者が待ち受けていた。見た感じが善鸞自身と同年配だろうと思われた。

「おお、聖人さま。このようなところにまでご足労いただいて、もったいないことでございます」

初老の武者は坂道を駆け下って親鸞の手をとった。

善鸞は宇都宮蓮生とは面識がない。法然の面授の門弟だというから、親鸞とさほど年の差はないはずだ。この武者は養子で甥にあたる笠間時朝だろう。

「元服したばかりのころに、一度、叔父の稲田頼重どのの館でお目にかかったことがあるのですが、三十年以上も前のことですから、お忘れでございましょう」

笠間時朝が問いかけると、親鸞はしっかりとした口調で応えた。

「憶えておりますぞ。宇都宮のご一族が常陸にも勢力を伸ばされ、蓮生どのが稲田神社に宋版一切経を寄進されましたので、わたしも勉学を続けることができました。いまは常陸の領地を時朝どのが治めておられると聞いております」

時朝は歩きながらも、いくぶん耳の遠くなった親鸞の方に上体を傾け、大きな声で語った。

「稲田の近くの佐白山に笠間城という山城を築きました。いまはそこを本拠にしておりまして、名字も笠間に改めました。いまや宇都宮一族は下野だけでなく、常陸の北部の広大な地域を支配いたしております。これもひとえに一族を率いる蓮生さまが壮大な計画のもとに、娘を嫁がせたり弟を養子に送り込んだり、縁戚で人の輪を広げていった結果でございます。わたくしは蓮生さまから領地を支配する術と、仏の教えと、和歌の道を伝授されました。上洛いたしたおりは必ずこちらの山荘を訪ね、藤原定家どのを始め、有名な歌人の方々と交流させていただいております。笠間の城にこもっておるだけでは、井の中の蛙になってしまいますからな。それにしてもこちらの山荘の風情は他に例を見ないほどの奥深さでございますな。山荘の色紙はご覧になりましたか」

「まだ定家どのがお元気でおられたころに、こちらに伺ったことがあります。あの見事な色紙をわが息子にも見せてやりたいと思うて連れてまいりました」

親鸞と笠間時朝がこちらに目を向けたので、善鸞は挨拶をした。

「慈信房善鸞でございます」

「ご立派な跡継でございますな。これで浄土真宗も次の世に伝えられることでしょう」

時朝の案内で山荘の中に入った。

幕府が開かれて以後、多くの東国武者が京に上って職務に就くようになった。

武者の邸宅は総じて質素なものだが、宇都宮蓮生は京での暮らしが長く、和歌を通じて公家との交流もあるので、この山荘も贅を尽くしたものだった。

小倉山を借景とした手入れの良い庭の先に離れがあって、そこに蓮生が待ち受けていた。

親鸞よりも少し年下の八十歳近い老人であることは確かだが、東国武者らしい頑健さが感じられる体躯と風貌の持ち主だった。長く隠棲しているとはいえ、身のこなしに隙がなかった。

鎌倉幕府内の政争から逃れて早々と隠居を決め込んだ蓮生だったが、息子の泰綱や甥の笠間時朝を京に呼びつけて一族の長老として君臨していた。

泰綱や時朝は和歌の素養があり、蓮生とともに京に宇都宮歌壇と呼ばれる流派を作っていた。

蓮生は目を細めるようにして親鸞と善鸞の顔を眺め、嬉しげに言った。

「本日はご嫡男ともどもこの山里においでいただき、まことにありがたきことと思うております。こちらにおります笠間時朝は、定家どののご指導で和歌の道にも通じておりますが、仏への信仰も篤く、此度は蓮華王院の修復にあたって、黄金の千手観音像二体を奉納いたしました。本日はその祝いの宴を内輪で開きたいと思いまして、聖人さまをお招きした次第でございます」

蓮華王院は七条洛東にある寺院で、治天の君と称された後白河院の法住寺御所に隣接した地に平清盛が建立した極楽浄土もかくやと思わせる壮麗な建物だ。三十三間堂とも呼ばれる横長の建物の内部に、千一体の黄金色の千手観音がずらりと並んだ眺めは荘厳なものだったが、近年の火災で建物が焼失し菩薩像も多くが損失した。公卿だけでなく有力な御家人たちも競うように修復のための寄進を申し出たのだが、笠間時朝も黄金の菩薩二体の修復を買って出た。それだけの財力があり、仏への信仰が篤いということだろう。

親鸞は軽く頭を下げて言った。

「蓮華王院はお堂が西に向いておりまして、まさに千体の黄金の観音菩薩の背後に極楽浄土が広がっておるような眺めでございます。わたしも若いころに、堂内にて後白河院の拝謁を賜ったことがありましたが、まるで黄金の菩薩の中から院のお姿が湧き出したような気がいたしまして、思わず手を合わせたいと思うたほどでございました。法然上人が専修念仏の教えを弘められる以前から、浄土への信仰は弘まっておりました。此度は時朝どののご寄進で菩薩像が修復されたということで、まことに喜ばしいことでございます。またこの山荘にわが息子までお招きいただきました。せっかくのお招きですのでおのれの足でまいりたいと思うたのですが、途中で転んだりした時のために息子を同行させました。それに息子はまだあの見事な色紙を見たことがありませんので……」

「どうぞごゆるりとご覧ください」

そう言って蓮生は部屋の左右を見回した。

つられて善鸞も部屋の中を見回した。庭を眺める窓もあるが、壁や襖(ふすま)の多い部屋で、そこに色紙が何枚も貼ってあり、それぞれに文字が書かれていた。

蓮生が説明する。

「お亡くなりになりました藤原定家どのの山荘がこの近くにありまして、わたしにも山荘を建てるようにお勧めがありました。そのおりに定家どのに色紙をお願いしたのです。わたしとしては、和歌の師である定家どのの歌を百首ほど選んでいただき、壁に貼ってわが学びにしたいと思うたのですが、定家どのは自分の歌よりも、古来の和歌の中から秀歌を百首選んだらどうかと提案されました。選歌も定家どのにお任せして、この色紙を書いていただいたのです。わたしの歌も選ばれるのかと多少は期待したのですが、残念ながそれは分不相応な願いでありました」

そう言って蓮生は低い声を立てて笑った。

「定家どのとは縁戚なのですね」

親鸞が声をかけると、蓮生は満足げに頷いた。

「いまは地名の宇都宮を名字としておりますが、われらの先祖は東国に赴任した藤原一族でして、調べてみますと定家どのとは遠い親戚だとわかりました。定家どのは正二位権中納言という公家であらせられ、当方は田舎の地侍にすぎぬのですが、あちらのご嫡男にわが娘を正室として嫁がせ、跡継の孫も生まれておりますので、いまはごく近しい親族と申せましょう。これをご覧ください」

蓮生は自分のすぐ近くに貼ってある色紙を示した。

「色紙は百枚ございまして、古い順に順番がつけてあります。その一番歌が天智帝の御製でございます」

善鸞は中腰になって、色紙の文字を見つめた。

〽秋の田のかりほの庵のとまをあらみわが衣手は露にぬれつつ……。

「その隣が皇女であらせられる持統女帝の御製でございます」

蓮生の言葉に促されて隣の色紙に目を転じた。

〽春すぎて夏きにけらし白妙の衣干すてふ天のかぐ山……。

蓮生が自慢げに言った。

「聖人が出られた日野一族も藤原北家の分家ですので、ご承知かとも思いますが、われらが藤原一族の祖は藤原不比等と申しまして、奈良に都があった時代に多大の功績があり、文武帝、聖武帝の外祖父となって、一族繁栄の礎を築いたお方でございます。その不比等どのは天智帝の落胤であったと、大鏡などの歴史書に記されております。定家どのが一番歌に天智帝の御製を選ばれたのも、そのことと無縁ではございますまい」

善鸞は蓮生の方に向き直って問いかけた。

「慈円さまの歌は選ばれておりますか」

慈円は善鸞にとって得度の戒師であり、母方の祖父にあたる九条兼実の同母弟でもあった。親鸞が得度したおりの戒師でもある。

蓮生が応えるよりも先に、親鸞が声を発した。

「ほれ、ここに……」

色紙を指し示しただけでなく、親鸞は声を上げて朗誦を始めた。

「〽おほけなく浮世の民におほふかなわがたつ杣に墨染の袖……」

朗誦を終えると親鸞は蓮生に語りかけた。

「わたしは比叡山におりましたころは慈円さまの側近を務めておりました。使い走りではございましたが、後鳥羽院のもとに通っておった時期があり、定家どのとも親しく語りおうたことがございます。後鳥羽院といえば、最後の九十九番と百番とに、お二人の院の御製を選ばれたのも、定家どのの心がこもっておるように感じ入りました」

色紙は順番に部屋を取り囲むように並べられているので、最初の一番歌の隣に、九十九番歌と百番歌が並んでいた。

善鸞はそちらに目をやった。

九十九番歌は隠岐に流罪となった後鳥羽院の御製だった。

〽人もをし人も恨めし味気なく世を思ふ故に物おもふ身は……。

承久の乱に敗れ治天の君でありながら島流しとなった院の無念さが滲み出ているような歌だった。

百番歌は後鳥羽院の皇子で佐渡に流された順徳院の御製だった。

〽百敷や古き軒端のしのぶにも猶あまりある昔なりけり……。

宇都宮蓮生は微妙な笑みをうかべて小声で親鸞に問いかけた。

「後鳥羽院は法然上人とあなたさまを流罪に処したお方でございましょう。恨んではおられぬのですか」

親鸞も微笑をうかべた。

「遠い昔のことでございます。九条兼実さまの命がけの奔走で、上人は九条家の領地のある讃岐に、わたしは恵信尼の親の領地のある越後に配流されましたので、食べるものに困ることはありませんでした。その後も蓮生どののご支援で常陸に赴くことができ、多くの人々と交流することができました。あの流罪が東国へ赴くきっかけとなったと思えば感謝したいくらいです。ただ幼い長男と別れなければならなかったことは、身を切られるような思いでございました」

蓮生は善鸞の方に目を向けた。

「そのご子息と再会されたわけですね」

「六十歳を過ぎて故郷の京に戻りましたのも、息子の顔を見たいと思うたからです。息子は越後にも二人おりますが、この二人や娘たちは下妻や稲田でともに暮らしました。常陸におる間、幼児のころに別れた長男のことがずっと気にかかっておりました。されどもこの善鸞も慈円どのから得度授戒を受け、比叡山で長く修行をいたしておりましたので、再会しました後も、教えることは何もございませんでした」

わずかな間のあとで、親鸞はつぶやくように言った。

「慈信房善鸞を、東国に派遣いたしたいと思うております」

小声だったが善鸞の耳にもその言葉ははっきりと聞き取れた。息が止まりそうな気がした。

宇都宮蓮生は素早く親鸞の意を察したようで、大きく頷いて言った。

「専修念仏の教えを、東国でさらに弘めようということですね」

蓮生に言われるまでもなく、親鸞の意図は明らかだった。

父は自分を跡継として東国に派遣し浄土真宗の再興を計ろうと考えている。

そのことがわかって嬉しかった。

だが同時に、その責務の重さが胸にのしかかってきた。動悸が高まり、荒くなった息が収まりそうになかった。

陽が傾くのを待たずに、宴席が開かれた。

笠間時朝が蓮華王院に二体の菩薩像を寄進したことを称賛し、無事に修復が終わったことを祝う宴だった。

祝いの宴であるから酒がふるまわれた。

料理の中には獣肉(ししにく)も出された。

ふだんの親鸞は酒を飲むようなことはなく、食事も質素なものばかりだったから、父が酒を飲み、獣肉を食べるさまを見るのは、善鸞にとっては初めてのことだった。

善鸞自身は、九条道家の館にいたころに、酒の味は覚えていた。獣肉も口にしたことはあるが、父の門弟となってからは、そのようなものを食べる習慣はなかった。出されたものは食べないわけにはいかない。善鸞も獣肉を味わい、酒を飲んだ。

宴の主役の笠間時朝は、酒は飲んだが、獣肉には手をつけなかった。

酔いが回ったのか、親鸞は饒舌になった。

「法然上人は飲酒(おんじゅ)、女犯(にょぼん)、肉食(にくじき)を認めておられながら、自らは固く戒律を守っておられました。それで関白兼実どのが、上人は口先では何をしてもよいと言いながら、自らは戒律を守って自分だけ極楽に赴こうというのではないか……と上人を責められました。そんな咎(とが)めを受けた上人は、ならばわが愛弟子(まなでし)に戒律を破らせましょうと言われたのです。そういうことで、わたしは上人のご命令にて、妻を娶(めと)ることになったのですよ。越後では猪や鹿を捕らえる猟師たちと出会いました。肉を喰ろうても地獄には堕ちぬと伝えますと、猟師らは喜びましたが、お礼にと獣肉を差し出しましたので、食べぬわけにはいかなくなりました。まあ、食べてみると、なかなかに美味でございますな」

そこまで話して、親鸞は時朝が獣肉を食していないことに気づいたようだった。

「笠間のご領主は、獣肉は食されぬのですか」

時朝は苦笑いをうかべた。

「わたくしも専修念仏の教えを受けておりますから、獣肉を喰ろうても大丈夫だとは思うておりますが、領地にはさまざまな武者や農民がおりまして、中には戒律を守っておるものも少なくないのです。宴席では皆、酒は飲みますが、戒律を守っておるものの前で獣肉を喰らうわけにはまいりませぬ。さらに笠間の領主が獣肉を喰らうなどと噂が流れてもよくないと思い、ふだんから食さぬようにしております」

親鸞は大きく頷いて言った。

「それはまことにご配慮の行き届いたことですね」

善鸞が口を挟んだ。

「常陸では戒律を厳しく守っておるものも多いのでございますか」

時朝は笑いながら言った。

「人は年齢を重ねますと死後のことを考え、極楽往生を願うようになりますが、若いものらは現世利益を求めます。作物が順調に稔(みの)っておればよいのですが、日照りが続いて飢饉となることもございます。疫病の流行で家族が亡くなることもあるでしょう。不幸や災難に遭(お)うた時に、自分の日々の行いがよくなかったのではと思い悩むものもおります。奈良に都があったころに、唐より鑑真和上(がんじんわじょう)が渡来されて正しい戒律を伝え律宗を興されました。この律宗は一時は衰退しておったのですが、西大寺(さいだいじ)の叡尊というお方を中心に戒律の大事さを見直そうという動きがありまして、その叡尊さまのお弟子が常陸に来ておられるのです」

西大寺の叡尊の噂は善鸞の耳にも届いていた。叡尊は法然や親鸞を訴えた興福寺の貞慶の孫弟子にあたる。まだ比叡山にいたころ、遊行の旅に出て興福寺を訪ねたことがある。そのおりに叡尊と言葉を交わしたことがあった。

善鸞は興味をもって問いかけた。

「そのお弟子は何というお方ですか」

「忍性というお方です。笠間の近くの筑波山の麓に三村山という山地がございまして、忍性どのはそこを本拠として戒律を弘めておられます。山裾の各所に結界石を置いて、その結界の内側では一切の殺生を禁じるということで、猟師も農民もいささか困っておるようでして……」

「支援するものもいるのですか」

「三村山のあたりの領主は、かつて常陸守護であった八田知家の曾孫で父を亡くしたばかりの小田時知という若者ですが、生真面目な人柄で、むきになって戒律を守ろうとしております。わたくしは時知どのの後見を務めておりまして、まあ、付き合いもありますので、三村山に新たな寺を建立するという話を聞いて、いささか寄進をいたしました。それで寺の名称は極楽寺ということにしたのですが、忍性どのは現世利益を求めておられますから、寺の名称とはしっくりいかぬところもございます」

善鸞が興福寺に出向いたのは、法然上人を訴えた興福寺の僧たちがどのような見解をもっているか知りたかったからだ。訴えの中心だった貞慶はすでに亡くなっていたが、その弟子筋の叡尊と会って言葉を交わした。

興福寺は法相宗という般若経典を重んじる寺院で、人がこの世で眺めるものはすべて幻影だとする唯識論（ゆいしきろん）を伝えているのだが、のちに空海が唐から持ち帰った瑜伽（ゆが）密教を先取りして、陀羅尼と呼ばれる呪文によって現世利益を求める教えも伝えていた。その点では真言宗と共通している。

藤原一族の氏寺として存続していた興福寺を発展させた中興の祖とされる貞慶は、戒律を厳守して戦乱の世を鎮めるという祈願によって朝廷の支持を得た。

叡尊は法兄の覚盛（かくじょう）とともに、鑑真がわが国に伝えた律宗の復興を目指していた。やがて叡尊は本拠を西大寺に移して、真言律宗（しんごんりっしゅう）という新たな宗派を興すことになった。善鸞は叡尊と会ってその生真面目な人柄を知っているので、彼らの主張を無下に否定することはできないと考えていた。

善鸞は時朝に向かって言った。

「専修念仏を信仰するものの中には、欲のままに乱暴狼藉（ろうぜき）をするものもおるようでございますから、厳しい戒律が弘まった方がよいと思うものも増えてくるかもしれません」

時朝も真剣な表情になって言った。

「わたくしもそのように思うております。善鸞どのが常陸に来られるというのであれば、ぜひ笠間城においでください。親鸞聖人がおられたころと同じように、宇都宮一族がこぞってご支援いたしたいと存じます」

そこで宇都宮蓮生が口を挟んだ。

「浄土の教えは東国全体に広がっておりますぞ。執権北条時頼（ときより）さまが曹洞宗の道元を鎌倉に招くなど、禅宗を重用しておられるので、御家人たちも表面上は禅を学んだふりをいたしておりますが、年を取れば極楽往生を願うようになります。実は法然上人の孫弟子にあたる然阿（ねんあ）の良忠（りょうちゅう）という修行者が、九州あたりで弘まった異端ともいえる教えを弘めております。何でも諸行本願義（しょぎょうほんがんぎ）という教えだそうでして……」

蓮生は親鸞に問いかけた。

「聖人はこの諸行本願義という教えをご存じでしょうか」

親鸞は微笑をうかべた。

「法然上人が流罪となったあと、残された門弟の方々は生き残りの方途を探られました。上人の一番弟子ともいえる証空どのは比叡山に戻られ、天台宗の中で浄土の教えを説かれました。諸行本願義というのは九品寺(くほんじ)の長西(ちょうさい)どのが最初だと思います。念仏は何より大事ではあるが、戒律を守ったり厳しい修行をするのも少しは効き目があるという考え方ですね。法然上人は専修念仏を徹底され、他の修行は雑行として否定されましたので、諸行本願義の教えは浄土宗の異端ではあるのですが、生き残りのための方便として、戒律を守るのも大事だと衆生に説けば、世の中の秩序が保たれます。これを法然上人の門弟の弁長(べんちょう)が九州で弘め、その弟子の良忠が鎌倉の御家人に伝えたのでしょう」

宇都宮蓮生は大きく頷いてあとを続けた。

「戒律を守る念仏衆というのは、幕府にとっても都合のよい考え方でございます。もともと東国には善光寺聖と呼ばれる勧進僧が巡回しておりまして、念仏を勧めておりました。鎌倉幕府開設に貢献した初代執権北条時政(ときまさ)も、名越(なごえ)の自邸に阿弥陀仏を祀っておりまして、それがのちに新善光寺と呼ばれる寺になりました。源頼朝さまや北条政子さまは臨済宗の禅寺を建立され、御家人たちも座禅の修行などをやっておりますが、死後の往生も気になりますので念仏も唱えます。座禅も念仏もできるという諸行本願義という考え方に賛同するものが多く、良忠の同僚の道阿(どうあ)の念空(ねんくう)というものが廃寺になりかけていた新善光寺を再興させ、信徒を急速に増やしたようでして、その勢いで一気に大仏造営の話が進んだようですね」

続けて時朝が言った。

「鎌倉の御家人たちも地獄に堕ちるのは恐ろしいのです。誰もが念仏を唱えたいのです。諸行本願義の浄土宗ならば戒律を守り座禅の修行もやってよいということで、御家人の多くが新善光寺の檀越（支援者）となり、資金が集まったものですから、それならいっそ大仏を造ろうと話が進んだのです。これは鎌倉を京や奈良に負けぬ東の都にしたいという幕府の狙いにも合致しますので、幕府からも支援が得られました。及ばずながらわたくしも工匠の手配に携わりまして、大仏の造営が始まりました。鎌倉に出向かれることがあれば、由比ケ浜の近くの長谷という地においでください。巨大な阿弥陀仏が鎮座しておりますぞ」

善鸞は初めて聞く話だったので、大声で言った。

「まことでございますか。鎌倉にも大仏があるのですか」

「最初はとりあえず小さめの木造仏を作らせたのですが、幕府の意向で奈良の大仏に負けぬほどの鋳造仏を造ることが決まりました。すでに工事は始まっておりますので、いま行かれれば大仏の偉容が姿を現しておることでしょう」

「奈良の大仏に負けぬ大仏……しかも阿弥陀仏ということになれば、浄土の教えがさらに弘まっていくことになるでしょうね」

そう言った善鸞に対して、横合いから宇都宮蓮生が口を挟んだ。

「そうとばかりも言えぬのです。日蓮とかいう若い修行者が鎌倉で辻説法をして、当初は念仏衆に石をぶつけられたり、棒で打たれたりしておったのですが、幕府の役人の中に、逆に石をぶつけるものを取り締まるものが出てきました。日蓮は勢いを得て支援者を増やしておるようです。むしろ念仏衆を嘘けた新善光寺の念空の方が幕府から注意を受けたくらいです。争いごとが起こると、念仏衆に対する風当たりも強くなるのではと懸念されます」

　親鸞も善鸞も、黙り込んでしまった。


　午後の早い時刻から飲み始めたので、宴席が終わってもまだ陽は高かった。泊まっていくように勧められたが、親鸞は三条富小路の善法院に戻ることにした。小倉山荘からは坂道が続いたが、酔いの回っているはずの親鸞は、しっかりとした足取りで歩ききった。

　洛中に戻って三条大路に出ると、ようやく陽が傾き、富小路に着くころにはあたりは薄闇に包まれていた。

　善法院の山門の前で覚信尼と如信が待ち受けていた。あたりが暗くなったので心配して親鸞の帰りを待ち受けていたのだろう。

　善鸞は五条西洞院に戻ることになる。門前で覚信尼と如信に親鸞を托し、別れを告げていると、声がかかった。

「お待ちなされ。話があります」

　親鸞が強い口調で善鸞を引き留めた。

　本堂に入って、父と二人きりで対面した。

　善法院の本尊は小さな釈迦如来像で、その前に蠟燭（ろうそく）が点っていた。その灯りを受けて、薄闇の中に、父の顔がうかびあがっていた。

「小倉山荘にあなたをお連れしたのは、笠間時朝どのが来ておられると伺ったからです。笠間どのにご支援をお願いするとともに、常陸のようすなどをあなたに聞かせたいと思いまして……。あなたも東国に出向く覚悟は固まっておるようですね。いまの東国は、わたしが最初に下妻で布教を始めたころとは違っているように思えます。わたしの跡継だと思うてはなりませぬ。現地に赴いて人々の実状をよく見て、自分で考えることですね」

父が上体を傾けたので、その顔が目の前に迫ってきた。

父の手が伸びて、善鸞の肩に触れた。

帰洛した父と再会した直後にも、このように父が善鸞の肩を抱いたことがあった。

「思いを人に伝え信じていただくというのは、たやすいことではありません。わたしも東国に赴いた直後は、どうしたらよいのかと途惑いながら教えを説いておりました。それでも何とか門徒の方々を増やしていったのですが、いまでも迷いは残っております。人を安心安堵させるために何ができるのか。こうしたらよいというものはいまだに見つかっておりません。ですから東国に赴くあなたに伝えられることは、何もないのですよ」

肩にかけられた親鸞の手に力がこもった。

父の顔が目の前にあった。

「念仏は無碍(むげ)の一道とも言うべき、ただ一つの教えでございます。されどもそこには義というべき理屈はありませぬ。無義の義、それが専修念仏の教えなのです。それでもわたしは東国で、多くの言葉を語ってまいりました。それはわたしの教えです。あなたにはあなたの教えがあるでしょう。あなたはあなたの道を歩まれればよいのです。ただし……」

父の声が低くなった。まるで嗚咽(おえつ)しているかのような、かすれた声で、親鸞はささやきかけた。

「東国にはわたしの門弟たちがおります。性信や真仏は、わたしの言葉を聞き、わたしを信じております。あなたの言葉で語ったあなたの教えが、面授の門弟たちには、道から外れたものと感じられる

 こともあるでしょう。そうなれば、わたしはあなたを義絶せねばならぬかもしれませぬ」

「義絶だなどと……」

善鸞は息をあえがせて応えた。

「わたしは父ぎみの教えから外れるようなことはけっしてありませぬ。わたしは父ぎみの跡を継ぎ、父ぎみの教えを伝えるために東国に赴くのです」

仏像の前の蠟燭の炎が、風に揺らいだ。

目の前に父の顔があった。

炎が大きく揺らぎ、一瞬、父の顔が闇の中に消えた。

「わたしから聞いたことは、忘れてしまいなされ。わたしの教えは、しぼめる花のごときものでございます」

闇の中から、親鸞の声が響いた。

第三章　東国

箱根の外輪山を越えると眼下に芦ノ湖が見渡せた。

よく晴れた日で遠くに富士山が見えた。陽が西に傾き、雪をかぶった山頂が赤く光っている。

前夜は富士川の左岸にある実相寺という天台の寺に泊まった。天台の寺は遊行の修行者を宗派にかかわらず受け容れてくれる。早朝に寺を出て富士の裾野に出た。巨大な富士の峰を仰ぎ見ることになる。

その富士がいまは小さく遠くに見えている。

古代には鈴鹿や不破の関所から先を関東と呼んでいたが、近年は箱根から先を関東あるいは東国と呼ぶ習わしになっている。

その箱根の峠に到達した。

親鸞は帰洛の途上で芦ノ湖の湖畔にある箱根権現に数日逗留したと伝えられる。京まで随行する蓮位と顕智とともに、箱根権現まで同行した一番弟子の性信は、三島に向けて坂を降っていく親鸞をこの峠で見送った。

この場所で、教行信証の草稿を托されたということだ。

その話は何度も聞かされていたので、箱根の峠という場所が脳裏に刻まれていた。

ついにここまで来たという感慨があった。

善鸞(ぜんらん)は峠で足を止め、自分が登ってきた三島からの坂道を振り返った。

急坂を降っていく六十歳を過ぎた親鸞の後ろ姿が見えるようだった。その父と再会してから、二十年以上の歳月が流れた。いまこうして父の跡継(あとつぎ)として東国に入った。

小倉山荘(おぐらさんそう)に招かれた日、初めて父の思いを聞いた。自分が強く望んでいた東国への旅だが、それが父の意向でもあった。これを聞いてすぐにでも出立したいと思ったのだが、そういうわけにもいかなかった。

善鸞が東国に向かうという話を聞くと、息子の如信(にょしん)が、自分も一緒に行きたいと言い出した。

これには親鸞が反対した。

親鸞は孫の如信を赤子のころから育て、教え、育(はぐく)んできた。

自分の後継者というよりも、分身のようなものだと思っていたのかもしれない。

公家の邸宅で侍女を務めていた覚信尼(かくしんに)は、勤めを辞めて日野広綱(ひろつな)の継室となり、光寿(こうじゅ)と光玉(こうぎょく)という兄と妹を産んだ。それまで下女の嫌女(いやおんな)に任せていた如信の世話も担(にな)うようになり、如信は覚信尼を実の母のように慕っていた。

親鸞は如信の指導をするだけでなく、覚信尼の子の光寿にも仏の道を伝えた。だがやがて光寿は覚恵(かくえ)という法名の天台の修行者となり、如信だけが親鸞のもとに残された。それほどに親鸞は如信を溺愛していた。

息子の善鸞が東国に旅立つことは認めたが、如信の同行は頑(がん)として許さなかった。

如信が不満を抱えたままでは、善鸞も東国に向かうわけにはいかない。

もう一つ、旅立てない理由があった。

三条富小路(とみのこうじ)の善法院(ぜんぽういん)は、親鸞の弟の尋有(じんう)が長く住職を務めていたが、比叡山からの指示で尋有は東国の下野(しもつけ)にある輪王寺(りんのうじ)に派遣された。そのため如信が住職の代行をしてきたのだが、如信は天台の僧籍がないので、手続きとしては比叡山で修行をした経歴のある善鸞が、尋有の弟子ということで継承していた。

親鸞の隠居所となっている善法院を手放すわけにはいかない。

親鸞の発案で比叡山で学んでいる覚恵を呼び戻すことになった。輪王寺にいる尋有が比叡山に書状を出してくれて引き継ぎは承認された。

だが二十歳にもならない覚恵は住職を務めるには若すぎる。しばらくは勝手を知った如信が住職の仕事を代行するしかなかった。

如信も覚恵がもう少し成長するまでは京に留まると言ってくれた。

これも親鸞の発案で、覚恵の妹の光玉が、将来、如信の妻となることが約束された。

実の妹のように親しく接していた光玉を妻とすることに、如信は途惑いを覚えたようだが、親鸞の指示には逆らえなかった。

光玉はまだ少女だったが、将来の妻がいるということになれば、東国などという遠方に行くこともないだろうと、親鸞は算段をしたのかもしれない。

いずれにしても、如信がしばらくは京に留まることになったので、善鸞は旅立つことができたのだった。

善鸞の出立は秋になった。

富士の峰は雪を冠し、箱根の峠には寒風が吹き渡っていた。

東国のどこに行くという目当てがあったわけではないが、親鸞が本拠としていた常陸には行かねばならぬと思っている。小倉山荘で会った笠間時朝のありがたい申し出に応じて、とりあえずは笠間城に逗留するつもりだった。

如信の母も常陸の生まれで、九条家の邸宅では常陸と呼ばれていた。常陸には強い思い入れがあった。妻の幼名ともなっている小鶴という地は、笠間の近くだと聞いていた。

だが常陸に赴く前に、いまは東国の都となった鎌倉を見ておきたいと思った。

今夜は親鸞も宿泊した箱根権現に宿を借りるつもりでいる。

翌朝の夜明け前に出発すれば、その日の内に鎌倉に入ることができるはずだ。

善鸞は芦ノ湖の方に向かって坂道を降り始めた。

鎌倉は嶮峻な山地と海岸線に囲まれた天然の要害ともいえる地形に守られた堅固な要塞都市だ。奥まったところにある鶴岡八幡宮の鳥居の前から海岸に向かって若宮大路が延び、並行した西の今大路、東の小町大路の左右に、御家人の邸宅が建ち並んでいる。幕府の建物は八幡宮の東側の大蔵と呼ばれる丘陵地に広がっていた。

内陸部から鎌倉に入ろうとすると、山地に穿たれた切通と呼ばれる隘路を通ることになるが、以前は狭かった海岸沿いの道が整備され、西からの街道はここを通っていた。

善鸞も海岸沿いの道から鎌倉に入った。

長谷の大仏はすぐにわかった。

巨大な鋳造仏が建造されていて、その姿は海岸沿いの街道からも確認できた。

すでに台座から結跏趺坐した腰、肩、頭まで、青銅による鋳造は完成していた。ただ全体を覆った木組みはまだ残されていて、台座に金箔を貼り付ける作業が始まっていた。

その偉容に驚かずにはいられなかった。

確かに奈良の大仏に負けぬほどの大きさだと思われた。

建物の中に収められている奈良の大仏と違って、露天のままになっている大仏は、周囲の緑に包まれていて自然の中に融け込んでいる。そこがいかにも阿弥陀仏らしいと感じられた。

ただ横にある木造の大仏は殿舎の中に収納されているので、鋳造仏の方も完成すれば殿舎の建築が始まるのだろう。

大仏は両手を膝の上で結んでいた。親指と人差し指で輪を結ぶ定印と呼ばれる印相で、どっしりとした安定感がある。

これだけの仏像を造るには、膨大な費用がかかったはずだ。

鎌倉幕府を支配する将軍や執権は禅宗に帰依し御家人にも座禅を勧めている。従って鎌倉で最も盛んなのは禅宗だと思っていたのだが、この大仏の偉容を見れば、阿弥陀仏への信心が広範囲に弘まっていることが実感として胸に迫ってきた。

大仏の前に立って改めてそのお顔を振り仰いだ。

目を細め微笑をうかべている柔和なお顔には、不思議な慈愛が感じられた。京や奈良の寺に多く見られる様式に従った人間離れした仏と違って、この仏には人の息吹が感じられる。

このお顔を見れば、阿弥陀仏への信心はますます弘まっていくだろう。

宇都宮蓮生が語っていたように、法然の孫弟子が説く異端の教えが、御家人たちの間に弘まっているようで、日蓮が念仏無間という言葉で強く否定した浄土の教えも、その異端の教えを想定しているのかもしれない。

だが念仏無間という罵倒の言葉そのものは、専修(せんじゅ)念仏にも関わってくる。

日蓮をつかまえて問答をせねばならぬ。

そんな思いを抱えて、長谷の大仏の前を離れた。

日蓮は若宮大路の東側に並行している小町大路で説法をしていると聞いていたので、そちらに向かうことにした。

海岸の近くから小町大路を進んでみたが、辻説法をするものの姿は見当たらなかった。

ただ道を行き交う人の多さに驚いた。生まれ育った京の賑わいは熟知しているが、京は左京から洛東にかけて鴨川(かもがわ)の東西に街が広がっており、大路の道幅も広い。鎌倉は山と海に囲まれた狭い区域に人が密集しているようで、人の流れが限られた道路に殺到して肩がぶつかりそうなほど混雑している。

その人の流れに身を任せていると、幕府の建物の前に出た。

質素な佇(たたず)まいではあったが武者の府に相応(ふさわ)しい威圧するような雰囲気が漂っている。そこで道が東の方に少し曲がっていて、坂道の傾斜が急になった。朝比奈(あさひな)の切通を経て三浦半島の六浦(むつら)に向かう街道だ。

三浦半島は有力御家人の三浦一族の本拠だったが、数年前に執権北条時頼(ときより)によって滅ぼされていた。北条の本家筋にあたる名越(なごえ)一族も同時に滅ぼされたということだ。

六浦に通じる街道の近くに、下馬(げば)観音と呼ばれる十一面観音を本尊とする天台の寺があった。奈良時代の行基(ぎょうき)が開いたとされる古刹(こさつ)だ。

寺のそばを下馬せずに通ると祟(たた)りがあるという伝承がある。また寺が火災となったおり、観音自らが近くの杉の木の下に避難したという言い伝えもあって、杉本寺とも呼ばれている。

鎌倉の街の賑わいから外れたひっそりとした山寺をこの日の宿とした。

急な石段を登った先の仁王門をくぐると、左手に宿坊らしい建物が見えた。若い寺僧が応対に出て、奥に案内してくれた。

その案内の寺僧に尋ねてみた。

「日蓮というお方をご存じですか。小町大路で辻説法をしていると聞いていたので行ってみたのですが、それらしい姿は見つかりませんでした」

寺僧は答えた。

「確かに辻説法をして、大声で罵詈雑言(ばりぞうごん)をまくしたてたものがおったようです。念仏無間などと叫んでおったようで、念仏衆に石を投げられ、大騒ぎとなりました。それ以後、辻説法は禁止となりました。石を投げた念仏衆も咎(とが)めを受けたそうです」

「その後は姿を見せないのですか」

「安房(あわ)の清澄寺(せいちょうじ)という天台の寺の出身だそうですが、叡山で修行をしたあと故郷に戻ってみると、その地の地頭の命令で寺でも念仏ばかりを唱えるようになっておったようで、日蓮はそのことに憤慨して新たな宗門を興す決意を固めたのでしょう。下総(しもうさ)あたりで弟子を増やしておると聞きました。名越の先の弁谷(べんがやつ)に下総守護の千葉頼胤(よりたね)どのの館がございます。そこに行けば消息がわかるかもしれませんよ」

興味を覚えたので、翌日、千葉の館を訪ねてみた。

千葉一族といえば下総の大領主で、代々の当主が守護を任されている。

千葉の館は鎌倉の東南の山地にあった。山城のような場所にいくつもの建物が配置されていた。

案内に出た武者に、日蓮どののことを知っておるお方はいないかと問うと、奥から若い武者が出てきた。

いかにも実直そうな若者で、話しぶりにも誠実さが感じられた。

「日蓮上人のことをお尋ねでございますか。わたくしは千葉頼胤さまのもとで重職を担っております富木常忍の配下にて、太田乗明と申します。在家ではありますが日蓮上人の弟子に取り立てていただき、諱を音読みにして乗明を法名としております」

あてもなく鎌倉に来たのだが、日蓮の弟子に出会えたので、善鸞は大いに勢いづいて問いかけた。

「わたしは慈信房と申す修行者です。各地の高僧から教えを学びたいと念じて遊行の旅を続けておりますが、日蓮どのの評判を聞きまして、ぜひお目にかかって教えを仰ぎたいと思うております。いまはどちらにおいででしょうか」

「日蓮上人はしばらく下総市川にある富木どのの館におられたのですが、幕府に建議する意見書を執筆されるとかで、駿河の実相寺にお移りになりました」

実相寺といえば富士川を渡ったところにある天台の寺で、箱根に登る前日に宿泊したところだ。日が暮れてから寺に入り夜明け前に出発したので、寺僧とゆっくり言葉を交わす暇もなかった。そこに日蓮がいるとは思いもしなかった。

いまさら富士川に引き返すわけにもいかない。とりあえず日蓮の弟子だというこの若者の話を聞いてみようと思った。

「それは残念でございます。実相寺なら箱根路に向かう前に泊めていただいたお寺です。わかっておれば、出立を延ばしてお話を伺うところでしたのに……。お弟子とあらばお願いしたい。日蓮どのがどのような教えを説いておられるのか、あなたさまからお話を伺うわけにはいかぬでしょうか」

乗明という若者は困惑した表情になったが、すぐに意を決したように応えた。

「浅学の身ではございますが、法華経について語るのは弟子としての務めでございましょう。どうぞ館の中にお入りください。ゆるりとお話をいたしましょう」

　空いている部屋に通されて改めて対面した。

「天台の寺にお泊まりになったそうですが、あなたさまも比叡山で修行をされたのですか」

　問われたので正直に答えた。

「八歳で入門して二十年ほど比叡山で学びました。その後は遊行の旅をいたしておりますが、浄土の教えを主に学んでおりました」

「さようですか。念仏は東国でも盛んです。とくに下総や上総を中心に教えを弘められております然阿の良忠というお方、それから鎌倉の新善光寺の住職を務めておられる道阿の念空どののもとに、大勢の念仏衆が集まっているようでして……」

「法然上人の孫弟子だということですが、専修念仏を弘められた法然上人の教えとは、少し異なった教えのようですね」

「幕府の儀式は真言密教ですが、尼将軍と呼ばれた北条政子さまが臨済宗の栄西に帰依され、いまの執権北条時頼さまは曹洞宗の道元を招かれるなど、幕府は禅宗を支援し御家人にも座禅を奨励しております。また世の秩序を保つために戒律を見直そうという動きもございます。われらは儀式では真言密教の陀羅尼を唱え、禅寺に参詣して座禅を組み、日々戒律を守っておるのですが、念仏衆の勢力は急速にふくらんでおるようで、あっという間に阿弥陀仏の大仏ができてしまいました」

　そこまで話してから、乗明はにわかに声を高めた。

「日蓮上人は御家人の間に弘まっている四つの教えをすべて否定されます。すなわち真言亡国、禅天魔、念仏無間、律国賊……。これを四箇格言と申すのですが、なかなかに命がけの布教と言わねばなりませぬ」

命がけ、と言いながら、乗明の口調には自慢するような響きがあった。日蓮の主張に心酔しているようにも感じられた。

善鸞は訝りながら問いかけた。

「それはまさに幕府とまともに敵対するような教えですね。あなたはなぜ日蓮どのの弟子になられたのですか」

乗明は静かに息をついた。自らの決意を語るために息を調えているといったようすが窺えた。

「わたくしは日蓮上人のお勧めで法華経の常不軽菩薩品の写経をいたしております。あなたさまも比叡山で修行されたとのことですからご承知のことと存じますが、この常不軽菩薩というお方は、法華経の神髄であります『山川草木　悉く仏性あり』の教えに従って、われらが生きておる十方世界はすべて久遠本仏の胎内にあり、その胎内に包まれたあらゆる生きものはいずれは成仏する仏性を帯びておると衆生に説かれます。道行く人のすべてが仏であるということですから、常不軽菩薩は人々の前に跪いて仏として礼拝を致します。仏の教えを知らぬ人々はそのふるまいを怪しみ、悪口罵詈、杖木瓦礫の法難に遭うことになります。悪口を言われるだけならまだしも、杖で打たれ石をぶつけられて血まみれになりながらも、常不軽菩薩は人々を礼拝し、法華経の教えを説き続けます。お経のこのくだりを読みますと、わたくしは鎌倉の小町大路で辻説法をして、念仏衆に石をぶつけられた日蓮上人のお姿が重なるように思います。上人はまさに命がけで法華経を弘める菩薩そのものなのでございます」

始めは冷静だった乗明の口調が、話すうちにしだいに高まっていく。悪口罵詈、杖木瓦礫という語句を口にする時にはとくに力がこもり、最後は酔ったような昂ぶった声音になっていた。師の日蓮と同様、自らも辻説法に立って石をぶつけられたいとでもいうような意気込みが溢れ出していた。

善鸞自身も比叡山で修行したので法華経は熟読している。全体が二十八品で構成されている法華経の終盤にはさまざまな菩薩の姿が描かれている。人が窮地に陥った時に念ずれば三十三通りに変化して救済してくださる観世音（観音）菩薩や、自らの体を燃やし灯明として衆生を導く薬王菩薩、経典の締めくくりに登場して不思議な陀羅尼を唱える普賢菩薩など、神通力や験力を有する諸菩薩の中で、ただ杖で打たれ石をぶつけられるだけの常不軽菩薩の姿は、無力で無抵抗なだけにかえって強い印象が残っている。

自分が傷つくことを恐れず、命の危険さえ顧みずに布教に努めるというのは、悲壮な決意であり、それだけに命をかけて戦さに出る武者の勇猛さに通じるところがあって、とくに若い武者にとっては魅力的な教えなのかもしれなかった。

善鸞は相手の顔を見据えて声をかけた。

「あなたの決意と勇気には感服いたします。あなたの他にも下総には日蓮上人のお弟子が何人もおられるのですね」

乗明は大きく頷いた。

「わたくしどもの主で千葉家の重臣を務めております富木常忍さまは、上人のお父ぎみと懇意だそうで、上人のことをわが子のように大事にしておいでです。そうした縁故とは別に、千葉家にはいま危機が迫っておりますので、家臣一同、悲壮な決意をもって幕府と対決せねばと思うております。そういう時に幕府を批判される上人が現れたので、家臣の多くがお弟子になったのでございます」

「千葉家の危機とは、いかなるものでしょうか」

「守護職を務めておられる千葉頼胤さまは、お父ぎみの急逝でわずか三歳で家督を相続されました。ご幼少であったため同族の千葉秀胤さまが補佐役となり、評定衆の一員として幕府の政務にも参画しておられました。ところが新たに執権となられた北条時頼さまは、政権を独裁するために、北条の親族の名越と、幕府開設以来の盟友であった三浦を滅ぼし、そのおり謀反に加担したとして千葉秀胤さまも討ち果たされたのです。幸い当主の頼胤さまはまだご幼少であられたので、千葉本家の処分は免れたのですが、われらの先行きもどうなるか知れたものではありませぬ。そのようなおりですから、命がけで幕府を批判される日蓮上人のお姿に、わたくしどもは心を揺り動かされたのでございます」

千葉家の事情はわかった。それにしても幕府が認めている仏の教えをすべて否定する日蓮の意図はどこにあるのだろうか。

「四箇格言を提唱された日蓮どのは何を求めておられるのですか」

善鸞の問いに、乗明はまるでその問いを待ち受けていたかのように、いささかの淀みもなく応えた。

「日蓮上人は若き日に鶴岡八幡宮の神宮寺で一切経を読破され、仏の教えの神髄はすべて法華経二十八品に書き尽くされていると看破され、比叡山で重ねて一切経を読み込み、修行者が為すべきことは法華経の布教に尽きるという信念を固められました。末法の世となり戦さが相次いだことや、疫病や天災などで世が荒れるのは、仏の教えが守られなくなったからで、誰もが法華経の教えを守っておれば、天災なども起こらぬと日蓮上人は説かれております。法華経という経典そのものにも、この経を受持し、読誦、解説、書写、供養に努めなければならぬと書かれております。日蓮上人はわたくしどものような武者には経典の書写を勧められますが、文字の読めぬものも南無妙法蓮華経と唱題して経典を受持する気持を示せばよいと説かれ、この唱題は下級の武者や農民の間にも広がり始めております。この国の衆生のすべてが法華経を受持して一つにまとまることこそが、国の安泰をもたらすのだということで、日蓮上人は自らが国の柱となるという壮絶な決意をされ、いまそのことを幕府に建議するために論書を執筆しておられるのです」

一介の修行僧が国の柱になる……。

何という壮大な願望だろう。

おのれを誇大に見せる虚妄ではないか。もしもその日蓮という男が本気で国の柱になるつもりなら、それはとてつもない煩悩と言うべきだろう。

それにしても、いま目の前にいるこの若者が日蓮の弟子となって、熱意をこめて師の教えを語ろうとしていることは事実だ。

日蓮という人物は、それなりの人格を身につけているのかもしれぬ。

いつか日蓮と会って問答をしたい。

そう思わずにはいられなかった。


常陸に入った。

如信の母が生まれ育った地だ。

小鶴という幼名は地名から採ったと聞いていた。

来たばかりで地理には不案内だが、親鸞が本拠とした稲田神社は、塩街道と呼ばれる下野に向かう街道の要衝なのですぐにわかった。

稲田神社の境内に佇んで晴れた空を見上げていた。

乾いた風が吹き抜けていく。温暖な地だと妻が話していた。人々の気質が明るいというのもこの地の特質だという。

父はこの地で多くの門弟を育てた。いまも周囲には専修念仏の教えを信ずる浄土真宗の門徒がいるはずだった。

稲田神社を出て東に向かった。

宇都宮蓮生の親族の笠間時朝は、佐白山という丘陵の中腹に城を構えていた。

笠間稲荷という大きな神社があり、その周囲には豊かな農地が広がっている。時朝は蓮華王院にも寄進したと話していたから、専修念仏だけを信心しているわけではないが、広く仏教を信仰していることは確かだ。

城といっても小さな山城だが、家臣の住居など、いくつもの建物が並んでいた。守りの兵に案内を請うと、城郭の奥まったところに連れていかれた。

笠間時朝は小倉山荘で会った時と同様の上機嫌で善鸞を迎えた。

夕刻であったので食膳が供された。

酒も出されたが獣肉の類はない。

「もうどちらかをお回りになりましたか」

酒を飲みながら時朝が問いかけた。

善鸞も酒に口をつけた。

「鎌倉で大仏に詣でたあとは、真っ直ぐにこちらにまいりました。父の門弟の方々を巡るのはこれからです」

「今夜は城内にお泊まりいただくとして、空いている建物がありますので用意させます。そこを草庵として、各地を巡回されればよいでしょう。ここからなら横曾根も高田も、それほど遠くはありません」

「三村山の忍性どのを訪ねてお話をお伺いできればと思うております」

小倉山荘で時朝が、忍性が三村山に新たに建てた寺に寄進したという話をしていた。

忍性の師の叡尊とは言葉を交わしたことがある。法然や親鸞を訴えた興福寺の貞慶の孫弟子にあたる叡尊という人物のことは、深く脳裏に刻まれている。

その叡尊の弟子の忍性が東国で何をしようとしているのか、この目で確認したいと思っていた。

時朝は目を細めるようにして言った。

「おお、それはよいお考えですね。忍性さまはお若いのになかなかのお方です。この世において人を救わねばならぬという強い意気込みをおもちで、病人や貧民を救済するために命をかけておられる。あの世で浄土に赴くという念仏衆とはまったく異なったお考えで、同じ仏の教えでありながら、こうも考え方が違うものかと、浅学のわたくしなどは、驚き呆れるばかりでございます」

時朝の口調からすると、忍性をかなり評価しているようだった。

善鸞は身を乗り出すようにして問いかけた。

「忍性どのはどのようにしてこの世での救済を実現されているのでしょうか」

時朝は語調を強めた。

「わたくしも多大の寄進をいたしましたので、何度も訪ねてようすを見ておるのですが、まず寺域の一郭に施薬院という建物があり、病人を収容して治療を施しておられます。周辺の村々から多くの病人が集められ、回復して村に戻ったものも多いと聞いております」

「病人をいかにして治療するのですか。真言の陀羅尼ですか」

「忍性さまの師で、西大寺で新たに真言律宗を興された叡尊さまは、若いころは醍醐寺で真言密教の修行をされたそうです。これを忍性さまは受け継いでおられます。されども真言密教の陀羅尼だけなら、修験道の山伏なども呪文で病を治します。忍性さまは薬を併用されます」

「薬……。律宗をわが国に伝えた渡来僧の鑑真和上は、唐から薬草を持ち込み、唐招提寺の寺域に薬草園を開いたと伝えられます。されども薬では治らぬものも多いのではないですか」

「確かに薬では治らぬものもおります。とくに癩と呼ばれる皮膚が爛れる病は人に嫌われることが多く、病に罹ると家族や周囲のものにも見放されることが少なくないのですが、忍性どのはそういう患者を収容して治療にあたっておられます。その施設は悲田院あるいは非人宿と呼ばれております」

「癩という病は、疱瘡と同じほどの流行病だと聞いておりますが……」

「正しい戒律を守っておるものは癩で命を落とすことはないと忍性さまは説いておられ、率先して患者の世話をされております。そのことに胸を打たれて弟子となり、施薬院や悲田院で働くものも増えておるようです」

「忍性どのは戒律によって世を治めるというのですね。わたしは鎌倉で日蓮の弟子だという若者と問答をしたのですが、日蓮は法華経を弘めることで世が治まると説いているようです」

　笠間時朝は大きく息をついた。

「この世がたやすく治まるとは思えませぬが、何とか治まってほしいものです。承久の戦さのあとも、争い事が絶えませぬ。先ごろの宝治の戦さでは名越と三浦が滅ぼされました。名越は北条の親族で、三浦は盟友です。いったいどこまで戦さが続くのでしょうか。早く世が治まってほしいという思いは誰の胸にもあることでしょう」

「その戦さ、笠間の方々は関わりがなかったのですか」

　思わず声を高めて尋ねると、時朝は穏やかな笑い声を洩らした。

「わたくしは御家人の一員ではありますが長く京に赴任して検非違使などを務めておりました。従って鎌倉の紛争には関わらずに済んだのです。京の公家ならば紛争があっても話し合いで何とかなり、負けた方は引退して隠居すればいいだけですが、鎌倉の武者たちは最後は殺し合いになります。それが武者というものの宿命でしょう。執権北条時頼どのは曹洞宗の道元どのを師として只管打坐（しかんたざ）の禅を習っておられる。人を殺（あや）めたあとでひっそりと座禅を組んで心を浄（きよ）める。これも仏の教えでしょうか」

「死ぬ間際には念仏を唱えることになるのでしょうね」

「確かに執権による独裁の礎（いしずえ）を築かれた北条義時（よしとき）どのも、最期のおりは念仏を唱えておられたそうです」

　そう言って時朝は再び穏やかに笑ってみせた。


　笠間城に一泊して三村山に向かうことにしていたが、城を出る前にふと思いついて、門の近くにいた年輩の郎党に尋ねてみた。

「小鶴という地は、この近くですか」

　このあたりの地理に詳しいと思われる年輩の郎党はすぐに応えた。

「九条さまの荘園のあるどごろだべ。ここからまっつぐ東さ行ったどごろだ。海の近くに涸沼（かれぬま）ちう、ちっけな湖がある。その手前だ。涸沼川さ沿って歩いていけ」

　城のある丘を下ったところに細い川が流れていた。それが涸沼川のようだ。川に沿って緩やかな傾斜を下っていくと沼が見えてきた。

　これが涸沼か……。

　するとこのあたりが小鶴ということになる。

　土地はほぼ平らで耕地が遠くまで広がっていた。すでに稲刈りは終わり裏作で麦か何かを植えているようだ。

　豊かな土地だ。川とは別に水路があって田畑の隅々にまで水が行き渡っている。

沼の畔まで行ってみた。細長い沼の先は海につながっているようだ。

「常陸の海はどこも東にあります。夜明け前に海岸に出れば、海原の向こうから陽が昇ります。穏やかな風が流れ、稲が豊かに実る、住みやすいところでございます……」

妻が語っていたことがつい昨日のように想い起こされた。

ついに自分は常陸の地にやってきた。妻の生まれ育った地であり、父が一宗を興して布教を始めた地でもある。

涸沼の湖岸に沿って先に進んだ。

海に出た。

すでに陽は高く昇っている。

陽光が海を照らしていた。青い輝きが目に眩しかった。

この輝きを幼い妻も見ていたのだろう。

息を詰めるようにして海を見つめていた。


長い間、海岸に佇んでいた。

ふと振り返ると背後の遥か遠くに青く霞んだ筑波の峰が見えた。

平地の中央に盛り上がった火山で、周囲のどこからでも眺めることができる。

妻もあの峰を見て育ったのだろう。

筑波山を目指して歩みを進めた。歩みにつれて峰の形が大きくなっていく。その峰の手前に三村山があるはずだった。

忍性という修行者に会いに行く。叡尊の弟子だ。

叡尊には会ったことがあった。比叡の山を下りる直前のことだ。

父が山を下りた年齢が近づくと迷いが生じた。父が夢告を受けて山を下りたことは母から聞いていた。自分にはそのようなきっかけが訪れなかった。このまま同じような修行を続けていてよいのかと思い焦る気持があった。

迷いを抱えたまま、奈良の興福寺に出向いた。

父が流罪となった訴えを後鳥羽院に奏上したのが、興福寺の貞慶だと聞いていた。

その貞慶はすでに没していたが、貞慶が興福寺の寺域に建立した常喜院という施設は残っていた。

そこは戒律を学び修行をする場であると同時に、貧民や病人を救済する活動の拠点ともなっていた。

興福寺は本来は薬師寺とともに唯識論という思想を究める法相宗の寺だが、朝廷を支配した藤原摂関家の氏寺であり、さらに奈良を守る春日神社の神宮寺という側面も有している。その意味では伝統を重んじる保守的な寺であるはずだが、常喜院には若い修行者が集まって新たな活動を起こそうとしていた。

その常喜院で覚盛という指導者らしい人物と会った。善鸞よりも年上の落ち着いた感じの若者だったが、その目つきや話しぶりからは静かな野心と意気込みが感じられた。

善鸞が叡山の修行者だと告げると、覚盛は探るような口調で問いかけた。

「叡山のお方が興福寺に来られたのは、法相の奥義を学ぼうということですか。それともわたくしどもの活動に興味をおもちになったのでしょうか」

とくにあてがあって来たわけではない。貞慶の後継者でもいるのではと思っただけで、この常喜院でどのような活動がなされているのかといったことは何も知らなかった。

善鸞は正直に答えた。

「この常喜院は貞慶という方が建立されたと聞いておりますが、その経緯などをお伺いしてわが学びとしたいと思うております」

善鸞が何も知らないようすなので、覚盛は少し落胆したようだった。

「わたくしどもの救済活動は、奈良においては知らぬものもないほどですが、比叡山にまでは届いていないのでしょうか。貞慶さまはわれらの活動の基礎を築かれた偉大なお方です。とにかく厳しいお方だったようでしてね。京で興った専修念仏という邪教を糺弾されるなど、誤った教えは徹底的に批判されます。念仏だけではありません。奈良の伝統的な仏教も衰退し堕落しておると批判され、一時は磨崖仏の弥勒像のある笠置寺に隠遁しておられたのですが、弟子の覚真どののご助力でこの常喜院が建立されると、ここを受戒のための道場とされました」

そう言って覚盛は自信ありげな微笑をうかべた。

「覚真どのは俗名を藤原長房といい、後鳥羽院に仕えて参議にまで昇られたお方ですが、仏教界の堕落を批判される貞慶どのの跡を継いで、若い修行僧に呼びかけて大和の各地に出向いて寄進を集められ、興福寺の整備にあたられるとともに、貧民や病人の救済活動に取り組まれました。座禅を組んだり山岳修行をするといった、自分の悟りを求めるだけの修行ではなく、寄進を求める勧進の旅に出て、貧民や病人をお世話する作業に関わることが、菩薩行であり仏の道であるという、貞慶さまから覚真どのに伝えられた教えを、わたくしどもは受け継いでいるのです。わたくしどもはこの常喜院を拠点として貧民や孤児を救済し、とくに人々から嫌われる病人を癒す活動に取り組んでおります。こうした病人救済の活動は、唐から渡来された鑑真和上が始められたものでございます」

「鑑真どのは東大寺の戒壇院で戒律の儀式を始め、朝廷による僧の管理に貢献したと聞いておりますが……」

朝廷は鑑真が伝えた正式な授戒の儀式による得度だけを認め、それ以外の僧は私度僧と呼んで正式な僧とは認めなかった。当初は東大寺の寺域に設けられた戒壇院だけが受戒の場であったが、のちに九州大宰府の観世音寺と、下野国薬師寺に鑑真の弟子が出向いて正式の授戒を実施していた。この制度は平安遷都以後は比叡山などでも授戒が可能となり、制度そのものが無効になっていた。

覚盛の声が高まった。

「鑑真さまは授戒の儀式を伝えられただけではありません。唐から薬草を持ち込んで病人の救済に尽力されました。興福寺に最初に医療施設を設置されたのも鑑真さまです。わたくしはその鑑真さまの教えを復興させ、世に弘めたいと念じております。奈良の伝統的な仏教界は腐りきっています。それは比叡山でも同じことではないですか。皇族や公家の三男や四男が出家させられて寺に入り、実家の権威と寄進に支えられて高い地位に昇り、修行もせずに寺の中枢に入って指導者の立場になる。そんな指導者のもとでは仏教が衰退するのは当たり前です。僧籍にあるものが般若湯と称して酒を飲み、密かに女まで囲っておる。いまの仏教は腐敗しきっておるのです。それを末法の世だから仕方がないと諦めてしまうのは言い逃れに過ぎません。末法の世だからこそ、修行者には厳しさが求められるのです。乱れきった世を糺し、仏の教えを復興せねばなりませぬ。幸いなことに、この常喜院には多くの若者が結集しております。この末法の世を建て直すために勧進に打ち込み、病人の救済に身を献げることが、仏になるための修行であり、まさに菩薩行なのだということを、若者たちは肝に銘じて尽くしておるのです」

覚盛の目が怪しいほどに輝いていた。勝ち誇ったような笑いをうかべて、覚盛はさらに声を高めた。

「わたくしどもは一人一人が自分は次の世を担う弥勒菩薩そのものであると思うております。菩薩として生きるためには、病人や孤児を救済するだけでなく、自らが厳しく戒律を守らねばなりません。

貞慶さまはあらゆるものが堕落しきったこの末法の世にあっても、厳しい戒律を守って努力する修行者には必ず道が開けると説かれました。たとえ過ちを犯したものであっても、常喜院の修行者として心を改め、殺生、邪淫、偸盗、妄語、飲酒を禁じる戒律を守り、貧民や病人を救済する実践活動に励めば、過去の罪は浄化される。この貞慶さまの教えが評判となって多くの修行者が集まり、人々を救済する事業に勤しんでいるのです。まあ、理屈はともかく、わたくしどもの実際の活動をご覧になれば、あなたもここで働きたいと思うようになりますよ」

そう言ってから、覚盛は語調を変えて大声で人を呼んだ。

「思円房、思円房……」

「何だ。わしに用か」

声がして若い僧が近づいてきた。覚盛よりも年下で、善鸞自身とほぼ同じくらいの年齢の若者だった。

「このお方は叡山から来られた。われらの活動のようすを見たいそうだ。案内して差し上げろ」

「心得た」

若い僧は善鸞の顔を見て言った。

「わしについて来い。興福寺の寺域は山の全体に広がっている。少し歩くことになるぞ」

起伏のある寺域を先に進みながら、若者がささやきかけた。

「わしは思円房叡尊だ。おぬしは誰だ」

「慈信房と申します」

善鸞は房号を答えた。

「慈信房……」

相手の声がにわかに険しくなった。

「もしや慈信房印信ではないか」

「法名は印信ですが、それが何か……」

「ふふん……」

叡尊は太い声で詰るような言い方をした。

「おぬしの名は噂になっておるぞ。九条の摂政どのの縁戚なのだろう。おぬしの父は法然が流刑に処されたおりに連座で流されたというではないか。おぬしも専修念仏にこだわっておるのか」

「わたしは叡山の修行者です。戒律を守り座禅や陀羅尼も学んでおります」

「まあ、叡山も似たようなものだ。形だけの教えを守っておるだけでは、菩薩にはなれぬぞ」

「あなたさまは、菩薩になるおつもりですか」

「おうよ。わしはもう半ばは菩薩になっておるわ」

そう言って叡尊は声を立てて笑った。

興福寺は旧都奈良の東の外れにある。目の前に山地の斜面が迫っていた。広大な敷地は山地に沿って広がっており、寺域の中に急坂や深い谷がある。

叡尊は先に立って谷の斜面を下り始めた。

「この先にあるのが悲田院だ。病人を隔離して保護しておる」

暗い谷底のひっそりとした場所に、掘っ立て小屋のようなものが何棟も並んでいた。比叡山や奈良の大寺で見られる白い僧衣ではなく、黒っぽい僧衣の若者たちが、谷の水を汲んだり、汚れた布を洗濯したり、忙しく立ち働いていた。

「これが菩薩の修行だ。中に入ってみるか。病人と接するには勇気が要る。おぬしのような公卿の家に生まれたものには恐ろしいところだからな」

蔑むような口調で叡尊はささやきかけた。

確かに自分の母は関白九条兼実の娘で、隠居した関白と同じ館に住んでいた。受戒の戒師は天台座主を何度も務めた慈円だった。だからといって叡山の修行で優遇されるようなことはなかった。最も困難な山岳修行にも取り組んでいた。甘やかされて育ったわけではない。

「わたしは修行者です。何が起ころうとも恐れるようなことはありません」

そんなふうに応えたのだが、相手の耳に届いたのかどうか。

叡尊はすでに建物の前に到達していた。

谷の奥の陽の当たらぬ場所だったが、風通しはよいようで、ひんやりとした風が吹き抜けていく。

汚れた布が垂らしてあるだけの出入口の前に立った叡尊が、布を持ち上げて中に入るように促した。

建物の内部は暗かったが、大勢の病人が横たわっているさまが見てとれた。

横たわったまま身動きもしないものが多かったが、熱にうかされたように荒い息をついているものもいた。

わずかに身を動かして寝返りをうつものもいた。

その病人の顔を見ると皮膚が爛れていた。

自分の体が硬くなるのがわかった。

一歩後ろに下がって息を止め、思わず目をそむけた。

「疱瘡か……」

疱瘡や麻疹は恐ろしい流行り病として知られていた。いますぐにでも外に飛び出したくなるのを抑え、さりげないふうを装ってゆっくりと外に出た。

外で待っていた叡尊がうす笑いをうかべていた。

「あやつらは癩だ」

癩病は疱瘡よりも恐ろしい病だとされていた。

建物から少し離れたところまで来てから、低い声で問いかけた。

「手伝いのものらに伝染らないのですか」

「菩薩には伝染らぬ」

叡尊は低い笑い声を洩らした。

「どうだ。恐ろしいか」

すぐには言葉も出てこなかった。

だが心の内に疑問がうかんだ。

「なぜこのような暗い谷間に病人の施設を置いているのですか」

「癩を病むものは嫌われる。疱瘡ならすぐに死ぬものもあれば、疱痕は残るが回復するものもいる。いずれにしても長く病むことはない。癩は長く患う病だ。世間のものは死の病だと思い込んでおるが、癩では顔が爛れ、手の指が落ちたりしながら、生きながらえるものが多い。それだけに家族からも嫌われて行き場を失う。覚盛さまは唐招提寺に残された薬草園で、鑑真和上が伝えたとされる薬草を育てておられるが、癩は薬では治らぬ。病人たちは回復することもなく、ただ老いて死ぬのを待つ。顔や手の爛れが外から見え、伝染るのではと恐れられる。それゆえ里の近くに施設を造ることはできぬ。興福寺の寺域でも目につくところに建てれば寺僧にも嫌われる。誰も来ぬこの谷間にようやく建てることが許されたのだ」

「ここで手伝いをしている若者たちは、どこから集まってきたのですか」

「末法の世になったとはいえ、世のため人のために尽くしたいと念願する若者は少なくない。戦さが続けば、負け戦に加わったものは没落し、家族も路頭に迷う。先に希望のもてない若者も、世間から嫌われた病人の世話をすれば菩薩になれると聞かされれば意欲をもって働く。わしらもここで病人の世話をするだけではなく、各地に赴いて手伝ってくれそうな若者たちに教えを説き、生きる希望をもたせるために尽力しておるのだ」

「親元を離れてこのような場所で病人に尽くすというのは、たやすくできることではないでしょう。住み込んで働くことができないものも多いのではないですか」

「確かに自分の親も弱っていて介護が必要だというものもおる。悲田院に住み込むことができぬものも、日帰りならば働けるだろう。わしらの活動は癩の救済だけではない。溜池を造り水路を掘り川に橋をかけ道路を通す。そうした普請の作業を各地で実施しておる。奈良に都があった時代に行基という私度僧が実践していたことだ。覚盛は鑑真和上の跡を継ごうとしておるが、わしは行基になりたい。とにかくわしは人の役に立つことをしたいのだ。そのための普請だが、溜池や水路を造ることだけが目的ではない。人に喜ばれることをするのが生きる喜びにつながることを、若者らに体験させることが、もっと大きな目的だ。覚盛は鑑真和上がこの国に伝えた律宗を再興しようとしておる。そのことに異存はない。ただわしは戒律を守るだけでなく、若者たちに世のため人のための活動をさせて、行基のやったことを再現したいのだ」

「末法の世だからこそ厳しい戒律が必要だと覚盛さまも話しておられました」

「鑑真和上は唐招提寺を興して戒律を世に弘めたが、いまは朝廷の支援が得られなくなりすっかり荒れ寺になってしもうた。覚盛は唐招提寺を修復して律宗を復活させようとしておるのだろう」

「あなたは覚盛どののお弟子なのですか」

「弟子になるつもりはない。わしにはわしの望みがある。わしは真言密教の醍醐寺で修行をした。すでに伝法灌頂を受け、阿闍梨と称されておる。だが阿闍梨などというものに何の価値もないのだ。公家の子弟なら金さえ払えば阿闍梨になれる。わしは貧しい生まれで寄進が滞って寺から追い出されたこともある。それでも修行を重ねてようやく阿闍梨になれた。だが念願が叶って阿闍梨になってみると虚しさを覚えた。自分だけが高みに昇っても得られるものは何もない。人を救うのが本来の仏の道であろう。金さえ払えば得られる位を貰ったことくらいでは喜べぬ。それで醍醐寺を飛び出して、覚盛の教えを受けることにした。あやつはまさに生き仏だ。おのれの出世を目指すのではなく、人のために尽くすことしか考えておらぬ。叡山も奈良の大寺もいまは堕落しきっておる。偉い戒師から与えられる得度受戒など無に等しい。いまはまだその時ではないが、普請のための勧進や病人救済の試みを通じておのれに自負が持てるようになれば、わしらは団結して、菩薩の前で自誓受戒をすることにしておる」

「自誓受戒とは……」

「人から授かるのではなく、菩薩から授かる受戒だ。わしらは既存の仏教界の制度は認めぬ。新しい仏教を興し、新たな戒律によって人々を導くことになる」

実際にそれから数年後、叡尊は覚盛や他の仲間たちとともに東大寺法華堂の不空羂索観音の前で自誓受戒という前例のない儀式を敢行し、新たな宗門を興すことになる。

善鸞は半月ほどの間、興福寺の宿坊に滞在して、覚盛や叡尊と交流した。

彼らの活動は、既存の仏教を批判し、まったく新たな宗門を開こうとするもので、その意味では法然が興した専修念仏よりも過激な試みと言うべきかもしれない。

彼らの熱意と行動力に胸を打たれたことは確かだ。

しかし彼らの指導の下に悲田院で働いている若者たちの姿を見ているうちに、善鸞は疑問を覚えずにはいられなかった。

俗世間を離れ、体を動かして何かに尽くすためには、自分の身が朽ち果ててもよいというほどの決意と勇気が必要で、言わば谷底に向かって身を投げ出すようなものだ。その勇気を支えているのは、一種の熱狂のごときものではないか。

熱狂は、いつかは醒める。

比叡山での山岳修行や、長時間に及ぶ座禅や念仏の修行も、寝る間も惜しんで何かに身を献げようとする試みであり、試みている間は睡眠不足もあって、陶酔したような気分になる。だが一時の熱狂が醒めると、これでよいのかという疑念と、索莫とした虚しさが押し寄せてくる。

自分は叡尊たちの試みに同調できないと善鸞は思った。

遠い昔のことだ……。

筑波の峰を遠くに眺めながら、善鸞は心の内でつぶやいた。

思えばずいぶん遠くまで来たものだ。

興福寺を訪ねた直後に、善鸞は比叡山を下りる決意をした。比叡山にも、奈良にも、心に触れるものは何もない。そんな思いで山を下り、京の九条邸を訪ねた。

そこで妻と出会った。

奇蹟のような出会いではあったが、いまはそれも、仏のお導きだと思っている。

そしていま、興福寺で出会った叡尊の弟子だという修行者に会うために、脚を急がせている。暗くなるまでに、三村山の寺域に入らなければならない。

目の前に筑波の峰が迫っている。その峰の向こうに、傾いた陽が落ちようとしていた。

筑波の峰が赤く染まっていた。

筑波山は多くの峰が四方八方に広がっており、その一つの峰の先端のあたりに三村山は位置している。頂上に登れば眼下に霞ヶ浦（かすみがうら）の湖面が望める景勝の地だが、そこに忍性が方形や円形を組み合わせた宝篋印塔（ほうきょういんとう）と呼ばれる石造りの供養塔を建てたことから、のちには宝篋山と呼ばれることになる。

かつてこの山の中腹には三村寺という古びた真言宗の寺院があったのだが、この地の領主の小田時知（ときとも）が真言律宗に関心を持ち、忍性を招くために寺域を整備し、清涼院極楽寺という新たな寺院を建立した。

時知は常陸守護の八田（はった）知家（ともいえ）の嫡流の曾孫だが、四歳の時に父の死によって家督を相続した幼君で、同族の宍戸（ししど）家周（いえちか）が後見を務めていた。

八田、小田、宍戸、笠間といった常陸北部の領主は、すべて宇都宮蓮生が養子縁組をしたり娘を嫁がせたりした縁戚で、蓮生は下野を支配するだけでなく、常陸の広大な地域に影響力を伸ばしていた。小田時知も宍戸だけでなく、笠間時朝がもう一人の後見人になっている。

忍性の活動に興味をもった小田時知はまだ十代の少年で、自分の裁量で使える資産には限りがあった。しかも後見人の宍戸は熱心な念仏衆だったので、忍性の寺を造るにあたっては、宗派を問わず仏教全般に寄進をする笠間に支援を求めるしかなかった。

笠間時朝の支援で寺は完成し、いまでは三村山の全体が忍性の支配下に置かれている。

山の麓まで来ると、巨大な結界石が置かれていた。梵字（ぼんじ）や年号が刻印され、ここから先が寺域であることが示されている。おそらく山全体を取り囲むように同じような巨石が配置されているのだろう。

単に寺域が示されているだけではない。この結界石で囲まれた領域では一切の殺生を禁ずるという通達を忍性は近くの村々に告知していた。森の中で狩りをする猟師にとっては大問題だし、山裾で田畑を耕している農民も土を掘り返して虫を殺すこともできない。だが領主の小田時知が忍性を支持しているので、領民は従うしかない。

陽が沈みあたりは夕闇に包まれているが、灯籠に灯りが点されているのを頼りに奥の方に進んでいく。涸沼の畔から海岸にまで出たので遠回りになり、思いの外、到着が遅れてしまった。

極楽寺の本堂に入ると年輩の寺僧が待ち受けていた。

「笠間時朝さまの使者の方が来られまして、今日中に慈信房善鸞さまがご到着になると伺い、お待ちいたしておりました」

「慈信房でございます。突然の訪問になりましたことお詫びいたします。良観房忍性さまにお目にかかることはできましょうか」

「良観房さまもお待ちでございますが、まずは宿坊にご案内いたします」

本堂に隣接した宿坊に入って旅装を解いた。

忍性に面会して問答をしたいとの思いはあったが、どのような人物なのか何も知らなかった。師の叡尊については面識があり、その後の活動についても噂を聞いていた。

すでに真言宗の醍醐寺で阿闍梨にまでなっていた叡尊だが、覚盛らとともに東大寺法華堂で自誓授戒の儀式を行い遁世僧となった。遁世僧とは、公式の僧綱（公認された僧尼の序列）から離脱した修行者のことで、既存の寺院の支配を受けない自由な立場から、病人や孤児の救済に当たり、新たな宗門の教えを弘めることになる。

その後、覚盛は唐招提寺、叡尊は西大寺の復興に従事することになるが、叡尊は各地で勧進のための土木工事を率先して実施し、寄進を集めるとともに、門徒や協力者を増やしていった。

西大寺を見事に復興させ、伝統的な奈良の寺院を凌ぐほどの勢力をもつようになったということだ。案内された宿坊で休んでいると、先ほどの寺僧が来て奥まった建物に案内してくれた。そこが忍性の居室のようだ。

良観房忍性と対面した。

小柄な若者だった。三十代の後半くらいだろうか。

善鸞自身は、三十代と四十代を父の側近を務めることで過ごしてきた。この忍性という修行僧は、行基の再来と評価を高めている叡尊の側近として、普請の土木工事の先頭に立ち、石工(いしく)や大工、仏造りの工匠(たくみ)らを率いて寺院や仏像を整備し、病人を治療する施薬院や長期療養の病人を収容する悲田院を各地に建てたとのことだ。その勢いで東国に進出し、小田時知と笠間時朝の支援を受けて、広大な寺域をもつ三村山の清涼院で新たな活動を始めようとしている。

「おれが忍性だ。来るのが遅かったな。まあよい。おぬしの相手をするように笠間どのから書状を貰っておる。笠間どのにはこの寺を建てるために多大の寄進を戴いた。その恩義もあるゆえに相手をしてやる」

忍性はいきなり早口で話し始めた。仏の道の修行者とも思えぬ乱暴な口調だった。敵意をむきだしにしているようにも見える。

善鸞は深々と頭を下げてから、丁寧な口調で語りかけた。

「忍性どのの評判はかねがね伺っております。実際にお目にかかって、どのような経緯でこうした活動を始められたのか、いささか問答をさせていただきたいと思い、こちらにまいりました」

相手は鋭い目つきで善鸞の顔を睨みつけている。居丈高とも思える乱暴な口調には、不安に駆られて身構えているような、臆病そうな気配が隠されているようにも感じられた。

忍性は卑しげな冷笑をうかべた。

「おぬしのことは笠間どのから聞いておった。親鸞の息子だというではないか。おぬしも専修念仏を弘めようとしておるのだろう。易行(いぎょう)の念仏だけでよしとする専修念仏と、厳しい戒律を求める律宗とは、言うてみれば敵と味方ではないか。そのおぬしがなぜおれのところに来たのだ。敵状を探るつもりか」

善鸞は答えた。

「わたしは父の跡を継ごうとは思うておりませぬ。わたしにはわたしの教えがあるはずだと思い、いまだ遊行を続けております。ぜひともあなたさまの教えを拝聴し、わが学びとさせていただきたいのです」

「敵の教えを聞いて何を学ぶというのか」

「仏の道を極める。わたしが念じておるのはそのことだけでございます」

忍性は疑い深そうな目つきで善鸞の顔を睨んでいた。

それから目を細めるようにして息をついた。

「おもしろきことを言うやつだな。まあ、よいだろう。相手をしてやろうではないか。何でも訊いていいぞ」

善鸞はもう一度、深く礼をしてから問いかけた。

「あなたさまはなぜ仏の道に進まれたのでございますか」

忍性は少し驚いたような顔つきになった。

「そんな昔のことを訊くのか。よう憶えておらぬわ」

そう言ってから忍性は考え直したように付け加えた。

「母の勧めだ。父は西大寺の有力な檀越であった。おれは信貴山の朝護孫子寺で修行をしておったが、出家するつもりはなかった。父に連れられて西大寺に詣でておるうちに、仏像や仏画に惹かれて、仏画を描く修行をしておったのだ。母はそのことを喜んでくれたが、おれが十六歳の時に母は病で亡くなった。その臨終に際して、母はおれに僧侶になってくれと懇願した。おれも母の菩提を弔うために出家したいと思い、その場で剃髪して僧形になった姿を母に見せた。母が喜ぶかと思いきや、おまえは僧として大変な苦労を背負うことになると歎きながら死んでいった。それでは成仏できなかったのではないかと、おれはいまでも心を痛めておる」

小さく息をついてから、忍性は話を続けた。

「形ばかりは僧の姿になったが、おれはまだ仏画を描くことに未練があった。近くに安倍文殊院という寺があって、そこには快慶という仏師による見事な文殊菩薩像があった。その文殊さまの顔を見ておるだけでも胸が躍り、おれも菩薩として生きねばならぬという気がしてきた。だがふと気づくと、それは彫像なのだ。人がそのお姿を彫り込んだのだ。どうやったらこれほどに美しいものが創れるのかと、息が詰まるようだった。菩薩のお顔の美しさはもとより乗っておる獅子の顔がどことなく剽軽そうで親しみがもてる。彫像は無理としても、おれもこのような仏画を描きたいと強く思うた。そこでおれは願をかけて、母の十三回忌までに七幅の文殊菩薩像を仕上げることにした。大和にはすでに叡尊どのが造られた非人宿がいくつもあった。文殊菩薩は智慧の象徴とされているが、その智慧と勇気で病人を救済するということで、癩を病むものの世話をする非人宿では文殊菩薩が大事にされている。最初の一幅を収めると皆に喜んでもらえた。文殊さまは獅子の背で結跏趺坐しておられるお姿がまことに頼もしく、病人たちには病魔を祓う霊験があると信じられている。母の供養のためにもこの願は必ず果たさねばならぬと決意しておった。そんな時に、叡尊どのと出会うたのだが……」

忍性は遠い過去を懐かしむように目を閉じて笑みをうかべた。
「おれは二十三歳になっておった。おれが非人宿に仏画を届けたことを知って、弟子にしてくださることになったのだが、おれはまだ七幅の仏画を描くという願を果たせていなかった。願を果たすまでは絵師のままでいたいと叡尊どのに懇願して、得度受戒を待っていただいた。翌年、仕上げた文殊菩薩像を非人宿に奉納したおり、わざわざ叡尊どのが足を運んでくださって、仏画の開眼供養をしていただいた。それが母の供養となり、おれの願が成就したと思えたので、その場で叡尊どのの弟子となった。その後は絵師としてではなく、行基の再来と評判の叡尊どのの普請や非人救済のお手伝いをするようになった」

そこで善鸞が口を挟んだ。

「二十年ほど前のことになりましょうか。わたしはまだ比叡山の修行者でしたが、遊行で興福寺に出向いたおりに、覚盛どのが指揮しておられた悲田院で、あなたさまの師の叡尊どのと言葉を交わしたことがございます。そのおり癩を病むものや孤児の救済とともに、行基のごとく各地に溜池や水路を築く普請の工事にも取り組みたいという決意を伺いました。その後、叡尊どのは決意のとおりの活動を続けて来られた。まことに見事なご活躍でございます。わたしもそのおり、覚盛さまや叡尊どのとともに、世のため人のために尽くそうかとも思うたのですが、そのおりにわずかな疑問を覚えました。わたしが比叡山で学んだのは、陀羅尼や念仏、座禅、山岳修行などを通じて、仏に近づいていく修行を重ねることでございます。比叡山では仏に供える水を汲み、花を活けるのも修行とされておりましたが、それも仏の道ということで励行いたしておりました。病人の救済や普請の土木工事など、人のために尽くすことも大事な試みではございますが、それが果たして仏の道なのかということに疑問を覚えました。あなたも仏画を描くことから仏の道を歩み始めたと伺いました。そういうお方が土木工事に勤しむことに疑問を覚えられることはなかったのでしょうか」

　忍性はしばらくの間、黙り込んでいた。考え込んでいるようすだったが、時おり探りを入れるように善鸞の顔色を窺う気配があった。まだ警戒を解いていないようだ。そのようすを見ていると、肝の小さな卑屈な人物ではないかと思われた。

　やがて忍性は、自分の言葉を用心深く一つ一つ確かめるようなゆっくりとした口調で語り始めた。

「おぬしはおれの心が揺れ動いていると指摘して、術中にはめようとしておるのではないか。おれはそのような愚かものではない。東国には京や奈良のような伝統が根づいておらぬ。それゆえに百鬼夜行とでもいうしかないほどに、さまざまな信心が蔦の蔓のように絡まり合うておる。おれは子どものころは絵師に憧れておった。いまも手すさびで仏画を描くことはある。だが快慶のような偉大な仏師になるためには、奈良の工房に入って先輩の仏師の弟子となり、長く修行を積まねばならぬ。おれは母の供養のために仏の道を選び、さらに叡尊どのの弟子となった。叡尊というお方の人柄や生き方に心を動かされたからだ。延暦寺や東大寺、興福寺など、既存の大寺に入るのではなく、僧綱には属さぬ遁世僧として生きることは、安楽な道ではない。だからこそおれはこの道を選んだ。わかるか、慈信房どの」

　忍性は同意を求めるように善鸞の顔を見据えた。

　善鸞は小さく頷いて忍性に語りかけた。

「確かに忍性どのの活動は多くの支持者を得ておるようですね。救われた病人や孤児にとっては、あなたは菩薩そのものなのでしょう」

　忍性は子どものような笑顔をうかべた。

「おれも当初は病人の世話や土木作業に明け暮れる生活に不安を覚えておった。もっと仏の教えを学びたいと思い、ひまを見つけては西大寺の経蔵にこもって経典を読もうと試みたこともある。宋に渡って勉学したいという志ももっておった。宋に渡る同志を募ったところ、何人かが同行してくれることになったのだが、師の叡尊どのの許しが得られずおれだけが引き留められた。他の仲間は宋に渡ったあと、すでに貴重な文献を携えて帰朝し、各地で活躍しておる。おれは取り残された気分になったが、よく考えみれば、おれは仏画ばかり描いておって、経典もろくに読んでおらず、仏の教えの基礎も知らぬ。おれが留学したところで、何も得られなかったであろう。おれにはおれの生き方があるのだ」

小さく息をついてから忍性は言葉を続けた。

「おれは叡尊どのの跡を辿り、病人の救済や土木工事に命をかけようと思うた。小田どのや笠間どのに寄進をお願いしたこの清涼院極楽寺の本堂も、おれが下絵を描き大工らを指図して建てさせたものだ。石づくりの宝塔や宝篋もおれが石工に命じて造らせた。おれにはそうした実務の才がある。寺を建て、仏造りの工匠に指示を与え、人を率いて律宗の活動を広げていくことが、おれに課せられた使命だといまは思うておる」

問答は夜を徹して続きそうな勢いだったが、いまも仏画を描いているなら見せてほしいと善鸞の方から話を向けると、忍性は喜んで本堂に案内してくれた。

本堂は暗かったが、忍性が寺僧に命じて四方に灯りが点された。

新築されたばかりの寺院なので、本堂に仏像は安置されていなかった。本尊のあるべき場所に、大きな図像が掲げられていた。

四方の灯りによって闇の中に図像が浮かび上がった。

青獅子に乗った見事な文殊菩薩像だった。

「おお……」

善鸞は思わず声を洩らした。

何という柔和なお顔だろう。そして菩薩を背に乗せた獅子の顔の愛らしさ。図像のすべてがいきいきとした魅力をもって胸に迫ってくる。確かにこの忍性という人物は、修行者としてはいかにも未熟だが、絵画の才は傑出していると感じられた。

忍性が気乗りのしない口調でささやきかけた。

「これはおれが描いたものだが、安倍文殊院の快慶の菩薩像に似せて描いたもので、おれの作とは言いがたい。おれは奈良から鋳造仏を作る職人を連れてきた。いまはまだ大仏の造営で手が離せないが、いずれはここに立派な鋳造仏を安置するつもりだ」

善鸞は驚いて声を高めた。

「長谷の大仏もあなたが造らせたのですか。見事な仕上がりでございました」

「大仏を見たのか」

忍性は嬉しげに言った。

「叡尊どのの師にあたる貞慶さまは、長く弥勒信仰の笠置寺で遁世しておられた。あそこの弥勒菩薩は磨崖仏で巨大なものではあるがお顔が判別できぬ。菩薩の偉大さを示すためにあえてお顔を彫らなかったのかもしれぬ。叡尊どのもその流れを汲んでおられて仏像というのは形ばかりのものと考えておられるようだ。叡尊どのが信心の中心に据えられたのは仏舎利（ぶっしゃり）だ。舎利は古来、五重塔などの根元に埋められるものであったが、真言宗を興した空海どのは、長安青龍寺（ちょうあんせいりゅうじ）の恵果（けいか）さまから托された仏舎利を堂内に安置して尊ぶようになった。そこで必要となるのが舎利を収める小さな仏塔だ。叡尊どのも西大寺の本堂に、工匠に命じて鉄製の小さな舎利塔を造らせて安置された。また密教の法具として尊ばれる宝珠を支える台の中にも舎利を収納された。これも金属で鋳造されたものだ。叡尊どのは鉄や青銅を扱う職人を支援されて、各地に小さな寺を築き舎利塔や宝珠を納められた。そうして育てられた職人を、おれは東国に招いたのだ。これからは真言律宗の教えを東国に弘めなければならぬからな」

「真言律宗の職人たちが、あの阿弥陀仏を造ったというのですか」

「職人たちは命じられれば何でも造る。この寺が極楽寺という名称になっておるのも、寄進をされた笠間時朝どのが阿弥陀仏を信心されておるからだ。長谷の大仏の造営に際しても、笠間どのが幕府や御家人に働きかけて寄進を集め、現場で差配しておられた。おれが三村寺に鋳造仏の職人を招こうとしているのを聞いて、その前に大仏を造ってくれと頼まれたのだ。見よ、あの大仏のお姿は、おれが下絵を描いたのだ」

忍性が本堂の奥まったところに掲げられた図像を示した。

そこに長谷で見た阿弥陀仏のお姿が、そっくりそのままに図像として描かれていた。

人の息吹のする柔和なお顔は、この若者が描いたのか。

善鸞は身動きもできぬほどの感銘を受けて、阿弥陀仏の図像の前で長い間、無言のままに立ち尽くしていた。

翌日は忍性の案内で寺域の中に造られた施設を見て回った。

二十年以上も前に興福寺で叡尊に案内された時は、非人と呼ばれる癩病患者を収容する悲田院という施設を見ただけだったが、忍性はいくつもの施設を造って、病人や貧民の救済にあたっていた。とくに施薬院と呼ばれる施設は、軽い病に対応したもので、ここで治療を施されると、多くの患者がすぐに回復するということだった。

興味を覚えたので施設の中に入ってしばらくの間、治療のようすを眺めていた。

施設の半ばは横臥（おうが）している長期療養の患者が占めていたが、残りの半ばは通院する患者の待合所で、その一隅で遁世僧の黒っぽい僧衣の若者が患者の訴えを聞いていた。

頭が痛いとか、腹の調子が悪いとか、症状はいろいろあるようだが、それに応じて若者は紙片のようなものを束ねて渡していた。

善鸞はかたわらにいる忍性に尋ねた。

「手渡しているあの紙は何ですか」

「護符（ごふ）だ」

忍性は短く答えた。

訝しさを覚えた。律宗を興した鑑真和上は唐から漢方薬を伝えたはずではなかったか。施薬院というからには、薬で病を治療するものと思っていた。

「護符というのは、仏の種字（しゅじ）を示す梵字のようなものですか」

善鸞の問いに忍性はうす笑いをうかべた。

「叡尊どのの法兄の覚盛どのは唐招提寺を再興され、薬草園も開かれた。そこから球根や苗木を貰い受けて、おれたちもここで薬草を栽培しておる。当初は漢方薬を煎じた薬を紙に染み込ませたものを与えて服用させたのだが、あまり効かなかった。そこで真言の梵字を書いた紙を与え、丸めて飲み込めと指導すると、こちらはよく効くのだ。このあたりの人々は、漢方薬の薬効などは信じておらぬ。信じる気持がなければ薬も効かぬ。文殊菩薩の種字のマンの梵字を書いてやったら、何のことか意味がわからずとも、病人はありがたがって丸めて飲み込んでくれるのだ。菩薩の霊験で必ず治ると言うてやれば、その気になって治ってしまう。病とはそんなものだ」

善鸞は静かに息をついた。

非人宿と呼ばれる癩を病むものたちの病棟も見せてもらった。回復することのない宿痾(しゅくあ)を負ったものたちだが、ここでは明るく元気に、紙を漉(す)いたり、木工に勤しんだり、彼らなりに役に立つ作業に取り組んでいた。ただ横たわるだけの病棟ではない。ここには考えぬかれた救済の方途が見事に実現されていた。

同じく悲田院と呼ばれてはいるが、病棟ではなく孤児を育てる施設も併設されていた。孤児には食物が与えられ、成長した子どもには軽作業などの仕事が与えられていた。親のない子には受け継ぐべき職がない。遁世僧たちの指導によって仕事が与えられ、職人として世の中に出ていけるような配慮がなされていた。

ここでは病人が治療され、孤児が救済されている。世間から嫌われている癩を病むものも、生きていくことができる。

忍性は病棟に入ると、作業に当たっている若者たちにあれこれと指示を出し始めた。善鸞は隅の方から、病人の世話のために立ち働いている若者たちのようすを眺めていた。

病人や孤児が救われるように、この若者たちも救われているのだろうか。確かに彼らには生きる目的が与えられている。忙しく働いていれば、自分の生き方について疑問を感じる閑(ひま)もないのかもしれない。

善鸞は自分が比叡山にいたころのことを想い起こした。比叡山では閑というものがなかった。座禅を組むのも修行であったし、念仏を唱えるのも修行であり、一種の苦行でもあった。山岳修行はもとより、比叡山では水を汲みに行くのも花を摘みに行くのも、山の麓まで下りてまた登ってくる一種の苦行で、片時も身を休めることができなかった。

多忙は人を癒し、迷いを払う効用がある。

だが自分はその比叡山にいながら、やがて迷いを覚えるようになった。

それも宿世と言うべきか。

そんなことを考えていると、誰かが善鸞に声をかけた。

「極楽寺の宿坊に泊まられた慈信房善鸞さまではありませぬか」

黒っぽい僧衣を着ているところを見ると、忍性配下の遁世僧だ。

「あなたさまは親鸞聖人のご子息だそうですね」

「確かにそうですが、どなたかにお聞きになったのですか」

「あなたさまがおいでになることは、極楽寺のものは皆、知っております。笠間城からの使いの方がおいでになって、親鸞聖人のご子息が来られると知らせてくださいました。わたくしの親たちは、聖人のことをよう知っております。わたくしも幼いころに、聖人さまのお噂を耳にしました。このあたりのものにとっては、聖人さまは生き仏のようなお方でございます。わたくしも親たちのころに生まれ合わせたなら、聖人さまのお弟子になっていたことでしょう」

「なぜいまはここで働いておられるのですか」

「笠間や小田にも浄土真宗の門弟の方はおられますが、専修念仏は死んだ後の往生を求めるものでございましょう。わたくしは生きている間に、何かのお役に立ちたいと思うておりました。大きな戦さが続きましたが、戦さで手柄を立てるというのは、敵を殺すということですから、そのようなことに命をかける気にはなれません。では何をすればよいのか。わたしは自分というものの身の置き所がないような不安に駆られておりました。そこに忍性さまがおいでになって、若者たちに呼びかけられました。戦さに出るよりも、世のため人のために尽くす生き方がある。それは病人を救済し、菩薩の道を歩むことだと、忍性さまは教えを説かれました」

「病人のお世話をしておると、菩薩になれるというのですね」

「施薬院や悲田院で働くことが菩薩道なのです。ここにおる若者たちは、誰もが菩薩そのものなのでございます」

善鸞は若者の顔を見つめた。

ここで働くことが菩薩道だと信じきっているような口ぶりではあったが、その目つきに途惑いが感じられた。心の中のどこかに、不安や迷いを抱えているのかもしれない。

善鸞は若者に向かって語りかけた。

「わが父は専修念仏の教えを説きました。専修念仏とは死後に浄土に往生することだけを求めたものではありません。あの世で必ず往生できるとわかっておれば、心の底から安心安堵(あんじんあんど)して、この世でも思いどおりに生きることができます。ですから専修念仏も菩薩道なのです」

「ああ……」

若者は呻(うめ)くような声をもらした。

「ここであなたさまとお話ができたのは、仏のお導きだと思います。いまあなたさまはどこにおられるのですか」

「しばらくは笠間城に逗留しております。よろしければ訪ねてきてください」

そう言ったあとで、善鸞は予感のようなものを覚えて問いかけた。

「あなたのお名前は……」

「忍性さまのもとで遁世僧となりました良安(りょうあん)でございます」

配下に指示を出していた忍性がこちらに近づいてきた。良安と名乗った若者は逃げるように離れていった。

「どうだ。これらの施設は世のため人のためになっておるであろう。これが新しい仏の道なのだ」

善鸞は無言で施設の外に出た。

別れ際に忍性が問いかけてきた。

「おぬしは親鸞聖人の跡継なのであろう。これからも専修念仏を弘めていくつもりか」

「いかにして人を救うかというのは、仏の道の奥義であり、これからも修行を重ねて学ばねばならぬと思うております。東国には父の面授の門弟の方がおられますので、訪ね歩いて教えを受けるつもりでございます」

「専修念仏は問題が多い。あやつらは戒律を守らぬ。おぬしは叡山の修行者であったから、戒律を守っておいでなのであろう。昨夜も長旅で空腹であられたはずだが、食を求められなかった」

「律宗では午後には食を断つということは承知いたしております。わたしは長く修行をいたしておりましたから、断食の経験もございます。わたしのような修行者はそれでよいのですが、衆生はそうはいきませぬ。戒律を守ることができぬのが衆生でございます」

「ここで手伝いをしておる若者たちも、元は戒律を守れぬ衆生であった。だがいまは、菩薩行に励んでおる。目標を与えれば人は変わるのだ。世の中のすべての衆生が戒律を守れば、この世からは争いがなくなる。それが仏の道というものであろう」

「確かに若者たちの献身のさまを見させていただきました。まことにこれが菩薩行だと感銘を受けました。こちらでは多くのことを学びました。感謝いたしております」

「それでも専修念仏を弘めると言われるか。ならばおぬしとおれは、東国のどこかで、敵と味方として相まみえることになるやもしれぬな」
そう言って忍性は、相手を嘲るような笑い方をした。
善鸞は深々と一礼して帰途についた。

第四章　義絶

三村山をあとにしていったん笠間城に戻った。

城主の笠間時朝のもとに報告に出向いた。

「忍性どのと会うてきました。わたしは以前、忍性どのの師の叡尊どのがまだ興福寺におられたころに、悲田院に案内してもらったことがあるのですが、忍性どのの活動はもっと大きなもので、東国全体に広がっていきそうな勢いを感じました。人を助けるという試みは確かに大事なことと思いますし、そこで働いている若者たちの献身的な姿には感銘を受けました。ただ、これが仏の道なのかと、いささか疑問を覚えことも確かでございます」

笠間時朝は満足そうな笑みをうかべた。

「まことに同感でございます。わたくしは宇都宮蓮生どのから専修念仏の手ほどきを受け、念仏こそが仏の道と思うてまいりました。それでも京や奈良に出向きさまざまな寺院に詣でまして、仏の教えというのがまことに多様であることを学びました。そこにこそ仏の道の奥深さがあるのではと思うておりますそれはそれとして、忍性どのの活動を見ておりますと、これはいずれ幕府に公認されるだけでなく、幕府の全面的な支援を受けることになるのではと感じております」

「病人を治療してくれるのは、幕府としてもありがたいことでしょうね。ただ癩を病む非人と呼ばれる人々はたやすくは治らぬようです。非人を施設に囲い込むだけでは、根本的な解決にはならぬのではないでしょうか」

「それでも幕府としては、律宗が非人を囲い込んでくれれば、世の中が治まることになり、ありがたがるのではないですかな」

「そういうものでしょうか……」

善鸞は言葉を濁した。

時朝は小さく息をついた。

「忍性どのは鋳造の職人たちを東国に引き連れてきました。これは大仏の造営には大いに役立ちました」

善鸞も頷いて言った。

「確かに職人たちは宗派に属しているわけではないので、命じられれば阿弥陀仏でも不動明王でも何でも造るでしょう」

「忍性どのの師の叡尊さまは奈良にいくつもの寺を建て、鋳造職人たちに黄金を塗布した銅や鉄の宝塔、宝珠などを造らせたそうです。戸外には石を積み重ねた供養塔を築き、石工も育てておるようで、忍性どのはそうした工匠を東国に招いて各地に律宗の寺を造るつもりなのでしょう。長谷の大仏も忍性どのの配下の職人たちが造ったもので、実に手際よくたちまちに大仏を造り上げました。忍性どのは木造建築の職人たちも率いておりますので、これから大仏殿を造営したいと思うております」

「真言律宗では文殊菩薩を大事にしているようですが、大仏の造営に協力されたくらいですから、阿弥陀仏も尊んでおられるのでしょうね」

「仏の教えは競い合うものではないと思います。そうではありませんか」

「わが父もそのあたりは鷹揚に構えておりました。ただ門弟の方々の中には一途におのれの信心に凝り固まって、他宗派と競わねばならぬと思い込んでおるお方もおられるのではと懸念いたしております。これからは父の面授の門弟の方々のところに伺って、どのようなお考えで教えを弘めておられるのか訊いてみたいと思うております」

「それはようございます。親鸞聖人の教えを曲解して、念仏さえ唱えておればすべては許されると思い込み、大酒を飲んで家族に迷惑をかけたり、酔って乱暴狼藉を働くものもおるようですからね」

「造悪無碍と呼ばれる輩ですね。父もそのことは懸念しておりました。阿弥陀仏の本願という薬があるからといって、わざと病になるのはいかがなものかと、門弟の方々に語っておるのを聞いたことがございます」

「まことにそのとおりでございます。京ではいまだに専修念仏は禁じられておるようですが、鎌倉でも念仏者を取り締まろうという動きはつねにあります。それでも多くの御家人の皆さまが、極楽往生を願うておるようで、阿弥陀仏の大仏を造る計画がもちあがりますと多大の寄進があり、あのとおり見事な大仏が完成いたしました。阿弥陀さまを信心しているものがそれだけ多いということでございます。ただ浄土宗の道阿の念空が住職を務める鎌倉の新善光寺などでは、念仏者にも戒律を守るように勧めております。造悪無碍の輩が横行するようであれば、親鸞聖人の浄土真宗だけが禁止になるやもしれませぬ」

　そのようなやりとりをしたが、笠間時朝が引き続き浄土真宗を支援してくれることは確かだと思われた。

　笠間時朝は城郭内の建物を一棟、自由に使ってよいと善鸞に言ってくれた。

善鸞はそこを本拠として、東国の各地を巡回することにした。

まず向かったのは下総の横曾根だった。

笠間から西に向かい、筑波山を回り込んで鬼怒川を越える。

そこはもう下総だ。

鬼怒川の右岸を南下する。

川の対岸のあたりは、親鸞が最初の拠点とした下妻のはずだが、何十年も前のことだからいまは痕跡も残っていないだろう。横曾根は下妻からわずかな距離だ。

その地に近づいていくにつれて、しだいに胸苦しさのようなものを覚えた。

二十年以上も前に、初めて五条西洞院の草庵を訪ねた時にも、このような気分になった。父との再会は、喜びであると同時に、抗いがたいものに立ち向かう恐怖のようなものを覚えずにはいられなかった。

父と暮らすようになって、恐怖はすぐになくなった。父の穏やかな人柄に包み込まれ、いつしか父の後継者になることを自らの使命と感じるようになった。

だが善鸞が知っているのは、高齢となった親鸞の姿だ。

東国には面授の門弟たちがいる。彼らの胸の内には、若き日の親鸞がいまも生きている。その過去の親鸞と、これから対決しなければならない。

少し歩くとそこが横曾根だった。

性信はこの地の廃墟となっていた大楽寺という真言宗の寺を本拠とし、いまは報恩寺と称している。

筑波の峰が左手後方に見えるばかりで、周囲に高い山はない。なだらかな丘陵がここかしこに見えるものの、鬼怒川に沿った平地には豊かな田畑が広がっていた。

寺はすぐにわかった。古びた本堂の他に、隣接した場所に道場が建てられていた。

人がいたので案内を請うと、すぐに年輩の僧形の人物が姿を見せた。どうやらそれが性信のようだ。

性信は特別の門弟だ。

他の門弟はすべて、親鸞が東国に来てから入門したのだが、性信は京にいるころからの側近だ。

鹿島神宮の神官の息子だった性信は、鹿島の神宮寺が真言宗だったため、密教の知識はもっていた。同僚とともに紀州の熊野に参詣した帰途に、専修念仏の噂を聞いて法然（ほうねん）を訪ね、その教えに感動して即座に弟子となった。

法然はこの若者を、弟子の親鸞の直属とした。従って性信は、親鸞から専修念仏を学んだ最初の門弟だった。

流罪になったあとも、性信は側近として働き、京と越後（えちご）の間を何度も往復して京のようすを伝えた。親鸞が家族とともに東国に移った時も性信は旅の宿を確保し、信濃（しなの）の善光寺までは同行した。その後は先に常陸（ひたち）の下妻に赴いて、宇都宮蓮生配下の下間宗重（しもつまむねしげ）（のちの蓮位（れんに））とともに草庵の準備をした。

親鸞とは最も付き合いの長い門弟であり、親鸞が帰洛した後も頻繁に書状のやりとりをしている。

善鸞が知らないことも、性信は知っている。

京における側近であった顕智（けんち）が善鸞を敵視していたように、性信もまた善鸞の東国への下向を歓迎していないのではと思われた。

善鸞の前に現れた性信は、笑いをうかべてはいたが、警戒するような鋭い目つきでこちらを睨んでいた。

親鸞とはそれほど大きな年の差はない。七十歳は過ぎているはずだが、足腰が弱っているようには見えない。控え目にこちらのようすを窺っているところは、老獪(ろうかい)な策士といった感じで、善鸞は身構える気持になっていた。

性信はわざとらしいほどに丁寧な口調で語りかけた。

「あなたさまが東国においでになることは、聖人さまからの書状で承知いたしておりました。本日は寺でお休みいただきまして、明日にはわが弟子たちを集めご挨拶をさせたいと思うております。まずは本堂にご案内いたします。どうぞこちらへ」

性信が先に立って、寺の本堂に入っていった。

本堂の外観は古びていたが、中央の祭壇は新たに調(ととの)えられたようで、立派な造りになっていた。本尊が置かれる位置には、親鸞直筆の六字の名号(みょうごう)が掲げられている。ただ周囲には、真言宗の寺だったころの名残で、大日如来と思われる古びた鋳造仏や、不動明王らしい木造仏が配置されていた。

善鸞は六字の名号の前に座し念仏を唱えた。五条西洞院の道場にも名号は掲げてあったが、東国に来て改めて直筆の名号と対面すると、身が引き締まる思いがした。

父の名代(みょうだい)としてこの地に来た。

だが父と同じことをするつもりはない。父が東国で布教を始めた時代には、忍性も日蓮(にちれん)もいなかった。

新たな時代には、新たな教えが必要だ。

念仏を唱えながら、自分がここにいるのも、阿弥陀仏のお導きであろうと考えていた。

父を超えて自分が新たな領域に踏み出すことも、仏の思し召(おぼめ)しなのだ。

父の第一の門弟と対決する。それは父を相手に闘うことに等しい。負けるわけにはいかぬ……。

念仏を唱えながら、自分を励ましていた。

渡り廊下でつながった道場の奥に、小さな部屋があった。どうやら今夜はそこで宿泊することになりそうだ。

改めて性信と対面した。

性信は儀礼とも思われる恭しい口調で話し始めた。

「聖人のご嫡男の慈信房善鸞さまがわざわざ東国まで下向されましたこと、聖人さまがどれほどわれらのことを心配なされているかの証しであろうと思うております。それというのも東国にはさまざまな新たなる動きがあり、聖人さまの教えが充分に弘まっておるとは言いがたいありさまになっております。われらの力の及ばざるところでございまして、まことに申し訳なく思うております」

丁重な話しぶりではあるが、よそよそしさが感じられた。自らの無力を語りながら反省しているようすはなく、対策についても検討すらしていないことが、その口ぶりから窺えた。

凡庸な人物だ。

父はなぜこんな輩を第一の側近としたのだろうか。

善鸞は応えて言った。

「確かに父が伝えた浄土真宗は大きな曲がり角に来ているようですね。まずは各地を見て回らねばと思うております。鎌倉を通ったおりに長谷の大仏を見ました。笠間時朝どのも寄進されたという大仏の偉容を眺めながら、多くの人々が阿弥陀仏を信心し、念仏を唱えておることに胸を打たれました。しかし鎌倉に弘まっておるのは戒律や座禅も認める異端の浄土宗です。一方、日蓮の弟子だという若者と問答をいたしました。日蓮は下総国府のあたりを本拠としておるようです。こちらは同じ下総でも常陸に近い場所なので、日蓮の教えもここまでは弘まっておらぬようですが、警戒せねばならぬと思うております」

そこで言葉を切って善鸞は相手のようすを窺った。

日蓮の名を出したおりに、性信の顔が曇ったことを善鸞は見逃さなかった。

善鸞は言葉を続けた。

「笠間時朝どののご紹介で、三村山の良観房（りょうかんぼう）忍性どのを訪ね、病人を収容する施設などを見てまいりました。忍性の真言律宗というのは、病人や孤児の救済には役立っておるようですが、仏への信心とは別のものだと感じました。とはいえ幕府がこれを支援するようなことがあれば、他宗派のものにまで戒律を強制するようなことになりかねませぬ」

忍性の名を出すと性信はさらに驚いたようすを見せた。

善鸞が日蓮の弟子と問答したり、忍性とも関わりをもって、東国の状勢を把握しようとしていることに、警戒心をもったようだ。

性信は表情を硬くして詰（なじ）るように問いかけた。

「あなたさまは東国において何をなされるおつもりでございましょうや」

善鸞は相手の顔を見つめていた。

性信は動揺していた。親鸞の跡継（あとつぎ）が東国に下向して、日蓮や忍性の動きを見て回っている。そのことで自分の立場が危うくなるのではと恐れている。

だが怯（ひる）んではいない。性信の表情には鈍感なまでの自信が感じられた。相手が宗祖の嫡男であろうと、自分がとくに遜（へりくだ）る必要はないという、傲慢さが見え隠れしている。

性信はこの横曾根で教えを説いているだけではない。親族の順信（じゅんしん）や乗然（じょうねん）が率いる鹿島門徒という大きな勢力があって、浄土真宗の半ば近くを性信が差配している。

この老人にあるのは、親鸞の第一の門弟であるという気負いだけだ。日蓮や忍性を相手にどのように闘い、教えを弘めていくかということについては、何も考えていない。むしろ親鸞の嫡男の下向で自分の立場が脅かされるのではという不安だけが、この老人を駆り立てている。

何をするつもりか、と問いかけた性信に対して、善鸞は逆に問いかけた。

「あなたは専修念仏の教えを守るために、何をなされたのですか」

性信は答えなかった。

答えようがないのだろう。

善鸞はわずかに語調を強めた。

「あなたが父の第一の門弟であることは承知しております。されども父が布教をしておったころとは違って、それまでにはなかった新たな教えが東国に弘まっています。これに対してわれらは何を為すべきか。いまわれらは重大な岐路に立たされておると考えねばなりませぬ。かつてあなたが父から伝えられた教えは、いまでは古びた役に立たぬものになっているのかもしれません。そのことを危惧して父はわたしを名代として東国に派遣したのです。父が弘めた浄土真宗を後の世に伝えるためには、わたしが伝える新たな教えが必要なのです」

性信は不安げに善鸞の顔を見つめていたが、父の名代と言われてしまえば、返す言葉が見当たらぬようすだった。

「それでは明日、宗門の人々が集まりますので、よろしくお願いいたします」

それだけのことを言って性信は姿を消した。

だが胸の内にやり場のない憤りを抱えていることが、後ろ姿から見てとれるように思われた。

翌日は道場が埋まるほどの門弟が集まってきた。

性信の同族の順信や乗然も来ているようで、鹿島の方からも門徒たちが駆けつけてきたようだ。

五条西洞院でも父の名代として遠来の門徒の相手をしていた。門徒を相手に語ることに途惑いはない。しかしここにいる門徒は、性信を守るために呼び集められた人々だ。最初から敵意をもっているものも少なくないのではと思われた。あたかも戦さに臨む武者のような気分で、門徒と対面した。

善鸞の姿を見た門徒の間から、息を呑む気配が伝わってきた。おおっ、と声を洩らすものもいた。

五条西洞院の道場で何度も体験したことだ。

自分の顔は親鸞に生き写しだ。

年齢も親鸞が多くの門徒を率いていたころに近づいている。面授の門弟なら驚かずにはいられないだろう。

親鸞が帰洛してからすでに二十年以上の年月が経過している。面授の門弟は限られているだろうが、先輩の門弟から親鸞の風貌や人柄などは聞いているはずだった。

人々は食い入るように善鸞の顔を見つめている。

慣れ親しんだ五条西洞院の道場と同じ雰囲気が人々を包み込んでいた。

善鸞は語り始めた。

「善鸞でございます。この法名は父から賜りました。父の後継者であることの証しでございます」

善鸞が声を発すると、聞いている人々が一斉に身を硬くするのがわかった。その落ち着いた話しぶりと、声の調子から、仏の境地に近い指導者だと感じられたはずだ。

面授の門弟ならもっと驚いただろう。善鸞は父のかたわらに長くいたので、父の語り口をそっくり真似て話すことができる。

「父が帰洛してからも多くの門弟の方々が五条西洞院の草庵に訪ねてくださいましたが、最近の父は高齢のために皆さま方と対面してご挨拶することが叶わなくなりました。そこでわたしが父の名代として対応させていただくことが多くなり、父の教えをわたしが代弁して語るようになりました。この度は父の命にてわたしが東国に派遣され、皆さま方に父の言葉をお伝えすることとなりました。父の帰洛からすでに二十年以上の年月が経過しております。性信さまのような面授の門弟の方々もこれからは少なくなっていくことでしょう。それゆえにこそ父の教えを直接に皆さまにお伝えすることが、わたしの責務だと思うております」

その場にいる人々の多くは面授の門弟ではなく、親鸞の顔も話しぶりも知らないはずだが、語り始めた善鸞の柔和な顔つきと穏やかな口調に、確かにこの人は親鸞聖人の再来だと確信したように、何度も頷くような仕種を見せながら話に聴き入っていた。

「わが父の教えを守り後の世に伝えることがわたしの務めです。従って父が語ったことに一言たりとも余計なことを付け加えるつもりはございません。ただひたすら父から聞いた言葉だけをそのままにお伝えいたします。さりながら……」

善鸞はわずかに語調を強めた。

「これは父から聞いた話ですが、仏教を興されたお釈迦さまは対機説法と申しまして、たとえば戒律を守らぬ弟子に戒律の厳守をお命じになる一方、戒律をしっかり守っている弟子には戒律にこだわりすぎてはいけないと諭されました。すなわち人に応じて異なった言い方をされるということです。譬え話でわかりやすく教えを説くことを方便と申しますが、対機説法も一種の方便と考えてよいでしょう。父が学んだ法然上人の専修念仏は、無義の義と申しまして、これといった義がないところに奥義があるとされています。義による解説ではなく、ひたすら信心する。それが専修念仏の極意なのです」

善鸞は話を聴いている人々の顔を、まるで一対一で対面しているかのように、一人ずつ見つめながら話した。

ひたすら信心する、それが専修念仏の極意だ……。

そう語った時、聴いている人々のすべてが、善鸞に向かって、大きく頷いたことが見てとれた。

善鸞は語調を変えて言った。

「とはいえわかりやすい義がないというのでは、どうやって信心をお伝えすることができるでしょうか。父は東国の人々に、さまざまな言葉を用いて信心の大事さを説いたと聞いております。人はそれぞれに異なった気質をもち、異なった人生を歩んでおります。従って、百人の門徒がおれば、百とおりの方便があったはずです。皆さんは性信どののお弟子さんです。性信どのはどのようにして信心の大事さをお伝えしたのでしょうか。その性信どのが語られた義のごときものが、浄土真宗のまことの義であり、唯一無二の真実の言葉だと思うておられるのではありませんか。しかし性信どのは、言葉をもって語られたはずです。言葉をもって語られたものは、ただの方便にすぎないのです。わたしははっきりとお伝えしますが、それはわが父から性信どのに伝授された、性信どのただお一人のために語られた方便の教えというべきでしょう」

方便という言葉が聞き手にどのように伝わったかはわからないが、聞き手の間にざわざわとした不安げな雰囲気が広がるのがわかった。方便というのは法華経などでは真理に迫るための大事な方途であると語られているのだが、衆生(しゅじょう)の間では、嘘も方便などというように、言葉によるごまかしのごときものと受け取られているのかもしれなかった。

聴衆はかなり動揺しているようすだ。方便という言葉に反発を覚えたのか、抗議をするような鋭い眼差しでこちらを睨みつけている。最初から敵意のごときものを内に抱えていた人々だ。少しでも意に添わぬ言葉を耳にすると、にわかに怒りがわきだしてきたのかもしれない。だが一度その言葉を口にした以上、そのまま語り続けるしかなかった。

「父には多くの門弟がおりました。その一人ずつにそのお方に応じた方便を用いて、父はいかに信心するかをお伝えしておったようです。そのため面授の門弟のお方から新たなお弟子の方にお伝えした教えも、少しずつ違ったものになったのではないかと思われます。父が東国におったころにはそれでよかったのです。多少の違いはあってもひたすら念仏を唱えておれば、それは専修念仏であり、浄土真宗の教えであるということで、父は大きな勢力を築き上げました。しかしながら、いまは時代が違うのです」

善鸞は真剣な表情で聴衆の顔を見回した。

「ここのところが大事なのですが、いまわれらの浄土真宗は大きな危機を迎えております。然阿の良忠の異端の浄土宗、忍性の真言律宗、日蓮の日蓮宗など、新興の教えが次々と東国に流入し、専修念仏を受け継いでいくものにも迷いや不安が広がっております。このような時だからこそ、浄土真宗は一つにまとまらねばならぬのです。父の親鸞もそのように申しておりました。だからこそ嫡男のわたしが東国に派遣されたのでございます」

浄土真宗が一つにまとまらねばならぬ、というくだりには、真剣に耳を傾けるものもいたが、広がり始めた不満と疑念は留めようがなく、ざわざわとした雰囲気は収拾がつかないほどに広がっていた。

善鸞は聴衆のざわめきを鎮めるために、威圧するような口調で声を高めた。

「わたしは父から重大な使命を託されて東国にまいりました。わたしは父からわたしだけに伝えられた父子相伝の秘密の教えを受け継いでおります。この秘儀のごときものを秘事の法門と呼んでおきましょう。面授の門弟の方々によって少しずつ異なった教えが弘まった現状を糺し真の教えに導くためには、この秘事の法門をお伝えせねばなりません」

父子相伝の秘密の教え、という言葉を口にすると、聴衆の間に広がっていたざわめきが、ぴたりと鎮まった。

道場を埋めた聴衆の全員が、息を詰めるようにして善鸞を見つめている。

善鸞はわずかに間(ま)を置いてから、微笑をうかべた。

「とはいえその教えをいまここでお伝えすることはできませぬ。これは秘密の教えであり、たやすく公開できるものではないからです。伝えられた言葉は人から人へ流布していくうちに、曲解され誤解されついには世を惑わす邪教になっていく惧(おそ)れがございます。わたしはこの教えを秘儀として限られたお方にだけお伝えします。この秘密の教えは、父が法然上人から伝えられ、それがわたしに伝えられたものです。父とわたしとは血のつながった親子です。法然上人にとって父は、わが子のごとき愛(まな)弟子(でし)であったのでしょう。わたしがこの教えを伝えるためには、そのお方と親子にも等しい深いつながりをもたねばなりませぬ。そのようなつながりを育てるためには、時がかかるでしょう。しかしじっくりと時をかけて問答を交わし、このお方ならばと思える関係が結ばれたならば、この秘儀を必ずお伝えします」

固唾(かたず)を呑むように静まり返っている聴衆の顔を見回してから、善鸞は語調を変え、胸の奥から絞り出すような声で語った。

「大経(無量寿経)によれば法蔵菩薩(ほうぞう)は四十八の誓願を立てて阿弥陀仏になられたとされております。中でも第十八願の、『もし我れ仏となるを得たらんに、十方の衆生、至心(ししん)に信楽(しんぎょう)し、我が国(極楽浄土)に生ぜんと欲して乃至(ないし)十念せんに、若(も)し生ぜずば正覚(しょうがく)(悟りの境地)を取らじ……』というくだりは、最も大事なお言葉であるとされておりますが、それも言葉である限りは、ただの方便にすぎませぬ。わたしが父から受け継いだ秘密の教えは、方便ではなく、真実の言葉です。たった一言ですべての衆生を救えるような、誰にも語られることのなかった秘密の言葉であって、それは譬えて言えば大輪の花のごときものです。それに比べれば、第十八願などは、しぼめる花にすぎぬのです」

善鸞は口を閉じた。

その場は静まり返っていた。

誰一人咳払いもせずに、沈黙を守っていた。呼吸さえ止めているのではと思われるほどの静けさが道場全体を包んでいた。

横曾根を出て、来た道を引き返す。歩いているうちに息が苦しくなってきた。何かに追い立てられるように足を急がせていた。

性信の道場にいた門徒たちの眼差しの鋭さが胸の奥底に刻まれていた。

宗祖の嫡男だということで好意的に見てくれるものも中にはいたが、大半がむきだしの敵意を込めてこちらを睨みつけていた。

その敵意に追い詰められて自分でも思いがけないことを口にしてしまった。

秘事の法門。

たった一言ですべての衆生を救えるような、誰にも語られることのなかった秘密の言葉……。

そんな秘密の教えがあるわけもなかった。

ただ父と再会したばかりの五条西洞院で父に肩を抱かれた時に、自分は父の大きな胸に身を投げ出すような思いで、父を信じた。

それは言葉ではない。

言葉を超えた秘密の儀式のごときものだ。それを言葉で説くことは不可能だろう。

だとすれば自分は横曾根の門徒たちに偽りを述べたことになる。

そう思うと地べたにへたりこむような胸苦しさを覚えて、その場に立ち止まってしまった。

その時だった。

背後から何ものかが迫ってくるような気配を覚えた。

自分が語った言葉に反発した門徒たちが束になって襲いかかってくるのではという恐怖を覚えて後方に振り返った。

確かに自分を追いかけてくるものの姿が目に入ったが、追いかけてきたのはただ一人だけだった。

ほとんどが白髪になった長い髪を髻(もとどり)に結わずに後ろに垂らした異形の老人だったが、近づいてくる足どりに隙がない。どうやら武者のようだ。

相手は老人だし、太刀を帯びているわけではない。いざとなれば闘うつもりでいた。

相手が近づいてきたので表情が見えた。

怪しいうす笑いをうかべている。

「何かご用ですか」

こちらから声をかけた。相手は足取りを緩め、害意がないことを示すように両手を左右に広げた。

「あなたさまの弟子になりたいと思い、お声をおかけする機会を窺っておりました」

そう言うと老人はその場に膝をついて、善鸞の顔を振り仰ぎ、跪拝(きはい)するような姿勢になった。いかにもわざとらしい動きだった。

善鸞は困惑を覚えて声を高めた。

「どうぞお立ちを。ここで拝まれてもしようがない。とにかくあなたの話を伺いましょう。性信どのの寺におられたお方ですか」

先ほどの話を聴いていた聴衆の一人かと思ったのだが、相手は立ち上がりながら、手を振り回すようにして激しく否定した。

「いやいや、わしはあの寺には近寄れんのだ。性信どのに嫌われておるからな」

そう言ってから、相手は唇の端を歪めて意味ありげな笑い方をした。

「話は山ほどあるのだ。ここで立ち話をするわけにもいかぬ。すぐ近くにわしの寺がある。今夜は泊まっていけ」

警戒を解かずに善鸞は詰問した。

「寺といいますと、あなたも出家されているのですか」

「わしもお聖人さまの門弟だ。信楽(しんぎょう)という法名とご直筆の名号を賜った」

「信楽……」

その名に聞き覚えがあった。

声に鋭さがこもった。

「あなたは破門されたのではないですか」

信楽の名は、親鸞が下妻で布教を始めた当初から側近だった蓮位から聞いた。信楽が破門になった後、名号を取り返しに行こうかと蓮位が問うと、名号を与えたのは阿弥陀さまのお導きによるものだから取り戻すわけにはいかぬと親鸞は答えた。

信楽を破門せよと迫ったのが性信だということも蓮位から聞いていた。

何十年も昔のことだが、いまだにこの信楽は性信の寺には近づけないようだ。

破門された門弟が跡継の自分に近づこうとする。何か意図があるはずだが、油断するわけにはいかぬ。善鸞は用心のために相手の表情の変化に注意しながら、突き放すような言い方をした。

「信楽という門弟が破門されたということは聞き及んでおります。あなたのことは最初に破門された弟子として、門弟の間で語り種になっておるようですね」

わざと冷ややかに言い渡すと、相手はいきなり声を立てて笑い始めた。

「わしの名を知っておったか。門弟たちの間では、さぞやわしの悪名が伝えられておるのだろうな」

そう言ったあとで、信楽はにわかに真顔になって語りかけた。

「わしが親鸞聖人の教えに疑問を覚え、諍論を挑んだことは確かだ。だがそれが理由で破門になったわけではない。聖人はわしのどんな疑問にも優しく穏やかに、丁寧に言葉を紡いで答えてくださった。それは言葉による魔術のごときものだ。その言葉の優しさ、語りの口調にこめられた思いやりによって、聞いているだけでこちらの心が癒されることになる。その言葉を聞きたくて、わしは事あるごとに反論し、疑問を投げかけ、聖人の新たなお言葉を引き出そうとした。いつの間にか、わしは聖人の側近のような立場になっておった。それが性信どのにはおもしろくなかったのであろう」

そう言って信楽は豪快な笑い方をした。それから目を細めるようにしてささやきかけた。

「わしは破門された後も、専修念仏の教えを棄ててはおらぬ。あんたがお聖人さまのご嫡男で後継者として聖人のお言葉を伝えに来られたという噂は、近在の村々に瞬く間に広がった。わしも聴きに行きたかったが、性信どのの寺に行くわけにはいかぬ。それで寺が見えるところから、あんたがお帰りになるのを待ち受けていたんだ。とにかくわしの寺に来てくれ」

信楽は善鸞の返事も聞かずに歩き始めた。

いかにも怪しい老人で、言葉遣いも乱暴だったが、父がこの男に信楽という法名を与えたことが気にかかった。

つい先ほど性信の寺で、阿弥陀仏の第十八願について話した。そこには「十方の衆生、至心に信楽し、我が国に生ぜんと欲して乃至十念せんに、若し生ぜずば正覚を取らじ……」というくだりがある。その信楽という大事な語を法名として与えたのだから、親鸞はこの門弟に期待をかけていたのではないか。

相手のあとに従って道を進みながら、善鸞は問いかけた。

「わたしの父と諍論をしたと言いましたね。どんな諍論ですか」

相手はまたもや声を立てて笑った。

「それも話せば長くなる。専修念仏の根本に関わる問題だ。阿弥陀仏の本願によって、誰もが浄土に往生できるということだが、なぜそうなのかを説明する理屈はない。義を捨てることが義だと法然上人は言われたそうで、あんたの親父どのも無義の義ということを言われる。だがな、善鸞どの。無義の義というのも、一つの義ではないか。つまりはただの理屈なのだ。これにあんたは答えることができるかい。わしが聞きたいのは、あんたはいったい何を伝えるために東国までやってきたのかということなんだ。何かもっともらしいことを親父どのから吹き込まれたというのかい」

今度は善鸞が笑い声を立てた。

「それはまた、話せば長いことになりますね」

信楽は勢いづいたように言った。

「そうだろう。わしの寺でじっくり諍論しようではないか。うまい酒を用意してあるんだ」

「酒……ですか」

「あんたは親鸞聖人のご子息だ。酒くらい飲むだろう。そうれ、わしの寺が見えてきたぞ。弘徳寺(こうとくじ)という寺だ。この寺の名称も、あんたの親父どのが考えてくだされたのだ」

鬼怒川の左右に広がった河岸段丘の一段高くなった丘の上に、川の上流から引いたと思われる用水を溜める池があり、その池のそばに信楽の寺があった。

新堤(にいつつみ)という地だった。

寺というよりも地方領主の邸宅の一部を寺に改装したような場所だったが、中に入ると立派な仏像が安置されていた。

善鸞は思わず足を止めて、仏像の前で祈りを捧(ささ)げた。

それから顔を上げて、仏像の姿を見据えた。

開いた右手をこちらに向け、膝の上に置いた左手に薬壷を載せた厳かな姿だったが、手の印相(いんそう)からすれば、明らかに阿弥陀仏ではない。

「これは薬師さまですね」

善鸞が問いかけると信楽は困惑したように早口で言い訳をした。

「衆生にとってはどんな仏でもありがたいものだ。薬師如来は病を癒す現世利益(げんせりやく)の仏で人気がある。わしも寺を開いたからには、弟子や檀越(だんおつ)が必要だ。安心しろ。この先の道場には聖人直筆の名号が掲げてある」

そう言って信楽はごまかすような卑屈なうす笑いをうかべた。

道場に入った。確かに父の筆蹟の名号が掲げてあった。

善鸞は名号の前に座して静かに念仏を唱えた。

性信の寺にも名号があった。ここにも名号がある。善鸞自身、京を出立する前に父から賜った名号を背に負った笈(おい)に収めている。直筆の名号を背にしていることで、父の名代としての自負心を保っていられる。同じことが他の門弟にも言えるのだろう。性信も信楽も、直筆の名号を掲げることで、親鸞の門弟であることを誇示しているのだ。

性信の寺には大日如来と思われる仏像があった。ここには薬師如来だ。父は寛容にも門弟たちに阿弥陀仏以外の仏を祀ることを許した。

結局のところ、それが宗門全体の統率を乱すことにつながったのではないか。

善鸞は声を強めた。

「あなたも薬師さまを信心しておられるのですか」

信楽は顔を赤くして弁解した。

「薬師如来はわしの親父どのが大事にしておったものだ。その親父どのも晩年は一途に念仏を唱えておった。まあ、聞いてくれ」

信楽は困惑を隠すような笑いをうかべて話を続けた。

「親父どのは相馬師常(もろつね)という武者で頼朝どのの旗挙げにも源平合戦にも参戦した。武者といえども死ぬのは怖い。親父どのは怪我をしても死なぬように薬師さまの像を安置して拝んでから戦さに臨んだのだ。親父どのは下総の名門の生まれだ。下総守護を任された千葉篤胤(あつたね)の子息で、相馬御厨(みくりや)の管理を任され相馬を名字とした。親父どのは合戦でたびたび手柄を立てた。人を傷つけ殺しもしたのだろう。宇都宮蓮生どのや熊谷直実(くまがいなおざね)どのが法然上人の門下に入られたのを知って、遅れて門弟となった。親父どのの話では親鸞聖人と同時期の入門で、同輩として親しく語らったとのことだ。わしは親父どのから阿弥陀仏の本願や専修念仏を学んだ」

信楽はちらっと本堂にある薬師如来の方に目をやった。

「親父どのが薬師さまを信心しておったのは昔のことで、東国に戻った時にはすっかり専修念仏の門徒になっておった。ただ仏像というものはたやすく捨てられるものではない。親父どのが亡くなったあと仕方なく息子のわしが引き取った。わしも薬師さまなどは拝んでおらぬ。法然上人のお弟子の親鸞聖人がこの近くの下妻で布教を始められたと聞いてすぐさま駆けつけ門弟にしていただいた」

信楽は勢い込んだように話し続けた。

「聖人は親父どののことをよう憶えておられた。そのせいもあってとくに目をかけていただいた。それが性信どのには気に入らなかったのだろう。何かにつけてわしを目の敵にされた。わしが自分の寺で弟子をとるようになったことでも気分を害されたようだ。何しろ性信どのの寺とわしの寺は目と鼻の先だからな。性信どのは鹿島神宮の神官の息子で、聖人に頼まれて神宮寺にある一切経の筆写のために鹿島まで通っておった。多忙のために思うように弟子が集まらなかったのだろう」

そこまで話してから、信楽は急に自慢するような口調になった。

「性信どのの寺より、わしの寺の方が人気があったことは確かだ。まあ、薬師さまの御利益のせいかもしれぬがな。わしは近在の門徒を集めて酒を飲んだ。酒を飲んでも極楽浄土に行けるという教えをわしが弘めたからだ。酔った弟子が宴会からの帰りに村で暴れ騒ぎになったことがある。わしが破門になったのはそのせいかもしれぬ」

「造悪無碍ですね」

善鸞が口を挟むと、信楽は慌てて否定した。

「それは違う。わしは悪を為すことを勧めたわけではない。酒を飲んでも大丈夫だと言っただけだ。だがわしの弟子が騒ぎを起こしたことは間違いない。わしは聖人に呼ばれて、『悪人が往生できるのは確かですが、それは自分の過去を悔やんでおる人のことで、あなたのような反省のない人が、やたらと人に喧伝するのはよくありません』と諭された。起こったことはそれだけだ。ところが性信どのが、わしが聖人に呼ばれて叱責を受け破門になったと周りに言い歩いたものだから、他の門弟の方々がわしを避けるようになった。結局のところ、わしは聖人のところに顔が出せなくなった」

信楽は悔しげに慨歎した。

話だけ聞いていれば、確かに破門になるほどのことをしたとは思えない。

善鸞は相手の顔を見据えて問いかけた。

「あなたは先ほど、門弟にしてくれと懇願されましたね。わたしから何を学ぼうというのですか」

信楽は追い詰められたような表情になった。

「門弟になりたかったことは確かだし、あんたを呼び止めるにはそう言うしかなかった。本当のことを言えば、親鸞聖人と諍論したように、子息のあんたと同じような問答ができぬものかと考えたのだ。わしには悩みがある。大きな不安がある」

「どのような悩みですか」

いくぶん声を強めて尋ねると、信楽は大きく息をついた。

「まあ、じっくり話そうではないか。ほれ、もうあたりが暗くなってきた。そろそろ酒宴を始めるとするか。わしの弟子や仲間らにも声をかけてある。そのうち集まってくるだろう。母屋の方に用意がしてあるはずだ。そっちに行こう」

信楽は立ち上がって道場の奥に向かった。どうやら渡り廊下で住居とつながっているようだ。善鸞も今夜はここに泊まっていく気になっていた。教えを説くために東国に来たのだ。信楽の弟子たちに教えを説くのもよいだろうと思った。

陽が沈みあたりには黄昏(たそがれ)の薄闇が忍び寄っていた。

廊下の先に客間があり、すでに食膳が用意されていた。

食膳を前にして差し向かいに座った。

面立ちの調った若者が酒が入った瓶子を運んできた。

「これはわしの弟子で浄念という。生真面目なやつでな」

信楽が紹介した。

食膳の脇に瓶子を置いて、浄念は深々と頭を下げた。

善鸞は若者に声をかけた。

「あなたも専修念仏を学ばれているのですね。なぜ念仏というものに興味をもたれたのですか」

声をかけられたことが嬉しかったのか、若者は顔を赤くしながら勢い込んで応えた。

「念仏さえ唱えておれば極楽浄土に往生できると聞きまして、この上なき教えだと感じ入りました。こたびは親鸞聖人の跡継のお方にお目にかかれて、天にも昇る思いがいたしております」

この若者が極楽浄土や阿弥陀仏の本願についてどれほど学んでいるかはわからないが、初心のものの心躍るような気持の昂ぶりをもっていることは伝わってきた。

浄念という若者はこの寺の下働きを一人で担っているようで、食膳のつまみの類もすべて浄念が用意したようだ。

食膳には魚の煮浸しや野菜の漬物、糒などが並んでいた。

差し向かいになっている善鸞と信楽の左右にも食膳が並んでいて、大勢の客が宴席に加わることになっているようだ。してみると信楽は最初から善鸞を招待することに決めて、客に案内を出したようだ。

どうやら信楽の用意周到な計画にまんまと嵌められてしまったようだ。

「客はまだ来ておらぬのだが、とりあえず二人で飲み始めようではないか。遠慮は要らぬ。手酌で好きなだけ飲むことにしようぞ」

信楽と差し向かいで飲み始めた。

「それで、あなたの悩みというのを聞かせていただきましょうか」

善鸞が促すと、信楽は手酌で注いだ酒を一気に飲み干してから語り始めた。

「わしは自宅を改装して寺を開いた。親父どのから譲られた薬師さまを安置してあるが、わしは法然上人の門弟となった親父どのから教えを受け、親鸞聖人からも教えを受けて、ひたすら専修念仏を信心しておる。だがわしは、破門された身だ。わしのどこが間違っておったか、いまだによくわからぬ。わしは性信どののように、聖人の側近であることを笠に着て高みから教え諭すようなことはできぬ。わしは仲間と酒を飲みながら好き勝手に議論をするのが身に合うておるのだ。そうやってわしは、仲間たちに浄土の教えを説いてきた。だがな……」

信楽はまだ酔ってはいない。真顔で善鸞の顔を見つめ、苦しげに息をついたあとで、喉の奥から声を絞り出した。

「正直に言おう。念仏を唱えるだけで極楽浄土に往生できるのか、本当のところわしは知らぬのだ。親鸞聖人の教えは身に染みた。酒を飲んでも、獣肉を喰ろうても、極楽往生は間違いないと言われれば、安心してうまい酒が飲める。そう思うて念仏を唱え、念仏の効用を人にも伝えておる。酒が飲めるというのはありがたい教えだ。あまりにもありがたすぎて、かえって不安になることがある。話がうますぎるのではないか。念仏を唱えるだけで本当に大丈夫なのか……」

信楽はむきになったように語調を強めた。

「考え始めると不安が募ってくる。不安になるのはわしの信心が足りぬのかもしれぬが、どうしたら信心を深めることができるのか、わしにはわからぬ。もしかしたら、わしは念仏というものをそれほど信じておらぬのではないか。だとすれば、信じてもおらぬことを人に伝えるなどというのは、許されざる悪業（あくごう）ではないか。そんなことを考え始めると、念仏をいくら唱えたところで結局は地獄に堕ちるのではないかと不安でたまらんようになってしまうのだ」

そう言うと信楽は空になった杯（さかずき）に勢いよく新たな酒を注いだ。

善鸞も酒を口に運びながら応えた。

「あなたは正直なお方ですね。正直すぎて考えすぎてしまうところがあるのではないですか。人の気分には浮き沈みがあります。不安になることもあるでしょうが、酒がうまいと思うたり、酒宴で人と語らうのが楽しいのであれば、それでよいではありませんか。専修念仏の教えはただ一つです。信じること。これに尽きます。必ず往生できると信じておれば安心安堵（あんじんあんど）できます。安堵しておるというのはすでに悟りの境地に達しておるということで、菩薩や仏になっておるということです。あなたはもう菩薩になっておられるのですよ」

相手の顔を見据えながら、善鸞は励ますような口調で語り続けた。

「比叡山や奈良で厳しい修行をして、阿羅漢（あらかん）と呼ばれる高僧になった人はおりますが、仏になった人の話は聞きませぬ。悟りの境地に到達するのは、たやすいことではないのです。それに比べれば念仏は誰でも唱えることができます。それで安心安堵できるのであれば、これほど楽なことはありません。あまりに楽すぎて不安になるあなたの気持もわかります。誰でもそうなのですよ。時に安心し、時に不安になる。それでよいのです。あなたは自分の信心が足りぬのではないかと不安がっておられますが、それは大事なことです。不安の欠片（かけら）もなく自分は大丈夫と思い込んでいる人は慢心しているわけですから、阿弥陀さまの慈悲が及ばぬこともあるでしょう。あなたのように自分は悪人かもしれぬと思うておる人こそ、阿弥陀さまの救いの手が伸びてくると思うておれば、安心して酒が飲めるでしょう。これは慢心とは違います。不安だからこそ安心していられる。それが念仏の効用です。あなたは安心安堵してうまい酒を飲んでおればよいのです」

善鸞の言葉に信楽は一心に耳を傾けていた。

聞き終えると、涙ぐむような目つきになった。

「聖人のご子息にそう言っていただければ、わしも安堵できそうな気がする。とはいえわしはまだ、阿弥陀さまの本願というものを、心の底から信じてはおらぬのではと不安でならんのだ。親鸞聖人の門弟でありながら、阿弥陀さまの本願を信じることができぬというのは、なんとも申し訳なく、悔しくてならぬ。この迷いや不安はどうやったら晴らすことができるのか。善鸞どの。あんたは親鸞聖人のご子息であられる。あなたさまは親鸞聖人の教えを、一片の疑いもなく信じておられるのでしょうな」

信楽の問いは善鸞の胸の中に重みをもって食い込んできた。

この二十年の間、善鸞は親鸞のかたわらに侍（はべ）っていた。ふつうの親子よりも密に接していたことは確かだ。親鸞の声を間近に聞き、親鸞の語り口をそっくり真似ることができた。自分が親鸞そのものになった気がすることさえあった。親鸞のことは何もかも知っているつもりでいた。親鸞は敬愛すべき師であり、抗（あらが）いがたき生き仏であり、血の通った父であった。

五条西洞院に詰めるようになった当初、父と向かい合って言葉を交わしたことがある。最後は抱きかかえられるような姿勢で、耳もとに言葉が響いた。同時にあたかも秘密の儀式のように、言葉を超えた何かが伝わってきた。東国へ旅立つ直前にも、同じようなことが起こった。父の手が自分の肩に置かれ、胸の鼓動が伝わるほど間近から父が語りかけた。

信じるというのはそういうことだ。

ただの言葉ではない。父から子へ、師から弟子へ伝えられる特別の秘伝がある。

それは他人には窺い知れない秘儀のごときものだ。

善鸞は相手の顔を見据え、わずかに上体を傾けてささやきかけた。

「わたしは父から秘儀ともいうべきかたちで秘密の教えを受けました。それは父から子への血の通った教えであったと思われます。されどもその父は、法然上人より教えを受けました。どのようなかたちで教えを受けたのかはわかりませんが、おそらく師と弟子が、血の通った父と子のごとく互いを信頼し、親密な間柄になって初めて伝えることができる、一弟子相承(そうじょう)の秘伝であったと思われます。そのように互いに信頼し合うた人と人との間に交わされる言葉にならぬ言葉、言葉を超えた言葉こそが、揺るぎのない真実の言葉といえるのではないでしょうか」

信楽は真剣な顔つきでささやき返した。

「わしもそのような秘伝を授かることができようか」

善鸞は答えた。

「血のつながった父と子のような信頼を築くためには、時がかかります。しかし互いに心を開いて、話し合い、仲間づきあいを続けていれば、必ずその時がやってきます」

息づかいの気配が伝わってきた。

食膳や酒を用意してくれた浄念という法名の若者が、少し離れた場所に座して二人のやりとりに耳を傾け、熱を帯びた眼差しで善鸞を見つめていた。

気配に気づいた善鸞がそちらに目を向けると、浄念は勢い込んで言った。

「わたくしも身を粉にして専修念仏の布教に努めましたならば、その秘儀の教えを授かることができるのでしょうか」

善鸞は杯の酒を口に運びながら微笑をうかべた。

「そのように意気込んでおられたのでは、自力に頼ることになり慢心を生じます。もっと気楽に構えておられた方がよろしいでしょう。あなたが秘伝を授かることができるかどうかは、すべて阿弥陀仏の思し召しによるものです。何もかもを阿弥陀仏にお任せすると心に決めて、なるようになると思うておられた方が、気持が楽になるでしょう。その上で信心をお続けになれば、いつかその時がやってきます。まあ、酒でも飲んでのんびりと待っておられればよいのです」

横合いから信楽が言った。

「そうだ。気楽にしておればよい。気持を楽にするためには酒だ。酒は百薬の長だ。さあ、おぬしも飲むがよい」

信楽に促されて浄念も自分の杯に酒を注いだ。

陽が落ちてから時が経った。周囲に闇が広がっている。提灯（ちょうちん）を持った来客が次々と到着した。近隣の武者や領地の農民など、信楽と地縁でつながっている人々だ。

彼らは信楽の弟子というよりも、酒宴の誘いがあると駆けつける飲み仲間のようなものだが、酒を飲んでも極楽に往生できるという信楽の教えには共感していて、到着するととりあえず道場に出向いて念仏を唱えてから宴会の席に着く。

親鸞が帰洛してから二十年以上の年月が経過していても、このあたりは親鸞が拠点としていた稲田（いなだ）や下妻に近いだけに、誰もが親鸞の名を知っていて、生き仏のような人だという噂を聞いている。

その生き仏の子息が東国に下向したと、信楽は仲間に伝えたのだろう。生き仏の息子も生き仏だとでも話したのかもしれない。

席に着いた人々は、いちように善鸞の顔をじろじろ眺め、大声で驚いてみせた。

「おお、このお方が生き仏かね。ありがでえごどだ」

「まごどにこのお方は聖人さまに生き写しだべ」

「信楽さん。おめは聖人さまに破門されだんではなかったのがね。その息子さんがおいでになったのがね」

そんなことを言いながら席に着いた客たちは、いきなり手酌で酒を飲み始めた。

この人々は生き仏というものを、珍しい生き物の一種だと考えているのか、最初に驚いてみせただけで、その後は教えを請うわけでもなく、念仏の話もせずに、ただ雑談をするばかりだった。彼らはたびたびこうした酒宴を開いているようで、仲間内の親密な空気が座を温かく包み込んでいた。

少し遅れて喜兵衛と呼ばれる初老の男が到着した。

どうやらこの男が主賓のようで、信楽の隣の席に着いた。

信楽の説明では、喜兵衛は元は一介の農民であったが、米や雑穀の流通を手がけるようになった。さらに周辺の傾斜地に桑を植え、近在の農家に蚕を飼わせ、女たちには指で縒りをかけて絹糸を作る技を指導した。近くの結城という地を中心に機織りの産業を興して、このあたりでは有数の豪商になった人物とのことだった。喜兵衛は酒の生産にも携わっていて、うまい酒が飲めるのも喜兵衛どののお蔭だと、信楽はわがことのように自慢げに語った。

その喜兵衛は善鸞に興味をもっているようで、斜め前に座っている善鸞に向かって語り始めた。

「お父ぎみが布教されていたころは、わたくしはまだ若い衆でして、信心などせずとも楽しく生きていけると思うておりました。しかしその後、手広く商いをするようになりまして、おかげさまで資産は増えたのですが、わたくしが資産を増やしたぶん、誰かが損をしておるのだろうと思い、気の毒なことをしておるのではと懸念いたすようになりました。そういうことでは畜生に生まれ変わったり、地獄に堕ちるのではないかと心配いたしております」

　さすがに商いをしているだけあって、喜兵衛は丁寧な口調で話した。

　善鸞は微笑をうかべ、励ますような言い方をした。

「あなたが商いをされ、資産を増やされたのも、前世から約束されたことで、すべては阿弥陀仏の思し召しだと思うてください。田畑を耕すものがおるだけでは、穀物も野菜も人々のもとには届きませぬ。商いするものや産業を興すものがおるからこそ、人々の暮らしに豊かさや喜びがもたらされるのです。お釈迦さまが仏の教えを説かれたおりに、檀越として教団を支えたのは、恒河（ガンジス）の水運で富を築いた商人たちでした。そういうことですから、儲けすぎたことを気に病むことはないのですよ」

　喜兵衛は嬉しげに大きく頷いて言った。

「そう言っていただけると、安心安堵できます。結城にはもともと機織りをする人々がおったのですが、小規模なものでした。わたしはその技術を農民たちに学ばせ、桑を植え、蚕を育てることを奨励し、機も増やしました。そのためにそれまで商いで貯めた資産を使い果たしましたが、年月が経てばその資産は二倍、三倍となって返ってきます。いまでは結城紬はこの地の名産となりました。紬は指でしっかりと縒りをかけた糸を用いますので、丈夫なのが取り柄です。上等の布ではありませんが、武者の方々には愛好されております」

　横合いから信楽が口を挟んだ。

「喜兵衛どのは真面目なお方で、金を儲けすぎたことを悔やんでおられる。まあ、多少は疚しいこともあるのであろうが、皆で酒を飲んで楽しく語ろうておれば、そんな気鬱などたちまち吹き飛んでしまうわい」

喜兵衛は相好を崩して言った。

「とにかく信楽どのの教えに従っておれば、酒を飲んでも地獄に堕ちることはないということですから、こんなありがたい教えはありません」

そう言って喜兵衛は手酌で注いだ杯の酒を一気に飲み干した。

この人物も酒はかなり好きなようだ。

信楽も酔いが回っているようすで、大声で話し始めた。

「喜兵衛どのはこの新堤の救い主だ。川の上流から引いた水路も、喜兵衛どのが費用を出して修復してくださったのだ。それでこの地域は日照りの年でも豊かな稔りに恵まれる。その上、米の採れぬ傾斜地には桑が植えられ、蚕が育ってくれる。このあたりのものは皆、喜兵衛どののことを菩薩のごとく崇拝しておるのだ」

あまりに褒められたせいか、いままで楽しそうな顔をしていた喜兵衛が、急に浮かない顔になって、つぶやくように言った。

「商いの手を広げて、最近は武具の商いも担っております。武具が売れるというのは戦さがあるということですから、喜んではおられませぬ」

信楽は真顔になって言った。

「最近も名越と三浦が討たれる宝治の戦さがあった。名越は北条の親族、三浦は幕府開設以来の盟友だ。執権北条時頼というのは切れ者ということだが、自らの権力の座を守るために、親族と盟友を討ったのだ」

すると喜兵衛も心配顔で言った。

「信楽どのは千葉のご一族でしたな。こたびの戦さでも、下総守護の千葉頼胤さまはお咎めなしでしたが、頼胤さまの後見で引付衆の一員であった千葉秀胤さまが、三浦に加担したとして討たれました。いずれは千葉の本家にも害が及ぶのではないでしょうか」

信楽は急に自らを励ますような笑い声を上げげた。

「わしは出家した身だ。この新堤という地は下総国ではあるが、すぐ先が常陸で、国府からは遠く離れておる。ここまで戦さが広がることはないだろう。先のことを心配するよりも、今宵は大いに飲んで楽しもうではないか」

ここで善鸞が話に割って入った。

「下総の国府のあたりでは、日蓮宗という新興の宗派が勢力を伸ばしておると聞いております。皆さまは日蓮のことはご存じでしょうか」

信楽が応えた。

「日蓮のことは聞いておる。真っ向から幕府を批判する、恐れを知らぬ輩ということだな」

村人たちも頷きあって口々に言った。

「その日蓮とかいう奴は、念仏を唱えるど無間地獄に堕ちるなどとほざえとるそだな」

「鎌倉の念仏衆に石をぶづげられだそだっぺ」

「鎌倉には阿弥陀さまの大仏がおられる。そげなどころで念仏の悪口ほざくのは、恐れを知らぬ阿呆だっぺ」

どうやらこのあたりの人々は、日蓮のことは評価していないようだ。

続けて善鸞は尋ねてみた。

「常陸の三村山で忍性というお方が律宗というものを伝えおるのですが、ご存じでしょうか」

村人たちはまた口々に言った。

「よくは知んねえども、ひどぐ厳しい戒律を村人たぢに押しづげでおるようで、虫めを殺しでもいがんらしかっぺ」

「戒律を守っておっては生きるこどができねっぺ。酒も飲めんようになる」

これを聞いて信楽が大声を張り上げた。

「皆もよく聞くがよい。この下総新堤では、わしが寺を構えて専修念仏を説いておる。念仏さえ唱えておれば、酒はいくら飲んでもよいという、何とありがたい教えだ。皆も阿弥陀さまに感謝しながら酒を飲もうではないか」

村人たちは酒を飲みながら、口々に阿弥陀仏に感謝の言葉を語り合った。

「まごどに阿弥陀さまはありがでえもんだ。この教えせえあれば、生きておることが楽しぐなるだっぺ」

「酒を飲んで獣肉を喰ろうてもええどいうのであれば、こんな嬉しいことはなかっぺ。お聖人さまの教えは、われらを勇気づけてくださる」

「この教えを、まっと多くの人々に、伝えでえもんだな」

聞いていると胸が熱くなってきた。ここにいる人々はただの飲み仲間ではない。こうして語り合うことで、阿弥陀仏への信心を互いに確認し、励まし合っているのだと感じられた。

この信楽という門弟は、破門されたとはいえ、親鸞の教えを誠実に人々に伝えているのではないかと思われた。

宴（うたげ）はさらに進んでいったのだが、用意された食膳が一つ余っていた。

客の一人がそのことに気づいて、つぶやいた。

「心願どのは、どうしたんじゃ。いつもなら真っ先に駆けづけで、一番に飲み始めるのじゃがのう」

他の客も声を高めて言った。

「そだな。心願がおんねえ。どうしたんじゃ」

信楽が笑いながら言った。

「あやつ、水路にでも落ちたのではないか」

そんな話をしている時に、外の闇の中から声が響いた。

「何じゃ、何じゃ。もう飲み始めておるのか。おれを待っていてはくれなんだのか」

見事なほどに頭の禿げた大柄な男が喚きながら部屋に乗り込んできた。頭髪はないが伸びるに任せた髭が真っ白になっている。

どうやらこの男が心願らしい。

名前からすると法名のようだが、頭がすっかり禿げ上がっているので、剃髪しているのかどうかはわからない。

心願は笑いながら空いていた席に座り込み、居並ぶ客たちを見回した。

「今夜は宴会じゃと思うと気が逸って、景気づけに自宅で昼間から飲み始めたのじゃ。そうしたら酔いが回って寝込んでしもうた」

そう言って豪快な笑い声を立てた。

近くで見ると皺が深く刻まれていて、信楽よりも年上と思われた。

老人は身を乗り出すようにして善鸞の方に顔を向けた。

「あんたが親鸞聖人のご子息かい。確かに顔が似ておるな。おれは親鸞聖人の面授の門弟じゃ。信楽のように破門されてもおらぬ。心願というてな。この法名も聖人から授けられたものだ。おれは信楽の弟子ではないぞ。まあ、言うてみれば飲み仲間じゃ。わざわざご子息がおいでくださったのじゃ。とにかく飲もうではないか」

酔って寝て、目が覚めてからこちらに駆けつけたということだが、酔いはまだかなり残っているようだ。

心願は近くの瓶子を摑んでいきなり口に運び、直に酒を飲み始めた。

ごくごくと音を立てて酒を飲み干したあとで、ふうっ、と息をついた。

それから善鸞の顔を睨みつけ、絡むような口調で話しかけた。

「親鸞聖人も酒を飲んでおられたが、あんたも飲めるようじゃな。酒は頑(かたく)なな心を解きほぐす良薬じゃ。どんどん飲んで、専修念仏の本当のところを教えてほしいものじゃな」

信楽が聞き咎めて口を挟んだ。

「本当のところとはどういうことだ、心願どの。念仏というものに嘘と本当があるとおぬしは言いたいのか」

心願は相手を馬鹿にしたような嘲笑を浴びせた。

「信楽よ。おぬしも念仏は唱えるであろう。一日に何回唱えるのじゃ。朝起きた時か、夜寝る前か。毎日百回唱えると決めておるのか。気が向いた時に一声だけ唱えるのか。念仏にもさまざまな唱え方がある。一日に何回と決めて唱えるようなものは、ただの習慣じゃから真剣さが足りぬ。それよりも、ここぞという時に一回だけ唱える方が、熱意がこもっておるのではないか。どちらの方が効き目があるか、ここは聖人のご子息に伺おうではないか」

心願は善鸞の方に顔を向けた。

「どうだね、ご子息の……」

こちらの名を知らぬようなので善鸞は自ら名乗った。

「慈信房善鸞でございます」

「善鸞さんかい。親子だとすぐわかる法名じゃな。聖人は多くの門弟に法名を授けられたが、『親』とか『鸞』とか、お聖人さまから一字を貰い受けた門弟は一人もおらぬ。さすがに跡継のご子息さまじゃ」

この心願という老人は、かなり酔いが回っているようすだ。それでも自宅で少し寝てきたせいか、元気いっぱいだった。

この種の問いは、五条西洞院にいたころにいつも聞かれた。念仏の回数の問題は、東国では多くの人々が議論しているものと思われる。

善鸞にとっては、何度も答えた問題だった。

「念仏は回数は問いません。声を出さずともよいのです。大事なのは阿弥陀さまの本願におすがりする気持です。すべてをお任せするという気持で、心を込めて念仏を唱える。それが何よりでございます」

心願は禿げた頭に手を当てて、頭をかくような仕種を見せながら言った。

「それを聞いて安心した。おれはもう年じゃからな。いつ往生するかもわからぬ。このところ酔って寝込むことが多いので、寝る前の念仏を忘れてしまう。寝ておるうちにぽっくりあの世に行かぬとも限らぬ。寝る前の念仏を忘れたのでは極楽に行けぬのではないかと心配しておった。おれは親鸞聖人の門弟じゃ。阿弥陀さまをひたすら信心しておる。これからは酒を飲む前に心をこめて念仏を唱えることにしようぞ。弟子にもそのように伝えておけば大丈夫じゃな。何しろ聖人のご子息のお言葉じゃからな」

心願は言いたい放題のことを言っているようだが、その口調にはいささかの揺るぎもない力強さがあって、聞いている村人たちは威圧され、口を挟むことができなくなっているようすだった。

心願がこの宴の主役になったような成り行きだった。それが信楽にはおもしろくなかったようだ。

信楽は声を高めて言い返した。

「おぬしの弟子など何人もおらぬ。飲んで暴れる悪友ばかりだろう。心願よ、おぬしはどうも酒を飲みすぎるようだな。おぬしの悪友がいろいろと悪さをしておることは、このあたりでも知らぬものがないほどだ。おぬしは弟子と称する仲間たちに、念仏さえ唱えておれば人に迷惑をかけてもよいし、乱暴を振るってもよいと説いているのではないか。悪人でも救われるという聖人のお言葉をよいことに、悪を重ねた方が極楽に近くなるなどと吹聴しておるそうではないか」

「なんだと、誰がそんなことを言うたのじゃ」

心願は声を荒立て、憤懣(ふんまん)を癒そうとするように、瓶子に手を伸ばして一気に酒を飲み干した。

それから急に、楽しげな笑い声を洩らした。

「まあ、似たようなことは言うたかもしれぬ。酒を飲みすぎて騒ぎを起こすものは確かにおる。あとで酔いが醒めれば、不始末をしでかしたと後悔して、気が滅入ることもあるだろう。そうした弟子たちを励ますためには、善人なおもて往生を遂ぐ、いわんや悪人をや、という聖人さまのお言葉を伝えて、励ましてやるしかないではないか」

「おぬしがそういうことを言うから、酒を飲みすぎて暴れるものが続出するのだ。それでは浄土真宗の評判が落ちてしまう。おぬしは皆に迷惑をかけておるのだぞ」

心願に向かって窘(たしな)めるように語りかけてから、信楽は善鸞に問いかけた。

「善鸞どのはどう思われるのか。わしが破門されたのも、元はといえば酒に絡んだ騒ぎが起こったからであった。それでもわしは聖人から諭されたように、本願に頼りすぎて酒に溺れてはいかんと、仲間たちに言うてきた。だが心願どのはちと度が過ぎるほどに酒を飲まれる。さらに酒はいくら飲んでもよいと説かれる。そればかりか、お仲間の中には、酒が入っておらぬのに乱暴狼藉を働くものが出ることもあって、性信どのからも迷惑がられておるのだ。善鸞どのからもこやつに言うて聞かせてやってくだされぬか」

信楽に請われて、善鸞は心願に向かって話し始めた。

「親鸞聖人が悪人について語られたのは、叡山や奈良の大寺で修行をして自分は善人だと思い込んでおるものの慢心を誡めたもので、悪を為せば極楽が近いなどというのは間違った解釈です。確かに戦さで人を殺したり、生業で殺生をするものには、自分が悪を為し、そのために地獄に堕ちるのではという悩みが生じることもあるでしょう。猟師は弓矢で鳥や獣を殺します。魚や貝を漁るものも生き物の命を奪います。そのように戒律に反し、悪を為したと自覚して地獄を恐れるものに対してだけ、親鸞聖人は悪人でも救われると説かれたのです」

話の途中から善鸞はその場にいる人々の顔を、ひとりずつじっくりと見つめながら、一対一で対話するような口調で語り続けた。

「武者も猟師も、生き物の命を奪います。田畑を耕せば小さな虫を殺すことになります。われらは時として魚介を食し、飢えれば鳥獣の肉を喰らうこともあるでしょう。それが人の営みであり、生きるためのやむなきことであれば、罪悪とは言えぬのです。しかしおのれの欲のために人を殺めたり、盗みを為すのは、罪と言うしかないでしょう。わざと悪をなして人に迷惑をかけるものには、仏の慈悲は及ばぬと心得ねばなりません。慈悲深い阿弥陀さまのことですから、そのような悪人は、極楽浄土の周辺にある辺地と呼ばれる化身土の隅の方に往生させてくださるでしょうが、そこから真仏土と呼ばれる真の極楽浄土に近づいていくのは至難のことです。人に迷惑をかけてはいかぬのです。酒のせいだというのは言い訳にはなりませぬ。酒を飲んでもよいが、飲み過ぎはよくないと心得ねばなりませぬ」

客たちは酒を飲みながらも真剣な表情で善鸞の話に聞き入っていた。

すでにかなりの量の酒を飲んでいる。

飲み過ぎはよくない、と善鸞が語った時、杯を口に運ぼうとしていた手を思わず止めたものもいた。

豪農の喜兵衛が、大きく頷きながら言った。

「確かに親鸞聖人の教えは、何をしてもよいということではないのですな。そのあたりを心得違いして、人に迷惑をかけることが重なれば、わたくしどもが幕府から目をつけられることにもなりかねませぬ。酒は飲んでもほどほどにして、おのれを失うことがないようにせねばなりませぬ。それをわれらの新たな戒律として、皆で厳しく守っていこうではありませぬか」

そう言って喜兵衛は、心願の方に目をやった。

他の客たちも、言いたい放題のことを言う心願がどのような反応を示すか、心配げに心願の方に目を向けた。

「うーん……」

心願は声を洩らした。

それからつぶやくように言った。

「おれの仲間たちが人に迷惑をかけておるのは確かじゃ。親鸞聖人は性信どのを始め、多くの門弟を育てられた。聖人の教えが弘まったために、地獄へ堕ちる恐れがなくなり、誰もがうまい酒を飲めるようになった。常陸や下総の人々は、聖人のおかげで安心安堵して胸を張って生きられるようになった。それゆえにおれは聖人のお言葉を大事にしておる。ご子息のお言葉にも耳を傾けるつもりじゃ」

そこまで話して、心願は急に声を高めた。

「そうはいうても、おれには別の考えがある。聞いてくださるかな。おれはこう考えるのじゃ。悪というものは誰の心の内にも具(そな)わっておるものではないか。考えてもみるがいい。おれたちは領主の郎党であったり、田畑を耕す農民であったりするのだが、土地を治めたり、農作業をするためには、他人との協力が必要だ。だから人々と上手く付き合うように求められ、子どものころから喧嘩はいかん、盗みはいかんと言われて、そのように飼い慣らされておるのじゃが、何かの拍子に逆上したり、酒を飲みすぎたりした時には、人の本性(ほんしょう)が出て、悪を為してしまうことがある。だとすれば、悪を為すのが人の自然(じねん)なのだ。自然のものは、人の力で抑えきれるものではない。自分ではどうにもならぬ自然の欲によって悪を為してしまうものもおる。そいつはまさに悪人であろう。そのような悪人でも、阿弥陀さまは極楽浄土にお導きくださるのではないか。悪人こそが救われるという聖人の教えはそういうことではないのか」

善鸞はしばらくの間、無言で心願の顔を見つめていた。

悪人という言葉の意味を、この男は履き違えている。

親鸞が悪人と呼んだのは、自らの罪を認め、そのことを気に病んで、自分は悪人だ、自分は地獄に堕ちるのではと恐れているもののことだ。

心願が言っている自然の悪人というのは、前世の因果の故(ゆえ)か、業(ごう)として悪を犯さざるをえないもののことだろう。

そのようなものは悪を犯しても悪とは思わず、やりたいことをやり尽くして、思い悩むこともない。悩みのないものを教えによって導くことはできない。

この男は導きようのないものを例に挙げて、教えの言葉そのものを否定しようとしている。言葉を弄び、真っ当な教えをからかい、教えを説くものをなぶりものにする。

言葉を愚弄し、人の心を惑わせるものを、許すわけにはいかない。

相手は酔っている。酔いに任せて心にもないことをしゃべっているのかもしれない。

善鸞も少し酒が入っている。

心地好い酔いに誘われて、言葉が自然に口を衝いた。

「誰にものを言っているつもりですか。わたしは親鸞聖人から余人には知られてならぬ秘儀によって秘伝の教えをたまわりました。そのわたしにものを言うのは、親鸞聖人に諍論を挑むようなものです。わが父は穏やかな人柄でした。門弟が愚かな諍論を挑んでも笑ってあしらったことでしょう。それを本気で聖人と諍論したと思い込むのは、思い上がりではないですか。わたしもあなたを咎めるつもりはないのです。されどもあなたの愚かさは何とも不憫に思われます。そのことを言うておかねばなりません」

善鸞の口調には厳しさがこもっていた。そのことが自分でもわかった。

父はけっしてこのような語り方はしなかった……。

だが自分の体内から、言葉が次々に溢れ出して、留めることができなかった。

「心願どの。どうやらあなたは乱心しておられるようだ。あなたは悪を為すのが人の自然だと言われるが、そのような理屈によって悪を為してもよいと言われるのは、理屈で自らの正しさを押しつけようとする慢心であり、浄土からは最も遠い邪悪な心の病と言うべきでしょう。体の病は浄土に赴く妨げにはなりませんが、心の病に陥ったものは果たしていずこに赴くことになるのでしょうか。天魔となって六道をさまようことになるのか、辺地の片隅に永遠に留まることとなるのか。あなた一人がどうなろうと、わたしの知ったことではありませんが、あなたの撒き散らした言葉が多くの人を迷わせ道連れにするようであれば、それらの人々の真っ当な往生を求めるために、あなたを誡めるのがわたしの責務でしょう。同時にそれはここにおられる皆さまの責務でもあるのです」

善鸞は食膳の前にいる人々の顔を見回して語りかけた。

「心願どのはすでに天魔になりかかっておるのです。それが酒を飲みすぎたせいであるなら、もうこれ以上、このお方に酒を飲ませてはなりません。ここからの帰りにこのお方が乱心して暴れるようであれば、ともに酒を飲んだものの責務として、縄で縛っておくなり、納屋にでも閉じ込めるなり、このお方が村人に迷惑をかけぬようにせねばなりませぬ。また別の日に、このお方が誤った教えを説いているのを見かけたら、皆でこのお方の口を塞がなければなりませぬ。わたしは父の命によってこの東国に派遣されました。父の教えを後の世まで伝えるのがわたしの務めであり、ここにおられる皆さま方の務めです。そのことを浄土真宗の門徒のひとりひとりが肝に銘じておかねばなりません。さて、信楽どの……」

善鸞はこの館の主の信楽に向かって言った。

「酒宴はこのあたりでお開きに致しましょう。どうやらわたしも皆さんも、少々酒を飲みすぎたようです」

そう言って善鸞はその場に立ち上がった。

「いやあ、これはえらいことになったぞ」

信楽が慌てたように言った。

「善鸞どの。お待ちくださ い。心願どの、謝りなされ。おぬしが酔いに任せてつまらぬことを言うものだから、このままではわしもともども破門になってしまうではないか」

善鸞は戸口の方に向かいながら、信楽に向かって言った。

「破門になどいたしませぬ。そもそもあなたがたはわたしの門弟となったわけではありません。ただわたしは東国に留まって父の門弟の方々にお目にかかり、父の名代として父の言葉を伝える責務を負うております。しばらくは笠間城に逗留いたしますので、わたしに問いたいことがあればお越しいただければと思います」

そう言うと、引き留めようとする信楽を振り切って、戸外に出た。

すでに夜は更けていてあたりは闇に包まれている。

晴れた日で星は出ていたが、上弦の月が西の山に沈もうとしていて、月明かりは期待できない。

寺の前に提灯の明かりが見えた。

浄念という若者が善鸞を待ち受けていた。

「お帰りになるごようすを察して、先に外に出ておりました。このあたりは水路などが通っており危険でございます。笠間まで道案内をいたします」

星明かりはあるが、慣れぬ地なので道もわからない。

若者の好意に甘えることにした。

提灯の明かりだけを頼りに闇の中を進んだ。

提灯をもつ浄念という若者の心と、善鸞の心とが、一つに結ばれていくように思われた。

浄念は新堤には戻らず、そのまま善鸞の側近となった。

善鸞のもとにはもう一人、側近の若者がいた。

三村山に忍性を訪ねた時、良安（りょうあん）という若者と言葉を交わした。その良安が笠間に訪ねてきて、門弟になりたいと申し出た。

それなりに覚悟を固めてきたのだろうとは思ったが、いささか不審な気がした。

浄念の場合は、酒を飲むこと以外に布教活動をしているようにも見えない信楽の弟子だったので、生真面目な気質の浄念が笠間に移りたいと願うのも無理からぬことだと思われた。

良安の師の忍性は多才な活動家で、病人を治療し、若者たちに仕事を与え、周囲の人々に感謝されていた。そんな忍性のもとをなぜ離れるのか。

善鸞は思わず詰問するような口調で問い質した。

「忍性どのは多くの若者たちに慕われているお方です。その忍性どののもとから、なぜ笠間に来ようと思われたのですか」

良安は答えた。

「善鸞さまのお人柄に感銘を受けました」

教えの内容や実践ではなく、人柄という言い方が出てきたところに、善鸞は驚きを覚えた。

「わたしの人柄に感銘を受けたというのですか。自分の人柄がどういうものかはよくわからぬのですが……。それでは忍性どのの人柄はいかがなのでしょうか。忍性どのは多くの病人や貧民を救っておられる。なかなかにご立派な人柄だと思うのですがね」

「やられていることは見事だとわたくしも感じております。ただあのお方には、危険な野心があるように感じました」

「危険な野心……」

言われてみれば、確かに忍性には我欲のごとき向上心がある。仏画を描くことから仏教に親しんだので、読み込んだ経典が多いわけではない。その弱点を自覚していて、実践に命をかけている。一つでも多く成果を挙げようとする強い意気込みがあって、武功を挙げて出世したいと願う武者と同じような、野心とも思える向上心につながっているのかもしれない。

叡尊の指示で鎌倉に下向し、大仏の鋳造などで率いている仏師や工匠の成果を示し、三村山の広大な領域に寺院や施薬院を配置して、実践活動を広げている。その成果を踏み台として、いずれは鎌倉に進出するつもりだろう。

真言律宗を幕府公認の宗派として、東国一の僧侶の座を得たいという、大きな野望をもっているのではと思われた。

「忍性どのに野心があると、あなたは感じたのですね。どんなところを見て、そのように感じたのですか」

良安は善鸞の顔をまっすぐに見据えて言った。

「忍性どのはまだお若く、精力的に活動されていますが、どことなくいつも焦りを覚えて、少しずつ無理をなさっているように見えました。それに比べて善鸞さまは、いつも悠然としておられます。すべてを阿弥陀仏の思し召しに任せて、なるようになればよいと肚をくくっておられる。どうかすると、のんびりしすぎているようにも感じられます」

「それは父から学んだものです」

その言葉は、何も考えないうちから、自然に口をついて出ていた。

二十年以上に亘って側近として父と語り合い、訪ねてきた門弟たちに対応する父の姿をつぶさに見てきた。父の体調が思わしくないおりには、自分が父の代行として門弟たちに対応した。ことさら父の真似をするつもりはなかったが、父の姿が自然に自分に乗り移っているのかもしれない。

良安は大きく頷くような仕種を見せた。

「忍性どのの活動は多くの病人や貧民を救済するもので、世間の評価が高いのは確かでしょう。ただ遁世僧として加わっている若者たちは、病人と接触しますと自らも病に罹る恐れがあります。彼らは命をかけて忍性どののもとで働いているのです。しかし結果としては、施薬院や悲田院の成果が忍性どのの手柄となり、野心の実現につながることになるのです。わたくしもそこで働いていたわけですが、若者たちが命をかけて重ねた努力が、忍性どのの野心のために利用されてしまうのではないかと疑問を覚えました。それともう一つ、わたくしが疑問を覚えていることがあります」

　良安は表情を引き締めて言葉を続けた。

「忍性どのは三村山に入られた当初は、施薬院のための薬草園を開き、実際に薬草を煎じて紙に染み込ませたものを薬として病人に与えておりました。しかし真言宗などで用いている梵字の呪いの方が効き目があるということで、いまではせっかく薬草園がありながら、薬はほとんど用いられておりません。これはまやかしではないかと、わたくしは疑問に思っております。わたくしは効き目のある薬草の苗や種をこちらに持参しました。このあたりに植え、薬草園を開いていただけないでしょうか」

　善鸞はただちに応えた。

「それはありがたいことです。専修念仏の教えは来世に望みを託すだけのものではありません。極楽浄土への往生が定まれば、この世にありながら安心安堵できます。それは菩薩の境地に等しいものですから、われらも菩薩行として、人々の救済のために尽くすべきでしょう。律宗ほどの厳しい戒律は無理としても、日々の暮らしの中で、ある程度の戒律を定めたいと思うております。その上でわれらも施薬院を開くことにいたしましょう。あなたが笠間に来られたのも、阿弥陀仏のお導きでございます。良安どの、ご協力いただけますね」

　善鸞が問いかけると、良安は意気込んで答えた。

「望むところでございます。そのためにここにまいったのです。わたくしは薬草園で働いていたこともありますので、薬草の見分けや育て方にも精通いたしております。わたくしにお任せいただければ、さまざまな病に効く薬をご用意いたします」

善鸞は大きく息をついた。確かにこれは阿弥陀さまのご配慮だと感じずにはいられなかった。

新堤の酒宴で喜兵衛が語った言葉が胸に残っていた。

酒は飲んでもほどほどにして、おのれを失うことがないようにせねばなりませぬ。それをわれらの新たな戒律として、皆で厳しく守っていかねばなりませぬな……喜兵衛はそのように語ったのだが、新たな戒律を作るためには、忍性のもとで修行した良安が助けになると感じていた。

善鸞は微笑をうかべて良安に語りかけた。

「農作業などの労苦を続ける皆さまには、息抜きとして酒宴のようなものが必要でございます。畑で虫を殺すこともありますし、狩猟を生業としておるものもおります。生きるために必要な、やむなき殺生は認めてやらねばなりません。ただおのれの楽しみのために獣を狩ったり、魚を釣ったりすることのないように、また酒を飲みすぎて人に迷惑をかけることのないように、念仏衆のための新たな戒律が必要だと考えておりました。忍性どののお弟子であったあなたとともに、その新たな戒律を作っていきたいと思います」

実際に善鸞は良安が作った草案をもとに、簡易な戒律を作った。

少しあとで幕府が浄土真宗を取り締まろうとした時、この戒律があるおかげで、善鸞の門徒は取り締まりを免れることができた。

専修念仏にこだわった性信の横曾根門徒や順信の鹿島門徒は、厳しい弾圧を受けることになった。

浄土真宗にとっては大きな危機だったが、性信が鎌倉に出向いて幕府の高官に歎願し、造悪無碍の輩を厳しく排除することを誓ったため、何とか存続を許されることになった。

性信や順信はこのことで、善鸞に恨みを抱くようになった。性信たちが弾圧されそうになったのも、善鸞が幕府に訴え出たからではないかと邪推をしたのかもしれなかった。

性信はその恨みを、京の親鸞への書状に記して、切々と愬えることになる。

善鸞は興福寺で叡尊と会った時から、施薬院という施設に興味をもっていた。薬草の知識のある良安との出会いはありがたかった。良安が来てくれたおかげで、笠間に施薬院ができた。

薬では治らぬ患者も少なくなかったが、症状が悪化する患者には念仏を勧めた。それで不安がなくなって元気になるものもいた。死んでいくものも念仏を唱えることで恐れることなく往生することができる。

領主の笠間時朝にも感謝されたし、多くの患者が押しかけ、そのことが縁で門弟になりたいという若者が増えていった。時朝の援助で施薬院は増床された。活動の本拠となる広い道場も造られることになった。

その道場に、善鸞は京から携えてきた親鸞直筆の十字の名号を掲げた。

帰命尽十方無碍光如来。

紙の裏に布を貼って補強したこの名号を、善鸞は背に負った笈の中に入れて、大事に運んできた。いまこの名号を道場に掲げると、親鸞の後継者としての自分の活動が、ここで始まるのだという気がした。

京を出立するにあたり、善鸞は父にこの名号を認めるように依頼した。

なぜ六字の名号ではなくこの名号なのか、といったことを親鸞は問わなかった。

父自身も七高僧のうちの第二祖、天親の浄土論の中に出てくるこの名称を好んでいたのかもしれない。

落成したばかりの笠間の道場に訪ねてきたものがいる。

河和田（かわわだ）の唯円（ゆいえん）だった。

「お懐かしゅうございます」

道場に入って来るなり唯円は大声で言った。

唯円は仲間を連れて五条西洞院の親鸞を訪ねてきた。仲間はすぐに帰ったのだが、唯円はしばらく京に滞在して、親鸞にしつこいくらいに問いを投げかけていた。従って善鸞とも親しい付き合いになっていた。

親鸞の門弟たちによって受け継がれた浄土真宗が、異説の横行で衰退しそうになっていると訴え、善鸞に後継者として下向するよう促したのが唯円だった。

とくに深い見識もなく質問攻めにする唯円を、親鸞は気に入っているようだったが、その余りに軽薄なおしゃべりを善鸞はどことなく持て余していた。

善鸞は苦笑しながら応えた。

「あなたのお求めに応じて下向してきました。とりあえず性信どのにはお目にかかり、わたしが後継者であることをお話ししました」

「性信どのは良い顔はしておらなかったでしょう。あのお方はご自分を聖人の一番弟子だと吹聴し、聖人の後継者だと弟子たちにも自慢しておられる。ご嫡男が現れたのでは、面目がつぶれたのではないですかな」

「さあ、どうでしょうか。確かにあまり良い顔はされていなかったですね。息子のわたしが来たからといって、浄土真宗がすぐ一つにまとまるわけのものでないということは、よくわかりました」

「一朝一夕とは行かぬでしょうが、わたしの仲間たちも協力いたしますよ。本日はわたしの兄を連れてまいりました」

唯円には連れがあった。かなりの年輩の人物だったが、いかにも実直そうな感じがその顔つきから伝わってきた。

「飯富（おおぶ）の平太郎（へいたろう）と申します」

平太郎は弟とは違って遠慮がちな話しぶりで、親鸞の教えを弘めるために寺を開いて門弟を育てていると話した。

その名に聞き覚えがあった。親鸞がよく平太郎の話をしていた。

如信（にょしん）がまだ赤子のころ、親鸞は田植歌を聞かせていた。

流罪になって配流（はいる）された越後で、妻の恵信尼（えしんに）が所有していた領地の農民とともに田植をした時に歌ったのが最初だと父は語っていたが、東国でも農民たちの田植を手伝った。飯富という地で農民に田植歌を聞かせたところ、領主の息子の平太郎が感動して門弟となったとのことだった。

「わたくしは飯富に小さな寺をもっておりまして、百人ほどの門徒がおります。善鸞さまの話は唯円から聞いております。親鸞聖人のご嫡男が近くの笠間に来られたのですから、これはもうじっとしておられません。本日ただいま、わたくしは百人の門徒とともに、善鸞さまの門弟になりたいと存じます」

「いきなり言われても困ります。あなたはまだわたしの教えを一言も聞いておられぬではないですか」

「あなたさまの体内には、聖人さまの血が流れております。それだけで充分でございます。それが信心というものでございます」

「それが信心ですか……」

確かに自分は父の言葉を、血の通った父の言葉だという理由だけで信じているのかもしれない。

平太郎の言葉は胸に残った。

百人と平太郎は言ったのだが、それ以上の弟子がいて、それが一度にそっくり善鸞の門弟となった。

このことは常陸や下総北部の地域では大きな話題となって、性信を始めとする親鸞の門弟たちの間に広まっていった。

そのことで性信は危機感を抱いたのだと思われる。

性信は京の親鸞に書状で窮状を愬えたようだ。

やがて善鸞のもとに、親鸞からこんな書状が届いた。


あなたは東国に下向して、かつて親鸞が東国で説いた念仏の教えはすべて役に立たぬものであって、父から自分に秘伝として伝えられたものだけが真（まこと）の教えであると語ったそうですね。そのため大部（おおぶ）の中太郎（ちゅうたろう）とかいう人のお弟子が九十何人か、中太郎どのを見限ってあなたのもとに移ったということで、性信どのを始め面授の門弟の皆さまが心を騒がせておいでとのことです。どのような思いであなたは人の心を惑わせたのですか。それほどまでに人を動揺させるというのは、不憫なこととも思わぬのですか。そんなことではこの親鸞にも疑いの目が向けられているようで、困惑しております……。

性信に書状で責められて追い詰められたのか、文面から察するに父はひどく混乱しているようだった。どうしたことかと善鸞は何度もそのあたりを読み返すことになった。飯富の平太郎のことを、大部とか中太郎とか誤記していることが訝（いぶか）られた。しかもその中太郎が弟子をそっくり奪われたと書いてあるが、これは性信の言い分をそのまま信じてしまったのだろう。実際は平太郎が門弟を引き連れて善鸞の下に加わったのだから、このように咎められるいわれはない。

　そもそも唯円の兄の平太郎の名を親鸞が知らぬはずはない。門弟の名を忘れてしまうほどに父は耄碌してしまったのか。

　そのような父を相手に言い訳をしても仕方がない。自分は父の命で東国に来たのだ。これからも父の教えの神髄を伝えていくしかない。

　善鸞は返事を書かなかった。

　常陸の海岸から内陸の宇都宮に向けて、塩街道と呼ばれる街道が通っている。笠間から宇都宮を目指すと、真岡の少し手前に高田という地があり、そこに浄土真宗の如来堂があった。

　真仏が率いる浄土真宗高田派の拠点となっている。

　下野ではあるが常陸との国境からさほどの距離ではなく、親鸞は稲田草庵からこの高田の地に足繁く通っていた。

　真仏は性信に次ぐ第二の高弟とされている。

　性信の横曾根には出向いたのだが、高田に行くことはためらっていた。

　高田には顕智がいる。

　父と再会した直後、善鸞はただちに父の側近として迎えられた。それまで側近を務めていた顕智を押しのけることになってしまった。

　顕智との間には痼のようなものが残っている。

高田門徒を率いる真仏は病で臥していると伝えられていた。京では親鸞に仕えながら、頻繁に高田との間を往復していた顕智は、真仏の名代を務めるようになり、長く京に戻っていなかった。

真仏の娘婿になったという噂も届いていた。

従って、顕智とはしばらく会っていない。

笠間に草庵を開いて布教活動を始めたことは、書状で高田に伝えていた。

折り返し、訪問を歓迎する旨の書状が届いた。

それでも何となく、訪問を先延ばしにしていたのだが、飯富平太郎の弟子がそっくり善鸞のところに移ったという噂が広まっているようで、親鸞面授の高弟たちが動揺しているのではと思われた。

これ以上、先延ばしにはできない。

書状をやりとりして、訪問の日取りを決めた。

国境を越える旅ではあるが、一日あれば充分に行ける距離だ。

善鸞は側近の浄念を同行させることにした。高田では宿泊せず夜を徹して笠間に戻る覚悟で、提灯を用意させた。

浄念はこのあたりの地理には詳しいようで、先に立って歩いていった。

このあたりが高田かと思われた時、街道で待ち受けている門徒の一団が見えた。

その中に旧知の顕智の姿があった。

顕智は善鸞の訪問を歓迎していないだろう。

そばにいる門徒たちの表情にも厳しさが見てとれた。

「ようこそお越しいただきました。善鸞どののご到着を待ちかねておりました」

よそよそしい口調で顕智が声をかけた。

これに対して善鸞も儀礼的に言葉を返した。

「顕智どの。久方ぶりでございますね。お元気そうで安心いたしました」

門徒たちの案内で寺に向かった。

本堂の前に大勢の門徒が集まっていた。

中央に小柄な初老の人物がいた。杖をついてはいたが姿勢を正してこちらに目を向け、ゆっくりと頭を下げた。それに合わせるように門徒たちも頭を下げた。どうやらその小柄な人物が真仏のようだ。

真仏は病で寝込むことが多いと聞いていたが、立って外に出るまでに回復しているようだ。とはいえ頬はげっそりと痩け、肌は死人のように蒼褪めていた。杖を頼りに立っているのがやっとのありさまだったが、眼光は鋭く、強い決意のようなものが感じられた。

まずは本堂に入り、一つの光背の中に並んだ阿弥陀三尊の前で念仏を唱えた。

その後、道場に案内された。

名号がかけられた中央の席に真仏と並んで座した。そのわきに顕智が控えている。門徒たちが道場に入り、善鸞と対面した。

道場を埋めた人々は善鸞の方には目を向けず、眩しいものでも見るように目を細めて真仏の姿を見つめていた。どうやら真仏が門徒たちの前に姿を見せるのも久し振りのことのようで、人前に出ることができるようになった真仏の回復を喜びつつ、無理をして病がさらに悪化するのではと気遣っているようすが感じられた。

門徒たちにとっては、真仏こそが師であり、生き仏のごとき存在なのだ。

真仏は座しているのもつらいようすで、肩で大きく息をついていたが、門徒たちを見回しながら、静かに語り始めた。

「われらの師、親鸞聖人のご嫡男の、善鸞さまにおいでいただき、ありがたきことと思うております。

……ここにおります門徒の中には、聖人面授の門弟も多く、聖人のお顔をよう覚えております。……それだけに、聖人の面影を宿しておられる善鸞さまのお姿に接し、親鸞聖人に再びお目にかかれたような思いを、いたしておることでしょう」

真仏の声は途切れがちだった。声も低く聞き取りにくかったが、息も絶え絶えに語りかける真仏の姿には、厳かなものが感じられた。

門徒たちは頭を垂れ、途切れがちな声に耳を傾け、真仏の意を汲み取ろうとしていた。

善鸞はそれらのありさまを、ただ茫然と眺めていた。

真仏は善鸞とほぼ同じ年齢のはずだが、門徒を前にした時の真仏の威厳は、自分には及びもつかないと感歎せずにはいられなかった。

門徒たちに話しかけたあとで、真仏は善鸞の方に向き直った。

「お父ぎみからどのような話を聞いておられるか、わかりませんが、この寺はわたくしが親鸞聖人の門弟となる前から、すでにこの場所にありました。わたくしは元は善光寺の勧進僧で、善光寺のご本尊を模した仏を勧請し、父の支援を受けてこの地に寺を築きました。善光寺の仏は阿弥陀仏と伝えられ、衆生は念仏を唱えて拝みます。ひたすら仏を拝んで安心安堵する……。そういう門徒も少なくないのです。わたくし自身は親鸞聖人から天親、曇鸞、道綽、善導など……天竺や唐の高僧の教えを学びましたが、そうした教えは門徒の皆さまには、かえって害になります。難しいことを学んで慢心してしまっては、浄土から遠ざかることになります。従ってわたくしは、門徒の皆さまには、ただ無心に仏を拝まれるようにとお伝えいたしております」

これに応えて、善鸞は相手だけに聞こえるくらいの小声で語り始めた。

「わたしが父から伝えられたことも理屈ではありません。阿弥陀仏に身を投げ出すつもりでひたすら無心に信心する。このことに尽きるのです。されども無心に信心するというのは、実のところさほどたやすいことではありません。人には煩悩(ぼんのう)があります。迷いや疑いが生じることもあるでしょう。そうしたものをすべて断ち切って、無心に信じる。それを成し遂げるための秘伝がございます。わたしはそれをお伝えするために東国に下ってきたのです」

この時、声が聞こえた。咎めるような鋭い声だった。

「それは由々しきことでございます」

真仏の向こう側にいる顕智が、中腰になって声を張り上げていた。

「あなたが秘伝と言われるのは、父から子にのみ伝えられる秘儀のごときものではないですか。余人が入り込む余地のない秘儀を、あなたはどのようにして門弟に伝えるおつもりですか」

善鸞が父の側近となってからまだ日の浅い時期のことだ。信じるということについて父に問いかけた時、父は善鸞の方に上体を傾け、さらに手を伸ばして肩にかけた。

父が息子を抱きしめるような形になった。

耳もとでささやく父の声が聞こえた。

「父と子は血でつながっております。こうして胸と胸を合わせれば、わたしの胸の脈動が、あなたの胸にも感じられることでしょう。わたしは法然上人からそのようにして教えを授けられたのです。いまその教えをあなたに伝えます。わたしの言葉を信じていただけますね」

「信じます……」

善鸞は声を絞り出した。

それはまさしく秘儀と呼ぶべき秘密の儀式だった。だがその時、薄い板戸を通した隣室に顕智がいて、その秘密の気配を感じ取っていたはずなのだ。

父は何かの気配を感じたようすで、素速く上体を離して、廊下の方に目を向けた。

前室の板戸が半ば開き、顕智の顔が見えた。

顕智はあの秘儀の場面を目撃していたのだった。

あの瞬間、顕智は血の通った父と子の秘儀のごとき触れ合いに嫉妬を覚え、善鸞を憎んだのだと思われる。

善鸞は自分に対して詰問する顕智から目を逸らした。

やがて善鸞は顕智を無視して、目の前の真仏にささやきかけた。

「せっかくこちらに伺ったのですから、門徒の皆さまにご挨拶をいたしたいと思いますが、よろしいでしょうか」

真仏が低くかすれた声で応えた。

「もちろんでございます。ご随意に語られますように。こちらからも……お願いいたします」

善鸞は門徒の方に向き直って、朗々とした声で語り始めた。

「皆さまはこちらの寺で阿弥陀さまを礼拝され、念仏を唱え、これで極楽浄土に往生できると安心安堵しておられることと思います。とはいえ時には、念仏を唱えるだけで本当に極楽に行けるのかと疑問に思う方もおられるのではないでしょうか。人には煩悩というものがあります。煩悩から生じる迷いや疑いに悩むこともあるでしょう。この悩みを一挙に晴らす手立てはありません。理屈で悩みを解決することは容易ではないのです。わが父も無義の義ということを事あるごとに語りました。理屈ではなく、無心に念仏を唱えることが何よりも大事……無義の義とはそういうことです。阿弥陀さまの本願を信じて無心に念仏を唱える。それが専修念仏の極意なのです。さりながら……」

善鸞は語りながら門弟たちの顔を見回していた。

彼らは真仏を生き仏のように見つめていた。その熱意のこもった眼差しと比べれば、いま善鸞に向けられている眼差しにはさほどの熱意は感じられなかったが、それでも宗祖親鸞の子息の言葉を聞こうという興味や好奇心はその表情から見てとれた。

善鸞はいちだんと声を高めた。

「無心になるのはたやすいことではありません。どうしたら無心になることができるか。無心になることさえできれば、阿弥陀さまの本願によって極楽往生が約束されます。そうなればこの世にありながら安心安堵できて、菩薩のごとき悟りの境地に到達できるのです。わたしは父から秘伝を授かりました。これは余人に明かすことのできない秘儀でありますから、いまここで皆さんにお伝えするわけにはいきません。しかしわたしのもとで修行をすれば、いつか必ずその秘伝をお伝えすることになるでしょう。わたしはいまは笠間を本拠としておりますが、呼んでいただければわたしはいつでも高田にまいります」

そこで善鸞はわずかに間(ま)を置いた。

門徒たちが身を乗り出すようにして次の言葉を待ち受けている気配が伝わってきた。

善鸞は微笑をうかべた。

「わたしが父から受け継いだのは、たった一言ですべての衆生を救えるような、誰にも語られることのなかった秘密の言葉です。これを秘事の法門と呼んでおきましょう。それは譬えて言えば大輪の花のごときものです。それに比べれば、わが父がこれまでに説いてきた教えなどは、しぼめる花にすぎぬのです」

善鸞は語り終えた。

生き仏の真仏を中心に結束を固めているかに見えた高田門徒の間に、動揺が波のように広がっていくのが確認できた。

善鸞は高田に宿泊することなく、浄念がかざす提灯の灯りを頼りに夜を徹して笠間を目指した。

笠間城が見えるようになったころ、その向こうの空が白み始めた。

いままで一言もしゃべらなかった浄念が、ぽつりとつぶやいた。

「大輪の花……、いつかわたくしも、その花を見ることができるのでしょうか」

浄念が立ち止まり、提灯の灯を消した。

善鸞もその場で足を止めて、白んでいく東の空を見つめていた。

不意に、二十年以上も前に亡くなった妻の声が、耳元をかすめた気がした。

「常陸の海はどこも東にあります。夜明け前に海岸に出れば、海原の向こうから陽が昇ります」

笠間城の先には、妻の生まれ故郷の小鶴の地がある。

さらにその向こうには、常陸の海が広がっているはずだった。


善鸞が再び高田に招かれることはなかった。それでも高田門徒の中から笠間にいる善鸞のもとに出向いて弟子入りを希望するものが続出した。

高田門徒の内部でも混乱が生じた。

顕智は京の親鸞に書状を送って善鸞を糾弾した。

同様の趣旨の書状が性信からも送られた。

こうした東国からの書状を親鸞がどのように受け止めていたかは定かではない。ただ何人かの門弟に届けられた書状は現存する。その書状の真贋（しんがん）についてはいまなお論争が続いているのだが、その書状の中に、嫡男の慈信房善鸞を義絶するといったことが書かれていた。

義絶の噂はたちまち門徒たちの間に広まっていった。

善鸞のところにも父からの書状が届いた。

最初の数行を見ただけで、義絶を告げたものだとわかった。

京を発つ直前、あなたを義絶せねばならぬかもしれませぬ、と言い渡されていた。

そんなことは起こらないだろうと、その時は気にも留めなかった。

それでもその言葉は頭の中にあり、覚悟はあったつもりだったが、実際に書状の中に記された義絶という文字を見ると、衝撃を受けた。

読んでいる途中で手がふるえ始めた。

涙が湧き出して、父の達筆な文字を辿ることができなくなった。


あなたが東国の人々に、わたしから秘事の法門というものを伝えられたと語っておられることは、顕智や性信からの便りで承知しております。秘事の法門とは何でしょうか。いつわたしがそのようなことをあなたにお伝えしたのでしょうか。わたしには覚えがありません。そのことは門弟たちにも伝えました。もしもあなたが、実際にそのようなことを語られたのだとしたら、わたしとあなたと、どちらかが虚言を語っていると、門弟たちは受け止めるでしょう。わたしはあなたを東国に送り出したことを悔やんでおります。異端の教えを糺(ただ)し、東国の門徒を一つにまとめることが、あなたの使命ではなかったのですか。あなた自身が異端の教えを弘め、東国の門徒衆を混乱の中に巻き込むなど、言語道断のふるまいです。あなたは本当に、阿弥陀さまの本願をしぼんだ花に譬えたのですか。それは仏に刃向かう五逆（殺父(せっぷ)、殺母(せつも)、殺阿羅漢(せつあらかん)、出仏身血(すいぶつしんけつ)、破和合僧(はわごうそう)）の罪ではありませんか。父の教えを踏みにじるのは、父を殺すも同然です。それもまた五逆の罪でしょう。こうなれば、あなたはわたしの子ではないと言うしかありません。わたしはあなたを義絶いたします。今後はわたしのことを親とは思わないでください。親鸞の跡継だなどと言うこともやめていただきたい。まことに呆れ果てたことです。

何度も読み返した。

衝撃はすぐには収まらなかった。父が自分に対して憤り（いきどお）をあらわにしている。自分は父を裏切った。自分はまさに五逆の罪を犯したのだと思った。

だがさらに書状を読み返すうちに、疑問が生じた。

帰洛した父と再会した直後に父は自分の肩を抱いて、耳もとでささやきかけた。あれが秘儀でなくて何であろう。

その時のことを顕智は憶えていた。それ以来、顕智は自分に敵意を抱くようになった。高田に赴いた時にも、顕智はいまだにそのことを根にもって、嫌悪感を隠そうとしなかった。

顕智が憶えていることを、父は忘れてしまったのだろうか。

そういえば以前、父が河和田の唯円の兄の名を忘れていることがわかって、不審に思ったことがある。

父は衰えたのだ。

そう思うしかない。

いまの父が何を感じ、何を考えているのかはわからない。だが自分は父に命じられて東国に下向してきたのだ。

父の教えを後の世に伝えなければならない。

それが自分の使命だ。

善鸞は改めて自分に言い聞かせた。

秘事の法門こそが、最も奥深い仏の教えなのだ。


のちのことだが、善鸞が秘儀として特定の弟子だけに秘伝を授けているという噂が高田門徒の間でも広がった。

この世にいながら安心安堵して菩薩の境地に到達するというこの秘儀の噂は、根強く人から人に伝えられ、高田門徒の多くを動揺させることになった。

真仏の跡を継いだ顕智は、善鸞のその教えを「異安心（いあんじん）」と呼び、邪悪な異端と決めつけた。

第五章　鎌倉

秘事の法門。

これまで何度かこの言葉を口にしてきた。

高田の門徒たちにもこのように語った。

「わたしが父から受け継いだのは、たった一言ですべての衆生を救えるような、誰にも語られることのなかった秘密の言葉です。これを秘事の法門と呼んでおきましょう。それは譬えて言えば大輪の花のごときものです。それに比べれば、わが父がこれまでに説いてきた教えなどは、しぼめる花にすぎぬのです」

自分の語ったことは、一種の詐術ではなかったかと、いまにして思う。

これでは父を裏切ったことになる。

たった一言ですべての衆生を救えるような……。

そんな言葉はありえない。

自分が父から受け継いだのは言葉を超えた何かだ。

それこそが秘事の法門と呼ぶべきものだが、それをどのようにして門弟に伝えるかは、いまだに見えてこない。

顕智も言っていた。

「あなたが秘伝と言われるのは、父から子にのみ伝えられる秘儀のごときものではないですか。余人が入り込む余地のない秘儀を、あなたはどのようにして門弟に伝えるおつもりですか」

ただの言葉では伝わらない。

言葉を超えた何かを受け取るためには、気持の昂揚が必要なのだ。

帰洛した父を五条西洞院に訪ねた自分は、追い詰められていた。妻を亡くし、乳飲み子を抱えたまま、生きる方途を見失っていた。教えを受けるものの気持を昂揚させ、身を投げ出さずにはいられぬほどに追い詰めていくためには、特別な儀式が必要なのではないか。

そう考えていくと、一つの言葉が思いうかんだ。

助け給え……。ひたすらに阿弥陀仏におすがりする気持を示すには、そんな言葉しかない。理屈ではなく、歎き叫ぶような気持で助けを求める。

五条西洞院に父を訪ねた時の自分の気持は、まさにそれだった。

秘事の法門の最初の入口のようなものが見えてきた気がした。

善鸞が父から義絶された二年後、息子の如信が東国に下向してきた。

笠間の草庵で如信と対面した。

京にいたころ、如信は親鸞とともに善法院で暮らしていた。善鸞は五条西洞院を統括するために泊まり込んでいた。如信と顔を合わせる機会はいくらもあったが、じっくりと話し合うことはなかった。

お互いが親鸞の直系で、親鸞の教えを後の世に伝えるという目標も同じであったから、とくに話し合う必要もなかった。

だが久方ぶりに息子と対面すると、親と子としてのつながりが稀薄であったと感じられた。同じ屋根の下で暮らしていないと、些細な日々の思い出といったものがない。儀礼のような言葉しか出てこないと自分でももどかしく思いながら、こんな言い方をするしかなかった。

「長い旅でお疲れでしょう。ここはわたしの草庵で道場も宿坊もあります。ゆっくりと寛がれればと思います」

如信は、祖父が父を義絶したことを知っているはずだ。

門弟たちが書状で糺弾した内容を、親鸞から聞かされたかもしれない。

だとすれば如信の胸の内に父の善鸞を批判する思いが秘められているのではないか。

そんな懸念もあったのだが、如信は無邪気なほどの笑顔をうかべて、父との再会を心から喜んでいるようすだった。

「やっと東国に来ることができました。父ぎみが京を出立された時に、自分も同行したいと切望しましたが、それは叶いませんでした。いまは覚恵も成長し、善法院の住職の務めを果たせるようになりました。王御前もお元気です。わたくしはようやく念願が叶い、こちらに来ることができました。これからは聖人の教えを、多くの人々に弘めたいと思うております」

元気よく意気込みを語ったあとで、如信はさらに顔を輝かせて言葉を続けた。

「こちらに来る前に稲田神社のあたりを歩いてきました。草庵らしきものは見当たりませんでしたが、神社の境内に神宮寺があり、聖人はここの一切経を参照して教行信証を執筆されたかと思うと、胸が躍りました」

「草庵はわたしが東国に来た時に、すでに朽ち果てておりました。しかし必要ならば神宮寺の住職に頼めば、いつでも一切経を見ることはできますよ」

「わたくしは聖人や父ぎみと違って、天台の修行をしておりません。善法院にある天台の経典を読んだことはあるのですが、比叡山での修行がどんなものかは何も知らないのです。それでも聖人からさまざまな経典の話を聞いておりますし、必要な経典はすべて教行信証に引用されておりますから、それで充分だと思うております」

「あなたも教行信証を書写されたのですね」

「全巻を自分で筆写しながら学びました。ただ教行信証とは別に、聖人は門弟の方にさまざまな話をされたことと思います。河和田（かわわだ）の唯円（ゆいえん）というお方がしばらく京に滞在しておられました。わたくしも五条西洞院に出向いたおりに親しくなりました。あのお方はおしゃべりをするのが好きなようで、何かと聖人に質問しておられたのですが、そのたびに聖人は、わたくしなどが耳にしたことのないようなお話をされるので、驚くことばかりでした。唯円どのなら、わたくしの知らない聖人のお言葉を、いろいろと憶えておられるのではないかと思うのですが……」

「河和田は笠間の近くです。明日にでも案内しましょう。あなたの母親が生まれ育った小鶴（こづる）という地も近いので、先にそちらに行ってみましょうか」

　何気なくそんなことを話したのだが、如信は急に驚いた声を上げた。

「わが母はこちらの生まれなのですか」

　考えてみれば、如信に母親の話をしたことがなかった。

　ひた隠しに隠したというほどではないが、亡き母のことに触れれば息子を悲しませるばかりだという気がして、結局は一度も話さなかった。

日野の館では如信は下人の嫌女が育てていたのだが、王御前が奉公先から戻ってからは母親代わりとなり、如信は叔母にあたる王御前を実の母のように慕っていた。

それだけに、顔を見たこともない産みの母親のことなど、話さない方がいいだろうと思っていた。

「母親はあなたを産んだ直後に亡くなりました。あなたを親鸞聖人の跡継にというのが、いまわの際の母親の遺言でありましたので、あなたを親鸞聖人と王御前のもとに預けました。そういうわけで、とくに母親の話をしたこともないのですが、あなたも産みの母親について、尋ねなかったですね」

如信は顔を硬ばらせて、父の顔を睨みつけていた。

「聖人の教えを後の世に伝えることをわたくしの使命と思い定めております。それゆえ産みの母などというものはいないと自分に言い聞かせておりました。いまその母の生地のことを告げられると、なぜもっと前にいろいろなことを話していただけなかったのかと悔やまれます。わたしは産みの母親のことを何も知りません。何も知らなくては、偲ぶことも、供養することもできません」

わが息子の恨みのこもった気色ばんだ言い方に、善鸞も自らを責めずにはいられなかった。

「それはわたしの落ち度でしたね。もっと早くお話しすべきでした。わたしは亡き妻のことを片時も忘れたことがありません。わたしの胸の奥には、妻の姿がいまも深く刻まれています。あなたの母親は九条家の侍女でした。九条道家どのの館では、常陸と呼ばれておりました。常陸の生まれだったからです。父親が道家どのの姉にあたる宜秀門院任子さまの領地の荘官をしており、生まれた娘の名も地名をとって小鶴としたのです。その縁で九条家に奉公するようになり、わたしも比叡山を下りた直後に、九条邸で厄介になっておりましたので、そこで知り合うたのです」

「わが母は、どのようなお方であったのですか」

「年嵩であったので、若い女房たちを仕切る立場でした。その落ち着いたようすが目に留まって親しくなりました。小鶴は常陸で育ったので、親鸞聖人の名を知っており、尊敬もしていたようです。わたしが聖人の息子だということで、最初から好意をもってくれていました。わたしと小鶴を結びつけたのは聖人なのです。それはまた阿弥陀仏のお導きでもあったのでしょう。あなたは生まれるべくしてこの世に生まれたのです」

いま初めて母親のことを話している。

なぜもっと早く話さなかったのか……。

父の親鸞は、玉日姫（たまひひめ）のことを、心をこめて語ってくれた。

父と再会したその時、父はしばらくの間、無言で善鸞の顔を見つめていた。あとで訊くと、息子の顔に母親の面影を探していたのだと父は語った。

こうして如信の顔を眺めていると、確かにそこに、小鶴の面影が宿っていることが感じられた。

二十年以上の年月が流れているが、小鶴と出会い、死別するまでの短い期間の想い出は、いまもつい昨日のことのように脳裏にうかんでくる。しかもここは小鶴の生まれ故郷の常陸だ。

不意に、目の前の如信の姿が見えなくなった。

目が潤み、涙がこぼれ落ちた。

「いかがなさいました」

如信が心配そうにこちらの顔を覗き込んでいた。

善鸞は慌てて話題を変えた。

「聖人さまはお元気ですか」

如信は表情を曇らせた。

「お体は息災ですが、もはや涅槃（ねはん）の境地に近づいておられるようでして……」

「涅槃……」

息子の言葉の意味がすぐにはわからなかった。

「もう何年も前に八十歳を超されておりますから……」

そこまで話してから、如信は苦笑をうかべた。

「王御前のことを、母親の恵信尼さまと間違えて、筑前どの、などと呼びかけられるので、王御前も困っておられます」

親鸞の末娘は覚信尼という法名を賜っていたが、出家したわけではないので、ふだんは王御前と呼ばれていた。

娘と妻を取り違えるというのは、微笑ましい間違いだと思われた。

「人の区別がつかなくなるのは、老人にはありがちなことです。体さえお元気ならば安心です」

善鸞が笑いながら言うと、如信は何気ない口調で応えた。

「二年前のあのことがあってから、急速に衰えられたようです」

その言葉が、刃のように善鸞の胸に突き刺さった。

「二年前……」

善鸞は呻くようにつぶやいた。

「二年前というと、わたしを義絶したことですか」

如信は笑いながら応えた。

「気になされることはありませんよ。わたくしは聖人のおそばにおりましたから、詳細を承知しております。正式の義絶状を役所に届け出たわけではないのですよ。ただ横曾根や高田に書状を出しただけです」

この時代、長男を廃嫡にするには義絶状を書く習わしがあった。義絶を有効にするためには、一定の書式で記述した義絶状を役所に届け出る必要があった。だが土地などの資産がないものは、そのような手続きをする必要もなかった。五条西洞院は九条家からの借り物だし、住んでいる善法院は比叡山の里寺で、こちらも所有しているわけではない。

如信はごく軽い口調で説明した。

「性信どのや顕智どのに書状で責められて、聖人も困惑されていたことは確かです。やむなく返信の書状の末尾に、義絶といったことを走り書きし、同様の趣旨を父ぎみにも伝えられたはずですが、それは困り果てた末のとっさの対応で、もとよりお祖父さまの本意ではないのです」

如信の屈託のない表情からは、気休めの偽りごとではないと感じられた。

どこか凍てついたままになっていた心の底のわだかまりが、静かに融けていくように感じられた。

如信は急に真顔になって言葉を続けた。

「ただ門弟たちに追い詰められたせいか、聖人は難しいことを考えるのが面倒になったようで、何やら急速に子どもに還っていくようなところがありました。王御前を自分の妻と取り違えたかと思うと、幼いころに死別した母親に甘えるように王御前にわがままを言うこともあります。それでも時おりは机に向かって、新たな和讃を書き留めておられます。自分で綴る和讃を、子守唄のように感じておられるのかもしれません」

やはり自分は父に迷惑をかけたのだと善鸞は思った。

偉大な宗祖だった父が、妻と娘を取り違えたり、子どもに還ってしまうというのは、哀しい気もしたが、それで父の心の負担が取り除かれ、少しずつ往生に近づいているのだと思えば、自分の心も少しは安まるように思われた。

昔から父には、とぼけたようなところがあった。それが少しひどくなったと考えればいいのかもしれない。

善鸞は如信に向かって、しみじみとした口調で話しかけた。

「いま話を聞いて、わが父も寄る年波には勝てず、かなり衰えておられるのだろうと思われます。おそばに侍っていたあなたも、何かと気苦労が多かったのでしょうね。本来なら嫡男であるわたしが親の面倒を見なければならぬところですが、孫のあなたに負担をかけることになってしまいました。心苦しく思うております」

そのように労いの言葉をかけられて、如信はいくぶん途惑ったように無言で微笑をうかべていた。

この時、身じろぎするような気配が伝わってきた。

応対に出た側近の浄念が、如信を案内したあとで少し離れた場所に控えていた。

善鸞は自分が父と再会した時のことを瞬時に想い起こした。自分がたちまち父の側近となり、それまで側近だった顕智が遠ざけられた。そのことが顕智の心の中に癒しがたい傷を穿ったのではないか。

善鸞は浄念の方に向き直って声をかけた。

「施薬院に良安がいるでしょうから、こちらに呼んでいただけますか。息子の如信が訪ねてきたので、施薬院でお渡ししている薬を見せてやりたいと思います」

浄念は無言で一礼すると、良安を呼びに行った。

「ここに施薬院を設けておられるのですか」

浄念が出て行ったあとで如信が問いかけた。

咎めるというふうではなかったが、施薬院といえば律宗の施設なので、不審に思ったのだろう。

善鸞はそれに応えて説明を始めた。

「専修念仏（せんじゅねんぶつ）はいまだに京では禁じられています。この東国でも、念仏衆の中に造悪無碍（ぞうあくむげ）と称して乱暴を働くものが出てきましたので、幕府が布教の停止（ちょうじ）を命じるのではと心配されました。念仏を唱えるだけでなく、ある程度の戒律は守るようでないと、幕府の目も厳しくなってくるでしょう。いま呼びにやった良安は真言律宗の忍性（にんしょう）どのの弟子でしたので、戒律や薬草の知識があります。そこで良安と相談して、われらのところでも厳しすぎない程度に戒律を定め、また施薬院で病人の治療もするようにしたのです。東国で教えを弘めるためには、それなりの対応が必要なのです」

如信は大きく頷いて言った。

「わたくしは教行信証を読むばかりで、実際の布教というものを体験したことがありません。東国の実状についても何も知らないのです。これからは父ぎみを師として、布教の実務について学びたいと思うております」

如信が笠間に滞在することになりそうなので、善鸞は二人の側近に如信を紹介し、次のように言い渡した。

「息子の如信はまだ勉学の途上です。浄念どの、良安どの、わが息子にいろいろと教えてやってください。わたしは親鸞聖人の後継者として東国にやってきましたが、誰かを自分の後継者と定めるつもりはありません。如信とは親子ではありますが、むしろともに親鸞聖人の教えを受けた兄弟のようなものだと思うております。如信の方が長く聖人のおそばにおりましたので、わたしの知らぬことを知っておるやもしれませんが、そのことを自慢せぬように、如信にも言うて聞かせておきます」

善鸞は如信の方に向き直って言った。

「わたしの側近としての年月は、浄念どのや良安どのの方が長いのですから、あなたもこの二人を兄だと思ってください」

それから改めて、二人の側近を如信に紹介した。

「こちらの浄念どのは親鸞聖人の面授の門弟で鬼怒川の近くの新堤を拠点とする信楽というお方の弟子だったのですが、一番にわたしの門弟になってくれました。そちらの良安どのは三村山で律宗を弘めておられる忍性どのの弟子だったのですが、これもわたしの門弟となり、律宗に伝わっている薬草の栽培を笠間で指導していただいております。施薬院で病人の治療ができるのも良安どののご尽力によるものです。その薬をこれへ……」

善鸞の指示で、良安は持参した薬を如信に手渡した。

紙に筆で梵字が記されている。

如信は訝しげに善鸞の顔を見た。

「これは真言密教の梵字ではないですか」

比叡山では密教も習得するので梵字で示された種字について学ぶ。一文字だけの梵字で諸仏諸尊を指し示している。如信は親鸞のもとで浄土の教えを学んだだけなので、種字についての知識は乏しいようだ。

善鸞が説明する。

「それは梵字でキリクと読みます。阿弥陀仏の種字です」

「この種字で病を治すのですか」

「いやいや、これは薬なのです。薬草を煎じて煮詰めたものを紙に吸わせてあるのです。ただ種字を書いておくと不思議なもので、効き目が倍増するのですよ。耳元で念仏を唱えてやるともっとよく効いて、たちまち回復するものもおるくらいです。阿弥陀仏の験力はそれほどのものなのです」

如信が良安に問いかけた。

「このように紙に薬草を浸したものは、律宗でも使われているのですか」

良安は静かに頷いた。

「わたしは真言律宗の薬草園で働いておりましたが、薬草を煎じて煮詰めていくのはたいそうな手間でございます。三村山では施薬院の評判が高くなり、患者が押し寄せるようになりました。そうなると煎じた薬を煮詰める作業が追いつかなくなります。また薬草園で育てる薬草にも限りがございます。薬が不足するのを見た忍性さまは、紙を薬に浸さなくともよいと仰せになりまして……」

善鸞が低い笑い声を洩らした。

「忍性のところでは、梵字を書いただけの紙を丸めて患者に飲ませておるのですよ。忍性の師の叡尊は、もとは真言宗の醍醐寺で伝法灌頂を受けた修行者ですから、密教の知識もあります。それゆえ真言律宗と称して、密教も併用しているのです。病というのは邪鬼にとらわれておるとか、先祖の霊が祟っておるとか、その種の思い込みによることが多く、気の病のごときものですから、梵字の呪いだけでも効き目があるのでしょう」

良安が慌てたように口を挟んで訂正した。

「忍性さまのところでも重症の患者には、煎じた薬を茶碗に入れてそのまま飲ませております。鑑真和上が伝えられた薬草は確かに効能がございます。ただ軽症の患者さまなら、呪いだけで治ってしまうということもあるようなのですが……」

善鸞が笑いながら付け加えた。

「病は気から……などと言いますね。念仏を聞かせるだけでも治ることがあったりします。しかしこちらの施薬院では、必ずこのような薬草で茶色に染まった紙を飲ませています。良安は薬を用いずに治そうとする忍性を、まやかしではないかと疑うたのでしょう。それでわたしのところに来たのです。

ここでは近在の農民の皆さまのご協力で、薬草園を広げて大量の薬を作って対応しております」

良安は大きく頷いて言った。

「ここでは軽症の患者でも必ず薬を差し上げております」

如信はまだ納得のいかないようすで、善鸞の方に向き直って問いかけた。

「薬も呪いも、現世利益(げんせりやく)ということではないのですか」

その言い方に棘(とげ)のようなものを感じた。

確かに薬を処方するというのは、親鸞の専修念仏の教えからは外れている。

「こういうことをするから、わたしは義絶されたのでしょうね」

笑いをうかべようとした善鸞だったが、如信が鋭い目つきでこちを見つめているのを感じて、表情を引き締めた。

善鸞は静かに語り始めた。

「阿弥陀仏の本願を信じてひたすら念仏を唱えておれば、必ず極楽浄土に往生できる……そのように思うておればこの世に生きておる間にも安心安堵(あんじんあんど)できて、菩薩になった気分でおられるというのが、専修念仏の教えです。とはいえ人は病に罹(かか)ることもあります。病で苦しんでおるものがおれば、手を差し伸べてやるのが仏の道ではないでしょうか。笠間時朝(ときとも)どののご支援もあって、この笠間山の麓に広大な薬草園を作ることができました。薬草を摘み、薬を煎じる人手も、良安どののおかげで若者たちが集まってきました。いまでは施薬院で処方するのに充分な薬が揃っております。薬さえあれば助かるものもおるのです。生きておる間に苦しみから遠ざかるというのも大事なことなのです」

如信はしばらくの間、善鸞の顔を真剣な眼差しで見つめていた。

それから小声でつぶやいた。

「確かにそういうこともあるのでしょうね。わたくしは学ばねばならぬことがまだいろいろとあるようです」

善鸞は急に笑顔になって言った。

「この浄念が師としていた新堤の信楽というお方は、親鸞聖人からは破門にされておったのですがね。酒が好きでして、仲間を集めて酒盛りをするのです。酔うたものの中に村で暴れるものがあって、評判を落としておったのです。それでわたしは信楽に戒律を課しました。控え目に飲むという、それだけの戒律ですが、それからは酒宴を開いても節度をもって飲んでおるようです」

如信は真剣な表情で応えた。

「確かにある程度の戒律は必要なのでしょう。京の草庵におるだけではわからぬことも多いようですね」

その如信の素直なようすを見て、善鸞はほっとした気持になった。

それから改めて如信の顔を見つめた。

ありがたいことに、如信には妻の小鶴の面影が宿っている。

小鶴の願いのとおりに、如信は親鸞の立派な跡継になっている……。

そなたの願いは叶ったようですね。

善鸞は胸の内で亡き妻に向かってささやきかけた。

翌朝は早起きをして戸外に出た。

まずは笠間城からわずかな距離の小鶴に出向いた。

草庵のすぐ前を細い川が流れている。海に接した涸沼（かれぬま）に注ぎ込む渓流だが、その涸沼の手前に広がっているのが小鶴荘だ。かつては九条家の荘園だったが、いまは幕府が派遣した地頭の権威が強くなっている。

農民にとっては自分たちが納める年貢がどこに行くかはどうでもよいことだ。このあたりは気候が温暖で水利もよく、穏やかで豊かな土地が広がっている。

「ここが小鶴です。あなたの母親はここで生まれ育ちました。このあたりの農民は抑揚のない独特の言葉を話します。武者は大番役で京に上ることがあるので、訛りのないものも多いのですが、わたしはこの地域の言葉が好きです」

善鸞は近くの田で農作業をしている農民に話しかけた。

「今年の稲の稔り(みの)はいかがですか」

農民は応えた。

「どうっちゅうごどはねえ。ふだんと同じぐれえだっぺ」

「何年か前に、大風が吹きましたね」

「んだね。あの時はてえへんだった。穫り入れ前の稲がみな倒れっちまった」

「鎌倉では大仏殿が吹き飛んだそうですよ」

「阿弥陀さまは、まったぐ、もう、自分んちくれえ守んねえでどうするのがね」

やりとりを聞いていた如信が、懐かしそうにつぶやいた。

「思い出しました。わたくしがまだ幼いころ、王御前が同じような話し方をしていましたね」

善鸞は頷いた。

「覚信尼どのも、常陸の稲田で育ったのですね」

涸沼が見えるところまで行ってから、北に進んだ。

わずかな距離で、河和田に到着した。

唯円はのちには那珂川の対岸にある鳥喰という地に、本泉寺という拠点を築くことになるのだが、このころはまだ河和田にいた。唯円の河和田の住居はのちに泉渓寺と呼ばれることになる。

唯円は善鸞が訪ねて来ることを予期していたかのように、門口に立って待ち受けていた。善鸞のかたわらにいる如信の顔を見ると、相好を崩して大声で言った。

「これは如信さまではねえですが。ずいぶんえがぐおなりですね」

思わず言葉が訛ってしまったようだ。

唯円が京にいたころ、如信は二十歳くらいの若者だったはずだが、唯円の脳裏には初々しい少年として記憶されていたのだろう。

「唯円どの。あなたはあまり変わらないですね」

如信がそう言うと、唯円は恐縮したように口をすぼめて頷いてみせた。

「京の五条西洞院では親鸞聖人のおそばに侍らせていただき、大事なお話を伺うことができました。またご嫡男の善鸞さまに東国まで足を運んでいただいて、まことにありがたいことと思うております。兄の平太郎が飯富で寺を開き、多くの弟子を育てておりましたので、兄を誘って百人ほどを善鸞さまの門弟に加えていただきました」

善鸞は笑いながら言った。

「それを知った性信どのが、聖人に書状で訴えかけたので、聖人を困らせてしまったのですよ」

唯円は驚いたように言った。

「そんなことがあったのですか。それはまた思いもかけぬことでございます」

善鸞は小さく息をついてから真顔になって語り始めた。

「京に来られたおり、唯円どのは異説の横行を歎いておられました。それでわたしに下向を求められたのですが、嫡男のわたしがこちらにまいりますと、性信どのや顕智どのなど、聖人の面授の門弟の方々は、かえって迷惑だと思われたようですね。こちらの門弟の皆さまが、唯円大徳のような心の浄い大らかな方ばかりだとよいのですが……」

大徳というのは、生き仏のような高僧のことを表す言葉だが、そんな言い方をされた唯円は、跳び上がるほどに驚いたようすだった。

「畏れ多いことでございます。わたくしはただ自分の到らぬところを歎いておるばかりでして、お聖人さまにもつまらぬ質問ばかりして、さぞや鬱陶しく思われたことでしょう」

すると如信が笑いながら言った。

「そんなことはありませんよ。唯円どのが東国にお帰りになったあと、お祖父さまはずいぶん寂しがっておられました」

続けて善鸞が言った。

「聖人が伝授された教えが、東国では門弟によってさまざまに伝えられ、異説が横行しておるというのは、唯円どのの言われるとおりだと実感しました。わたしの力不足でございますが、横曾根門徒や高田門徒は、それぞれ別の宗派になってしまったようですね。それでも聖人の教えを後の世の人々に伝えねばならぬというわたしの思いは、いささかも揺らいではおりません」

そこまで話して、善鸞は如信の方に顔を向けた。

「この如信は聖人のおそばに長くおりましたから、聖人の正統な教えを後の世に伝えてくれることでしょう」

唯円は真剣な顔つきで何度も頷きながら、善鸞の言葉に聴き入っている。

善鸞は言葉を続けた。

「とはいえ聖人のお言葉を最も多く聴いたのは、唯円どの、あなたではありませんか。ふだんおそばにいるわたしや如信が訊けないようなことも、あなたはしつこいくらいに質問しておりましたね。あなたほど熱心に聖人のお言葉を聴いた門弟は他にはいないと思われます。この如信も、自分の知らない聖人のお言葉を、唯円どのなら知っておられるはずだと申しております。如信はしばらく笠間に滞在しておりますので、あなたのところに通っていくと思います。聖人の思い出などをお話しいただければと思います」

「いやいや、わたくしなど浅学な身でありまして、愚かな質問ばかりしておりました。それでもお聖人さまは、わたくしにもわかるように、優しく教えを説いてくださいましたので、そのお言葉は一言一句違(たが)わずに、心に留めております」

その日から如信は、唯円のもとに通うようになった。さらに飯富平太郎など、親鸞面授の門弟を訪ねて、親鸞の想い出を聴いて回り、自分の知らないかつての親鸞の姿を求めようとしていた。

如信が東国に下向して何日か経ったある夜、差し向かいになって尋ねたことがある。

「唯円や平太郎の話を聞いて得られたことがありましたか」

「初めて聞く話もありましたが、彼らが語る聖人のお人柄は、わたくしがよく知っているお祖父さまと同じでした。聖人というお方は、誰に対しても同じように接しておられたことがわかって、安心いたしました」

「面授の門弟の方々は、あなたに対して、どのように接して来られるのですか」

「わたくしが聖人の孫だということは最初にお伝えします。そうすると、特別の親しみをもって語りかけてくださいます。やはり血のつながりというものは、ありがたいものだと思いました」

それを聞いて、善鸞も想い起こすことがあった。

東国に来て唯円と再会した時、唯円は飯富平太郎を同伴していた。

その時の平太郎の言葉が胸に刻まれている。

「あなたさまの体内には、聖人さまの血が流れております。それだけで充分でございます。それが信心というものでございます」

「それが信心ですか……」

思わずそんなふうにつぶやいてしまったことを憶えている。

親鸞は無義の義ということを説く。信心に理屈はない。ひたすら信じるしかないのだ。

如信もまた、親鸞の血を受け継いでいる。

赤子のころから親鸞に育てられた如信は、祖父の言葉を信じきっている。

如信の信心には揺るぎがない。

だが、同じことを、血の通っていない門弟たちに、どのようにして伝えればいいのか。

高田からの帰り道、明け方にようやく笠間城が見えた時に、浄念がつぶやいた言葉が想い起こされた。

「大輪の花……、いつかわたくしも、その花を見ることができるのでしょうか」

その大輪の花を、どうやって浄念や良安に見せることができるのだろうか。

如信が笠間に滞在するようになって、善鸞の周囲に、不穏な緊張感が生じた気がした。

如信は日帰りできるところばかりを回っているので、夜になると必ず笠間に戻ってくる。

厳しい戒律を守り午後には食を断つ律宗と違って、善鸞はふつうに夕食をとる。浄念の師の信楽が訪ねてきた時などは、酒宴を開くこともある。

客のいない時は、善鸞と如信が差し向かいで食膳を囲む。ふだんなら善鸞が一人で食膳に向かうか、たまには側近の二人と話をしながら食事をすることもあるのだが、如信がいると浄念と良安は遠慮して別室に控えている。

そのような日々が長く続いた。

いつしか如信は、善鸞の側近第一という立場になっていた。

これは浄念と良安にとっては、いささか不本意な状態であったかもしれない。

破門になったとはいえ元は親鸞の門弟だった信楽に従っていた浄念は、いわば親鸞の孫弟子で、専修念仏の教えはいちおう学んでいる。良安は忍性の弟子なので専修念仏には疎(うと)いが、戒律や薬草については詳しい。

これまでは二人が競い合い、補い合うようにして、善鸞の側近を務めていた。

そこに如信が割って入った。

浄念と良安は、善鸞にとっては大事な側近だった。

如信が善鸞の嫡男として、いきなり側近の座に就いたことに、二人とも不満をもっているはずだった。

どうしたものかと困惑していると、如信もそのことに気づいたようだ。

如信は常陸や下総(しもうさ)を巡る時は、それなりの旅装で出立する。旅装の如信が挨拶に来たので、今日はどこに行くのかと尋ねると、いつものように微笑をうかべて応えた。

「陸奥(むつ)の方に行ってみようかと思うております」

「陸奥……」

驚いて声を高めた。如信は落ち着き払っている。

「お祖父さまや父ぎみの教えは、このあたりには行き届いているようです。わたくしはまだ専修念仏の教えが弘まっていない地域に出向いて、教えを弘めようと思います」

「わが父もわたしも、宇都宮蓮生(れんしょう)どのや笠間時朝さまのご支援で拠点を設けることができました。陸奥はそのような後ろ盾のない地域です。拠点を作るのにも苦労をするのではと懸念されます」

「どこまで行こうと地続きの土地です。言葉が通じないということはないでしょう」

そう言って如信は、子どもような無邪気な笑顔を見せた。

親鸞はいつもこのような穏やかな笑顔をうかべていた。

如信は自分の祖父から、最も大事なことを学んだのだと、善鸞は思った。


数年が経過した。

文応(ぶんおう)元年(一二六〇年)七月。

日蓮(にちれん)が立正安国論(りっしょうあんこくろん)という著作を書き上げ、前執権の北条時頼(ときより)に献呈したと伝えられた。

時頼は嫡男の時宗(ときむね)が幼少のため、連署(れんしょ)を長く務めた親族の北条長時(ながとき)に執権の地位を譲って引退していたが、いまだに陰の権力者として幕府に君臨していた。

初代執権の北条時政(ときまさ)から義時(よしとき)、泰時(やすとき)と続く直系の後継者を得宗(とくそう)と称する慣例があった。執権の地位が傍系に移っても、得宗が幕府の最高権威であるという暗黙の諒解が御家人たちの間に生じつつあった。

その得宗の時頼が、献呈された立正安国論を読んだかどうかは定かではないが、本人が日蓮と対面して著作を受け取ったことは事実のようで、噂はたちまち鎌倉中に広がり、やがて東国全体にも伝わった。

この数年、鎌倉は大火に暴風雨、さらに大地震と津波に襲われるなど、天変地異が相次いでいた。

立正安国論の趣旨については、すでに執筆中から弟子たちを通じて世間に弘められていた。

比叡山では長く法華経（妙法蓮華経）が正法として尊ばれてきたが、昨今は法華経を否定する真言密教、念仏、座禅などが横行し、仏の本来の教えが蔑ろにされている。このままの状態が続けば、天変地異が続くばかりか、内乱が起こり、異国の侵略を受けることになるという予言が、この著作には記されていた。

すでに日蓮が、念仏無間、禅天魔などと、既存の仏教を激しく糾弾していることは知れ渡っていた。同じ趣旨の著作を受け取っていながら、とくに幕府が日蓮を処罰するような動きが見られなかったことから、念仏衆の間に大きな憤懣が広がった。

鎌倉の念仏衆は然阿の良忠や道阿の念空が弘めた異端の浄土宗を信心するものが多く、日蓮の批判はそこに向けられているのだが、念仏を否定されている点では、善鸞も無縁ではいられなかった。

善鸞の門弟たちの間でもそのことが話題になっているようで、側近の浄念が善鸞に声をかけた。

「日蓮の立正安国論というものが、評判になっているようですね」

浄念は仏教全般に興味をもっていて勉学を怠らなかった。

比叡山で修行した善鸞は一切経を読み込んでいたが、浄念にはそこまでの知識はない。それでも法華経についてはある程度のことは知っているようだった。

「日蓮は法華経を正法と呼んでいるようですが、それほどに特別の経典なのでしょうか」

善鸞は答えた。

「比叡山ではまず法華経を学びます。法華経にはさまざまな教えが記されており、初心のものが学ぶには最適の経典なのです。しかしそこに描かれている想念は壮大なものです。人としてこの世に現れたお釈迦さまの背後には形のない大きな仏がおられる。法華経においては法身の釈迦、あるいは久遠本仏と呼びますが、奈良の大仏として知られた華厳経で説かれる毘盧遮那如来、真言密教の大日如来、そして本師本仏と称される阿弥陀仏、これらはすべて、久遠本仏として法華経で語られている仏と同体だと考えられます。十方世界と呼ばれるこの宇宙全体が、久遠本仏の胎内であり、そこにあるものはすべて仏そのものなのだと、比叡山ではそのように教えられます」

「善鸞さまも、比叡山で修行されていたころは、法華経の久遠本仏を信心しておられたのでございますか」

浄念の無邪気な問いに、善鸞は思わず微笑んで応えた。

「わたしは幼くして比叡山に登りましたが、すでに父が専修念仏の法然上人の門弟であったことを知っておりました。またのちに東国で浄土真宗という新たな宗門を興したことも伝え聞いておりました。阿弥陀仏という名称は梵語をそのまま漢字で音写したものですが、その意味を訳した別名があります。経典の名称となっている無量寿もその一つですが、南無阿弥陀仏という六字の名号の脇侍として掲げられる九字の名号の南無不可思議光如来、さらには十字の名号の帰命尽十方無碍光如来……この不可思議光如来も尽十方無碍光如来も、阿弥陀仏の名を訳したものです。わたしはとくに十字の名号の尽十方無碍光如来という名称が気に入っています。これはまさしく久遠本仏そのものを言い表した名称だと感じるからです」

そう言って善鸞は、自らの背後に目を向けた。

笠間の草庵の道場の壁には、その十字の名号が掲げられていた。

帰命尽十方無碍光如来。

京を出立するにあたり、善鸞は父にこの名号を認めるように依頼した。

南無阿弥陀仏という六字の名号ではなく、なぜ十字の名号なのかと、親鸞は問わなかった。筆を執った親鸞はいかにも嬉しげに一気にその十字を書き切って、大きく息をつきながら、満足げな笑いをうかべた。

そして長い間、愛おしむように、自分が書いた文字を見つめていた。

そんな父の姿を想いうかべながら、善鸞は独り言のようにつぶやいた。

「一度、日蓮と逢うて、話をしたいものですね」

東国に下向した当初から、日蓮のことは気にかかっていた。鎌倉に着いたその日に、日蓮が辻説法をしていたという小町大路に行ってみたのだが、そのころにはすでに、日蓮は駿河の寺院にこもって立正安国論の執筆を始めていたのだった。

いずれ日蓮とは諍論しなければならない。

その日は近いのではないかという気がした。


下総新堤の信楽は、弟子の浄念が善鸞の側近となったこともあって、善鸞のもとに頻繁に訪ねてきた。

善鸞は造悪無碍の輩と縁を切るために、門弟には緩やかな戒律を課していたが、飲酒は禁じていない。酔って人に迷惑をかけないように節度をもって飲むようにと言い渡してある。

酒宴を通じて周囲の村人たちと懇意になっている信楽は、かなりの門弟を抱えていた。その信楽は善鸞を師と仰いでいて、笠間に通ってくる。善鸞と酒を飲んで語らうのを楽しみにしているようだ。信楽が来れば、浄念に頼んで酒の用意をさせる。浄念もわずかだが酒を嗜む。忍性の弟子だった良安は、戒律を守って酒を飲むことはないが、何やら薬草を煎じたものを酒の代わりにして、宴席に加わっていた。

酒が入ったところで、信楽が問いかけた。

「以前に話したことがあるのだが、下総守護の千葉頼胤はわしの親戚だ。国府には知り合いが何人も出仕しておる。それでわしの耳にも噂が届くのだが、千葉の郎党の多くが日蓮に傾倒しておるらしい。あやつは門徒に、念仏の代わりに南無妙法蓮華経と、経典の題目を唱えさせるらしいのだが、善鸞どの、それはどういう経典なのだ」

どうやら信楽も日蓮宗のことを気に懸けているようだ。下総で日蓮宗が弘まれば、北部にある横曾根や新堤にも影響が出る惧れがある。そうなれば常陸にまで広がってくることも考えられる。

善鸞は語り始めた。

「正式な題目は妙法蓮華経ですが、略して法華経と呼びます。比叡山に入るとまず習うのが法華経ですので、わたしも幼いころから読んでおります。とくに出だしのところには、仏の教えのありがたさを説いた法華七喩という譬え話がありまして、これは京の里寺などでも法師が節をつけて歌うように説法をいたします。従って法華経の内容は公家も町衆もよく知っております」

酒を飲みながら信楽は声を張り上げる。

「経典はあまたある。その中で法華経のみを尊ぶというのは、ひとりよがりではないか」

「われらも浄土三部経のみを尊び専修念仏の教えを弘めておりますが、それは衆生の安心安堵を求めておるからで、比叡山の修行者が法華経を読み厳しい修行をすることを批判はいたしません。これに対して日蓮は、念仏衆を憎んでおるようで、念仏を唱えると無間地獄に堕ちるなどと威すようなことを説いておるそうです。そんなことでは念仏衆も黙ってはおられぬでしょう。日蓮は以前にも鎌倉で辻説法をして、念仏衆に石をぶつけられたようですね」

「どんどん石をぶつけてやればよいのだ」

信楽は豪快に笑ってみせた。

善鸞は浄念と良安の顔を見回しながら言った。

「日蓮は立正安国論という著作を北条時頼どのに献呈したそうです。承久の乱のあと朝廷の権威は弱まっており、この国は幕府が支えております。その幕府を陰で動かしておるとされる時頼どのに著作を献呈するというのは、内容によほど自信があるのでしょう。日蓮というのがどのような人物なのか、顔を突き合わせて問答をいたしたいと思うております」

浄念が身を乗り出すようにして言った。

「鎌倉へ行かれるのですか。わたくしがお供いたしましょう」

善鸞はさり気なく良安の表情を窺った。

側近として競い合っている良安としては、自分も同行したいところだろうが、良安には施薬院を任せてあるので同行させるわけにはいかない。そのことがわかっているので、良安は悔しそうな表情を見せていた。

「此度はわたし一人で出向くことにしたいと思うております」

善鸞は浄念に向かって言った。

「ご懸念には及びません。一人で行った方が相手も気を許すでしょう」

浄念は心配そうに言った。

「日蓮は鎌倉の念仏衆と抗争を続けているようです。鎌倉の念仏衆は浄土宗ですが、同じ浄土の教えを弘めておられる善鸞さまのことは、向こうも警戒しておるでしょう。危険ではないですか」

「わたしには阿弥陀仏のご加護があります。わたしが日蓮に会いたいと思うておるのも、阿弥陀仏のお導きなのだと思います」

少し強い口調で言ったので、浄念も引き下がるしかなかった。

話を聞いていた信楽が、おもしろがるような言い方をした。

「題目を唱える日蓮と、念仏を唱える善鸞どのが対決することになるのだな。これはなかなかの見ものだぞ。しかし経典の題目などにどのような効用があるというのだ。念仏ならばその声は確かに阿弥陀さまに届くのではないかと希望がもてる。浄念はよう知っておるが、わしの寺では門徒の衆を集めて酒盛りをやる。最近は善鸞どのが定められた戒律に従って飲み過ぎは禁じておるので、程のよいほどに酔うたところで酒を出すのをやめることにしたのだが、それでは物足りぬ気がするし、酔いもすぐに醒めてしまう。そこでわしはよいことを思いついた」

そう言って信楽は善鸞と浄念の顔を見回した。それから得意げな顔つきになって言った。

「皆で大声を出して念仏を合唱するのだ」

それだけのことを言って。信楽は低い笑いを洩らした。

良安が不審げに問いかけた。

「皆で念仏を唱えて、どうするのですか」

信楽はとぼけた顔つきで答えた。

「どうもせぬ。ただ念仏を合唱するのだ。酔った勢いで大声で念仏を唱えると、気分が昂まっていく。一人ではないからな。十人以上の飲み仲間が、全員が立ち上がって大声で念仏を唱えるのだ。大声を出しておれば酔いが醒めることはない。そうして声を張り上げておると、その念仏の声が何やら極楽の門の向こうから響いてくるような気がしてくる。われらの声が確かに阿弥陀さまに届いて、いまにもお迎えが来るのではないかと思われるほどだ。わしの法名にもなっておる、十方の衆生、至心に信楽し……というのはまさにこのことなのだと思えてくる。そんなふうに大声で念仏を唱えると、酒など飲まずとも、皆が法悦の極みにまで到達したような気分に浸ることができるのだ」

信楽の話を聞いて思い当たることがあった。

比叡山にいたころは、西塔にある常行堂の本尊の阿弥陀仏座像の周囲を、大勢の修行者とともに念仏を唱えながら夜を徹して周回する常行三昧という修行をした。一睡もせずにひたすら念仏を唱えていると、頭の中が朦朧として、夢現の中に確かに阿弥陀仏のお姿が垣間見える気がすることがあった。

念仏は一声でもよく声を出さずともよいというのが親鸞の教えではあったが、確かに信楽の言うように、皆で念仏を唱え続けるというのも、真の信心に近づく方途なのかもしれないと思った。

善鸞は信楽を励ますように言った。

「それはよい方途を考えつかれましたね。酒を飲むのを止めて法悦に近づけるというなら、それに越したことはありませんよ」

「そうだろう。酒の節約にもなる」

そう言って信楽は大声で笑い始めた。

鎌倉では以前と同じように下馬観音を祀った杉本寺に宿泊した。

翌朝、日蓮が拠点としている松葉谷草庵を目指した。

三浦半島に向かう名越切通の少し手前を折れて坂道を登ったところが松葉谷で、以前に訪れた千葉の館とは峰続きの山中だった。

敵の多い宗派だけに、谷の奥まったところに砦のような建物を構えていた。

善鸞はかつて千葉の館を訪ね、太田乗明という武者から話を聞いたことがあった。日蓮の弟子には武者が多いようで、武装した兵が守りを固めていると思われた。

こちらは単身であるから、いきなり襲われるようなことはないだろうとは思ったが、用心しながら建物に近づいていった。

「何ものだ」

建物の中から声がかかった。

「慈信房善鸞と申す修行者でございます。日蓮上人がおられましたら、教えを請いたいと思いこちらに伺いました」

声を張り上げて応えると、別の声が聞こえた。

「善鸞……。聞いたことがある。相手は一人だ。通しなさい」

声の主が、日蓮だった。

日蓮と対面した。

まだ若者といっていい溌剌とした姿をしている。四十歳にはなっていないだろう。

武者の家に生まれたのか、がっちりとした体軀で、座している姿にも隙がなかった。

幼くして出家したとはいえ、公家の家で生まれた善鸞にとっては、生まれも育ちも違う人物と感じられた。

こちらは六十歳近い老人なのだが、相手の全身から発散される殺気のごときものに、いくぶん気圧された感じがした。

「何年か前に弁谷の千葉さまの館で、太田乗明というお方から、日蓮上人の教えについて学んだことがございます。ぜひ上人にお目にかかって、お話を伺いたいと思いましたが、当時は駿河でご著作を執筆中とのことでございました。そのご著作が完成し、幕府に献呈されたそうですが、その内容の一端なりとも、ご教授いただければと思うております」

「わしの弟子になるというのか」

低い声で日蓮は言った。探るような目つきでこちらを睨んでいる。

善鸞も相手の顔を見据えた。

「こちらは高齢でございます。いまさらあなたさまの弟子になろうとは思うておりませんが、できればいささか問答などをいたしたいと存じます」

「善鸞といったな。常陸で専修念仏を弘めておった親鸞の縁者か」

「まあ、そのようなものでございますが、あなたさまと同じく、若いころは比叡山で修行をいたしました。法華経も熟知いたしております。比叡山では法華経を正法といたしておりますが、経典の中にとくに国について述べたくだりはございません。何ゆえにあなたさまは、国について論じられたのでございましょう」

日蓮の顔に、相手を侮る(あなど)ような憫笑(びんしょう)がうかんだ。

「それでは訊くが、おぬしはなぜ国のことを考えぬ。専修念仏で極楽往生を願うばかりでは国が成り立たぬではないか。人というものはつながりの中で生きておる。農民も郎党の武者も領主に属し、領主は守護によって束ねられ、守護は幕府の配下にある。日本国を支えておるのは幕府だ。国がなければ人は生きていけぬ。その国を治める得宗や執権がしっかりせねば国は滅びる。だが現状を見よ。幕府を支配しておる得宗の北条時頼は禅寺にこもって座禅を組み、おのれ一人の心の安寧(あんねい)を求めるばかりだ。これでは国は立ち行かぬ。よってわしは禅天魔と言うておるのだ。国は権力者だけでも立ち行かぬ。国を根底から支えるのは農民や下級の武者たちだが、そやつらは念仏を唱えるばかりで、国のために働こうとはせぬ。よってわしは念仏無間と言うておる」

「農民も下級の武者も、天下国家のことを考えたりはしません。日々のささやかな暮らしが安穏であればよいと思うておるのです。倹しく勤勉に生きている人々に向かって、念仏無間などと恐怖心を煽る言葉を投げかけるのは、仏の道に反することではありませんか」

「ほう、おもしろい。おぬしはわしに、諍論を挑むというのだな」

日蓮は嬉しそうな笑みをうかべていたが、その目に険しく鋭い光が宿っていた。

「法華経には人々から杖木瓦礫の責めを受け傷だらけになる常不軽菩薩の話が出てくる。わしは打たれてばかりおるわけにはいかぬが、こちらから暴力を振るうつもりはない。わしは言葉で自分を守り、言葉で相手を打ち負かす。言葉を武器として闘い、相手がわしの弟子になると誓うまでは攻め続ける。これを折伏という。わしは弟子たちにも、どんな相手でも命がけで折伏せよと教えている。相手が誰であろうと容赦はせぬ。おぬしが親鸞だと思うて、折伏してやろうぞ」

そう言うと日蓮は、挑みかかるように声を張り上げた。

「善鸞よ。答えられるものなら答えるがよい。そもそも仏の教えの根幹となるものとは何だ」

善鸞はすぐに応えた。

「衆生の安心安堵。これに尽きましょう」

日蓮は唇の端を歪め、不気味な冷笑をうかべた。

「安心安堵か……。では問おう。その安心安堵をいかにして得るというのだ」

「阿弥陀仏の本願を信心することです。必ず極楽浄土に往生できると心が定まれば、この世にあっても安心安堵しておられます。それこそが悟りの境地なのです」

「そうかな。大風が吹き、地が揺れ、津波が押し寄せてきても、念仏を唱えておれば安心安堵しておられるというのか」

「天変地異が起こるのも阿弥陀仏の思し召しであれば、耐え忍ぶしかないと心得ております」

「愚かな……」

日蓮は低い笑い声を洩らした。

善鸞は相手に気取られぬように小さく息をついた。

このところ東国では天変地異が相次いでいた。鎌倉の大仏も落成したばかりの大仏殿が大風で崩壊して、阿弥陀仏はいま野ざらしになっている。

小鶴で出会った農民の言葉を思い出した。

阿弥陀さまは、まったぐ、もう、自分んちくれえ守んねえでどうするのがね……。

大仏はただの仏像にすぎない。そのようなものに霊験などはない。

そのように思いを定めていれば、天変地異に気持が怯むことはないはずだ。

わずかな沈黙のあとで、善鸞は問いかけた。

「日蓮どの。天変地異はなぜ起こるのか、あなたはどのように考えておられるのですか」

日蓮は待ち構えていたように、重みのある太い声で言った。

「知れたこと。仏罰が下ったのだ」

仏罰という言葉が、にわかに善鸞の胸にのしかかってきた。

父の教えには、そのような言葉はなかった。阿弥陀仏はひたすら衆生を慈愛で包み込んでいる。それでも五逆の罪を犯したものは救いがたいと経典には記されているが、それは輪廻転生の法則によって地獄に堕ちるのであって、仏が罰を与えるわけではない。

だが、この日蓮は仏というものを、閻魔大王のごとき恐ろしい存在だと考えているようだ。

日蓮は自信に満ちた口調で語り続けた。

「おぬしも法華経を読んだのであれば承知しておろう。この十方世界は久遠本仏という巨大な仏の胎内に蔵されておる。われらは仏の胎内で生きておるのであり、わしもおぬしも仏の一部なのだ。人だけではない。山川草木悉く仏性ありというのが比叡山での教えであった。大日経を尊ぶ瑜伽密教の真言宗も、浄土三部経を尊ぶ専修念仏も、正法から外れた邪教と言うべきであろう。いまの日本国は邪教がはびこっておる。それゆえに仏罰が下り天変地異が相次いでおるのだ。このまま正法が蔑ろにされるようであれば、もっと恐ろしいことが起こる。自界叛逆難、さらには他国侵逼難……、自国の内乱はすでに起こった。承久の戦さだ。自界叛逆難が生じたからには、他国侵逼難も必ず生じる。すなわち異国から侵略を受けることになる」

善鸞は静かな口調で問いかけた。

「それはあなたさまの予言ですか。法華経のどこにそのようなことが書いてあるのでしょうか」

日蓮はむきになったような厳しい顔つきで言い返した。

「昔からわが国でも国政の支えとしてきた金光明最勝王経にも、正法を疎かにした場合の法難について書かれている。いずれにしても浄土三部経は正法ではない。御家人が念仏を唱えたり、阿弥陀仏の大仏を造ったりするのは、正法の教えに反することだ」

「他国が攻めてくると仰せですが、いったいどこから攻めてくるというのでしょうか」

「宋が滅びようとしておる。わが国にはすでに宋銭がはびこり、各地の神社や寺院には宋版一切経が行き渡っておるが、国を富ませ、仏教の隆盛をもたらした宋が、北方の蒙古と呼ばれる騎馬民族に侵略されておる。北宋を滅ぼした金国はすでに蒙古に滅ぼされ、騎馬民族は南宋に迫っておる。いずれ蒙古は宋を完全に制覇し、その勢いでわが国を侵そうとするだろう」

宋に危機が迫っているという話は、善鸞も耳にしていた。いまは側近となっている良安から聞いた話だ。禅宗の修行者は宋に渡って最新の論書を学ぼうとするが、律宗の遁世僧も戒律の実態を宋に渡って調べようとして、渡海を試みている。

忍性自身は渡海を果たせなかったのだが、三村山には同輩の真言律宗の遁世僧が訪ねてくることがあり、これからは宋に渡るのが難しくなりそうだといった話をしていたらしい。

善鸞は低い声で穏やかに反論した。

「宋が危機に瀕しているという話はわたしも聞いております。されども日本国の長い歴史の中で、他国の侵略を受けたことは一度とてございません。天智帝が新羅の白村江に攻め込んで援軍の唐軍と戦って大敗したという歴史は承知しております。唐軍の追撃を恐れた天智帝は、九州北岸や瀬戸内の島々に水城を築き、都を内陸の近江に遷されましたが、実際に唐軍が攻めてくることはなかったのです。たとえ宋が滅びるようなことがあっても、騎馬民族がこの日本国にまで進出することなどありえないでしょう」

善鸞の言葉に、日蓮は冷ややかに応えた。

「北条時頼もそんなことを言うておった」

「あなたは時頼どのと言葉を交わされたのですか」

「時頼の隠居所までわしが持参したのだ。あやつは隠居所として開いた山奥の寺に住んでおる。警戒もさほど厳重ではない。わしが出向くと見張りの郎党が取り次いでくれ二人きりで会うてくれた。立正安国論を手渡す前に、内容の概略を説明したが、途中であやつも意見を差し挟んだ。国の守りが大事だということはあやつも同意した。だからこそ執権でもない自分がいまだに幕府を差配しておるのだと言うておった。だが権力者一人が頑張ったところで国は救えぬ。異国の侵略を防ぐためには、武者たちが挙国一致で闘わねばならぬ。その武者たちに兵粮を送るために、穀物を育てる農民も一つにまとまって闘わねばならぬのだ」

日蓮の口調に熱がこもり始めた。

「われらは久遠本仏の胎内で生きておる。すなわち日本国のすべての民は同じ母から生まれた同胞なのだ。すべての民が一つにまとまって闘うためには正法を弘めねばならぬ。この国を救うにはそれしかない。わしはこのことに命をかけておる。日本国が存続するかどうかの瀬戸際なのだ。たとえわし一人で杖木瓦礫の法難に遭おうとも怯むことはない。わしは自らが国の柱となってこの国のために身を献げる所存だ」

善鸞は声を高めて反論した。

「国の柱になる……。途方もない願望でございますね。それはあなたお一人の煩悩ではないですか。そのような自分勝手な欲望はあなたの胸の内に留めておかれた方がよいでしょう。そうやって折伏を重ね、人々を戦さに駆り立てることになれば、それこそ国の破滅をもたらすことになりましょうぞ」

「人を戦さに駆り立てて何が悪い。闘わねば国は滅びるのだぞ。それでは訊くが、おぬしに何ができるというのだ。念仏がいったい何の役に立つのか。国の民が念仏を唱えてあの世への往生を願うておるうちに、騎馬民族がこの国を制覇し、わが国の民は牛馬のごとく使役されることになろうぞ。それでもよいのか」

そう言ったあとで、日蓮は急に声をひそめ、ささやきかけるように言った。

「善鸞どの。念仏だけでは人は救えぬぞ」

日蓮は勝ち誇ったような微笑をうかべた。

「法華経の化城喩品の中に大通智勝仏の十六人の王子が仏となって四方八方に仏国土を築いたという

話が出てくる。その中に西方に仏国土をもつ阿弥陀仏の名が出てくるのだが、記されておるのは名前だけだ。阿弥陀仏の本願の話や、念仏で極楽浄土に往生できるといったことは、法華経には一言も記されておらぬ。すなわち専修念仏というものは、正法とは無縁の邪教と断ずるしかない。反論があるのなら言うてみよ」

日蓮の語調には揺るぎがなく、相手を威圧する響きがあったが、善鸞は間を置かずに強い口調で応えた。

「確かに比叡山では法華経を正法としております。されども開山された最澄さまは空海どのが学ばれた瑜伽密教を採り入れ、比叡山ではさまざまな教えを学ぶことになっております。とくに恵心僧都と称された源信さまが往生要集をお書きになり、その内容が多くの法師によって里の衆生に説教として語られました。専修念仏というのはそこから生じた信心でございますから、比叡山においても正法と言えるものでございます。この東国では実際に多くの衆生が専修念仏によって安心安堵いたしております。あなたはそのことを認めず、念仏無間などと人心を惑わす虚言を吹聴される。比叡山で学ばれた方とも思えぬ暴言でございます」

「ほう。おぬしは親鸞の縁者であろう。親族か、弟子か」

「嫡男でございます」

「親の跡を継いだというわけだな。ろくでもない輩だ」

「それはどういうことでございますか」

「苦労知らずの甘い輩だということだ。わしは安房の漁師の息子だ。毎日殺生をしておった父の業苦がおぬしにわかるか。父はもとは遠江貫名の武者であったが、源平合戦で東国の武者たちが、朝廷が派遣した平家郎党の国司に反旗を翻すものと、国司を守ろうとするものに分かれて闘ったおり、わが父は信義を守って国司の側につき、そのために故郷を追われた。安房に流れて伊勢神宮の御厨で職を得たが、地頭の圧政で領家が困窮したため、やむなく海で魚介を追って飢えを凌いだ。いまや幕府は朝廷に代わって日本国を支配いたしておるが、守護や地頭はおのれの欲で年貢をむしりとるばかりで、国としての役割を果たしておらぬ。異国の軍勢が攻めてきたら、いったいどのようにして国をまとめ、国を守ることができるのか。どうだ、善鸞。おぬしに何か考えがあるか。おぬしは念仏を唱えるばかりで、国のことなど考えたこともないのだろう」

確かに国のことなど、これまで考えたことはなかった。もっと大きな、仏の慈愛が広く行き渡った十方世界のことを考えていた。

善鸞は静かに答えた。

「農民も下級の武者も、極楽往生を求め、現世にあっては自分の身の周りが平穏であればよいと考えております。国といえば下総や常陸など、地方国のことを考えるのがせいぜいで、日本国のことなど、誰も考えてはおりませぬ。それが人というものでございます」

日蓮は声を荒立てた。

「そんなことでは異国の侵略に対応できぬではないか。敵の為すがままに男は殺され、女は犯されて奴隷にされることになるぞ。そんなことがあってはならぬ。まあ、見ておれ。わしがこの国の柱となり、国の支えとなってやる。いまごろ時頼はわしの著作を読んで、何とかせねばならぬと思案をめぐらせておるはずだ」

自信に満ちた日蓮の言い方に反感を覚え、ことさらに冷ややかな口調で善鸞はささやきかけた。

「時頼どのは道元禅師を鎌倉に招くなど、禅宗に傾倒されておられるようですね」

日蓮は、ふふん、と鼻先で嗤い、落ち着いた口調で反論した。

「あやつが道元を招いて傾倒しておったのはわずかな期間だ。結局のところひたすら座禅を組むだけの道元の只管打坐よりも、幕府開設の直後に招かれた栄西の臨済宗の方がお気に召したようだ。臨済禅は公案という謎めいた問題を与えられてから座禅を組む。宋では新たな公案が次々に創られたようで、時頼は南宋から渡来した蘭渓道隆を招いて建長寺を建てた。さらにその少し奥まったところに最明寺という禅寺を建てて自分の隠居所としておる。理屈を並べた上でそこから飛躍する臨済宗の論法に興味をもったのだろう。理屈の好きな輩なら、わしの立正安国論を読めば感動して驚歎するのではないか。執権の地位と鎌倉の邸宅を親族の北条長時に譲ったとはいえ、実際に幕府を動かしておるのは得宗の時頼だ。時頼はもののわかる男だとわしは見ておる。そうでなければこの国は滅びるばかりだ」

何か言い返して、この男をやり込めなければならぬと善鸞は思った。

善鸞は低い声で詰るように問いかけた。

「あなたは禅宗に傾倒する時頼どのを、禅天魔と糺弾したのではないですか」

日蓮は余裕のある笑い方をした。

「時頼はそれほど器の小さな輩ではない。禅天魔と言われたくらいで腹を立てるような男に国の命運が托されるようでは、この国が滅びるのも天命というしかないだろう。だが国が滅びるのを手を拱いて見ておるわけにもいくまい。得宗の時頼が動かぬというのであれば、何としてでも動かさねばならぬ。そのためには一人でも多くの声が必要だ。善鸞よ、おぬしの力を借りたい。国の民を思う気持があるならば、わしに協力してくれ。いまからでも遅くはない。おぬしも百人や二百人の門弟を抱えておるのだろう。親鸞の門弟は東国全体に広がっておるはずだ。おぬしが声をかけてくれれば、国を思い、国難に備えねばならぬと決意するものが増えるはずだ。武者や農民が一揆同心して訴えれば、幕府を動かせるやもしれぬ。どうだ、わしとともに闘うつもりはないか」

日蓮は急に媚びるようなうす笑いをうかべてささやきかけた。

その笑いには思わず誘い込まれてしまいそうな、奇妙な魅力があった。

善鸞は息を詰めるようにして声を絞り出した。

「われらは自力を捨て申した。すべては阿弥陀仏の思し召しにお任せし、身を投げ出すようにして仏の本願を信じ、他力本願におすがりしておるのです。国が滅びるのならば、それも仏の思し召しでございましょう」

「そんなことしか言えぬのか。情けないやつだな」

日蓮はあからさまな嘲笑を投げつけてから、いきなり大声で恫喝を始めた。

「念仏を唱えるだけで極楽往生できると、おぬしは本気で信じておるのか。専修念仏などというのは口先のごまかしにすぎぬ。人を誑かしたところで何も生まれはせぬ。いまは日本国の存亡の危機なのだぞ。闘うべき時に闘わぬのは、大きな罪ではないか。それともおぬしは、闘うのが怖いのか。おぬしは腰抜けか。何だ、怯えたような顔をしておるではないか。どのように罵倒されても、弱虫のおぬしは念仏にすがるしかないのであろうな。悔しくないのか。この日本国に生まれた男児なら、命をかけて夷狄と闘う気にはならぬのか。善鸞よ、考えてもみよ。阿弥陀仏の本願にすがって何もせぬというのは、人として恥ずべき卑怯なことだとは思わぬか。勇気をもて。おぬしはなぜ阿弥陀仏を信じるのだ。極楽浄土などというものは、もしかしたらどこにもないかもしれぬのだぞ」

相手の語気の烈しさに、気圧されている自分を感じて、善鸞は思わずのけぞりそうになるのを懸命に堪えていた。

黙っていれば、自分の存在がこのまま消滅してしまいそうな気がした。

善鸞は喚くように声を張り上げた。

「そのようなことは考えたこともない。天竺の天親菩薩の浄土論、中国の曇鸞法師の往生論註、道綽禅師の安楽集、善導和尚の往生礼賛など、偉大な高僧が次々に浄土について語っておられる。親鸞聖人はそれらの著作から引用して揺るぎのない浄土論を書かれた。教行信証という著作だ。わたしは二十年に亘ってその著作を繰り返し読んできた」

「おぬしは親鸞の息子だと言ったな。親父どのの言うことをそのまま素直に信じたのであろう。それでよいのか。おぬしの親父どのは大嘘つきで、おぬしは欺されておるのやもしれぬぞ」

善鸞は黙っていた。答えに窮したわけではない。

法然から父へ、父から自分に、秘儀としての信心が伝えられた。

これは揺るぎのないことで、あえて答える必要はなかった。

無言の善鸞に対して、日蓮は勝ち誇ったように言った。

「何だ。答えられないのか。親鸞の息子もそこまでだな。問答はこれで終わりだ。とっとと帰れ。気が変わって日蓮の弟子になるというなら、いつでも訪ねて来るがいい」

そこで話は終わった。

松葉谷の草庵を辞して、釈迦堂切通という山中の抜け道を通って杉本寺を目指した。そこにもう一泊することにしていた。

折伏されたわけではない。

諍論はもの別れに終わった。そのように自分に言い聞かせた。

だが胸の奥に息苦しいほどのわだかまりがあった。

おぬしの親父どのは大嘘つきで、おぬしは欺されておるのやもしれぬぞ……。

日蓮の声がいまも耳のそばで鳴り響いている。


夜半に夢を見た。

何ものかに上半身を拘束されて身動きができなかった。

苦しくなって身を揉(も)み捩(ねじ)った。

「逃げるな」

声が聞こえた。

自分を抱きしめていた父が身を離して、顔を見せた。

「わたしの言うことを信じなさい」

強い口調だった。父の顔が鬼のように見えた。

「範意(はんに)……。信じておるか」

自分の幼名を呼ばれた。自分が子どもに還っている気がした。

「信じておるのだな」

父の眼が魔物のように怪しく炯(ひか)っていた。

何か言おうとしたが、声が出なかった。信じていると言いたかったのだろうが、言えなかった。父の鬼のような顔が、こちらをじっと見つめていた。

そこで目がさめた。

寝床の中で荒い息をついていた。

鶴岡八幡宮(つるがおかはちまんぐう)の左手にある坂道は小袋坂(こぶくろざか)と呼ばれていて鎌倉七切通の一つとされている。

かつては細く嶮しい道だったのだが、近年、坂を登った先に建長寺が建立されて道路も整備された。その建長寺よりもさらに奥まった山の中に、北条時頼の隠居所があった。

最明寺という禅寺ではあるが、いまでは幕府の中枢がこの寺に移動してきたかのようで、高官の御家人たちが出入りしている。

坂には人通りがあった。その人の流れに乗って山門を潜った。

警備の兵に誰何された。善鸞という名を名乗っても相手は知らないだろう。試みに親鸞の名を出して、息子で後継者だと説明し、時頼に面会したいと告げた。

浄土真宗は常陸や下総、下野の高田などに弘まっているので、親鸞の名は知られている。門前払いをされることもなく本堂の中に入れてくれた。

時頼には廻国伝説というものがある。

若くして隠居し、幕府の公式行事などから解放されて自由の身となった。その自由な立場で諸国を巡って実状を調査し、陰の権威として善政を布いたといった伝説だ。

実際のところは、配下を派遣して調査したり、陳情に訪れたものの話を聞くといった程度のことだろう。日蓮が持参した著作を自ら受け取ったのも、多くの人の話を聞こうという姿勢の現れなのかもしれない。

ならば自分の話も聞いてくれるのでは……。

そんな思いで時頼を訪ねてみた。

しばらく待たされたが、やがて案内のものが来て、本堂の裏手に連れていかれた。

北亭という別棟に入った。

それらしい僧形の男がそこにいた。

「おぬしが親鸞の息子か。用は何だ」

まだ善鸞が着席してもいないのに、男が問いかけた。

その横柄な物言いからすれば、得宗北条時頼に違いない。

兄の北条経時の病が重篤となったため弱冠二十歳で執権の座に就いた時頼は、幕府内の反対勢力を一掃し、朝廷から新たに招いた皇族を将軍に据えるなどして、独裁政権を確立した。その上で三十歳で引退している。

それから四年。時頼はまだ三十四歳の若さだ。目つきに相手を威圧する鋭さがあった。

善鸞は丁寧に一礼して名乗った。

「慈信房善鸞にございます」

名乗っただけで用件は告げていない。

だが時頼は勝手にしゃべり始めた。

「何ぞ陳情でもするつもりか。専修念仏は京では禁じられておるようだが、東国では布教が認められている。数年前に、浄土真宗の一部のものが造悪無碍などと称して乱暴狼藉を働いたことがあった。布教を停止させようと思うたのだが、性信というものが歎願書を寄越した。乱暴者は自分たちが取り締まると言うてきたので、そのままにしてある」

善鸞は穏やかな口調で応えた。

「性信どのは父の第一の側近でございました。下総で多くの門弟を擁して布教をしておられます。わたくしは昨日、日蓮と面会いたしました。立正安国論という著作を得宗どのに直に手渡したと聞きました。それはまことでございますか」

「おぬしも日蓮を嫌うておるか。念仏無間などと言われては黙ってはおられまい。それで抗議に出向いたか。念仏衆を率いる良忠や念空は日蓮を島流しにせよと言うてきよった。あやつらは浄土宗であったな。念仏というのはよくわからぬ信心だ。浄土宗と浄土真宗はどこが違うのだ」

時頼は閑(ひま)をもてあましているのか、御家人以外のものと話をするのが好みなのか、いくらでも話し相手をしそうな雰囲気だったので、善鸞も落ち着いて説明を始めた。

「鎌倉ではわが父の親鸞も浄土宗を興された法然上人の門弟であり、法然さまの教えをそのままに受け継いでおります。良忠どのや念空どのは法然さまの孫弟子だと伺っておりますが、浄土宗としては異端と申すべきでしょう。ひたすら念仏を唱える専修念仏ではなく、われらが雑行(ぞうぎょう)と呼んでおりますさまざまな仏の教えを採り入れております。正統の教えではありませんが、鎌倉の御家人の皆さまの間では弘まっておるようでございます」

話しながら善鸞は心の内では別のことを考えていた。いま自分が語っているのは、諸行本願義と呼ばれる異端の浄土宗だ。

浄土宗と浄土真宗はどこが違うのかと問われれば、異端について話しても仕方がない。

父は法然上人の愛弟子だった。法然上人の専修念仏と父の教えの違いとは何か。父はどのようにして師を乗り越えたのか。

善鸞は法然上人の教えを正確に知っているわけではないが、上人自身は生涯を通じて天台の僧としての戒律を守り通したと聞いている。そのため弟子たちも自力の修行を捨てきれず、専修念仏に徹しきれなかったり、念仏なども回数を重んじるなど、自力の努力にこだわることになったのではないか。

父は上人の指示によってあえて妻を娶り、酒を飲み、獣肉を喰らうなど、俗世間の塵にまみれた。その逸脱が新たな教えの出発点になっている。

親鸞の教えは一切の自力を否定するものだ。自分は努力していると自負することは慢心を招くことになる。自力の努力をすべて捨て、身を投げ出すようにして阿弥陀仏の慈悲に無心にすがる。難しい理屈は不要であるばかりか害になる。心を虚しくして、助け給えとひたすらに念じる。それが浄土真宗の他力本願だ。

だからこそ父は、自分は努力したと慢心している善人ではなく、自分は誰よりも劣っていると絶望している悪人こそが救われると説いた。

この徹底した他力本願の教えこそが、親鸞の教えの神髄であり、浄土宗と浄土真宗との決定的な違いなのだ。だがそのようなことを目の前の得宗時頼に説く気にはなれない。説けばそれは理屈になる。それに自分は東国で造悪無碍を誡めるために戒律を作り、薬で病人を救って現世利益に傾き、父の教えをしぼめる花と否定した。その結果、自分は父から義絶された。裏切り者の自分が、浄土真宗の正しさを説くわけにはいかない。善鸞はそれ以上の説明はしなかった。

時頼はとくに納得したようにも見えなかったが、鎌倉の念仏衆が専修念仏でないことは承知しているようで、余裕のある笑い方をして言った。

「御家人どもが資金を出し合うて、でかい大仏を造りおった。もっとも大仏殿は大風で壊れた。阿弥陀仏にはさほどの神通力がないのであろう」

「専修念仏のわたくしどもは仏像を拝みませぬ。仏像などなくても、一心に御仏の名を唱えれば、それでよろしいのです」

そう言ってから、善鸞は背に負っていた荷の中から、大事にしているものを取り出した。

帰命尽十方無碍光如来。

笠間の道場に掲げてあった親鸞直筆の十字の名号だ。紙に書かれたものを布で裏打ちして補強してある。

　道場には自身の筆で認めた新たな名号を残してきた。

　松葉谷の日蓮の本拠に赴くにあたっては身の危険を覚えていたので、護符のつもりで父の直筆を背に負うことにしたのだ。

「これはわが父の直筆の名号でございます。これを仏像の代わりといたしております」

　時頼は名号の文字には目を留めずに、冷ややかな笑いをうかべた。

「専修念仏は仏像も拝まぬというのか。ひたすら念仏を唱えるというのだな。なぜ念仏だけなのだ」

「武者は戦さ場で人を殺め、傷つけます。農民が鍬で土を耕せば知らぬうちに土中の虫を殺します。鳥獣を狩るもの、魚介を漁るものも、日々殺生を重ねます。戒律を守っておったのでは彼らは生きていけませせぬ。しかし殺生をすれば地獄に堕ちるという恐れを皆が抱いております。法然上人はそういう衆生に、戒律を守る自力の努力は捨て、ひたすら阿弥陀仏の本願にすがるようにという、他力本願の教えを説かれたのでございます」

　時頼は急に考え込むような表情になった。

「それは危険な教えだな」

　不敵な笑みを浮かべて時頼はささやきかけた。

「専修念仏のものは死を恐れぬ。極楽往生が約束されておるのだからな。敵に回せばこれほど怖い相手はない。恐れを知らぬ農民どもが一揆同心して反乱を起こせば、幕府は安心安堵しておられぬことになる」

「農民の皆さまは心を穏やかにして農耕に勤しんでおられるだけでございます」

「そうであってほしいものだ」

そう言ってから、時頼はふと気づいたといったふうに話題を変えた。

「そなたの問いに答えていなかったな。日蓮から著作を受け取ったのは確かだ。そのおりいささか問答をした」

「著作をお読みになりましたか」

「読んではおらぬ。ただ受け取った時に概略の内容は聞いた。まあ、この国のことを思うておることはわかった。金光明最勝王経などを引用しておるようで勉学もしておるのだろう。ただわしは毎日、座禅を組んでおるのでな。禅天魔などとほざくものは許しておけぬ。念仏衆も迷惑しておるであろう。新善光寺の念空が襲撃の計画を立てておるようだ。騒ぎを起こすようであれば、双方とも鎌倉から追放するしかない」

「異国が攻めてくるようなことはないのですか」

「それはわからぬ。建長寺を任せた蘭渓道隆のもとには、南宋からの渡来僧が集まっておる。あやつらは身の危険を感じて故国から逃げて来たのだ。宋人は学問に秀でておるし、宋銭によって物流を促し国を富ませた。頭は良いが武術はからきしで、傭兵に頼るばかりのようだ。いずれ宋は滅びる。蒙古は戦さ好きの民で、日本国を黄金の採れる豊かな国と思うておるらしい。攻めてくるなら、御家人たちを九州に集めて国を守らねばならぬ。ただ誰が戦さの指揮を執るのか。朝廷は無力だ。幕府の将軍や執権も名ばかりのものだ。この国を支えておるのは得宗と呼ばれる直系の北条一族でなければならぬ。だがわしは病を抱えておってな……。側室が産んだ長男は元服しておるが、正室の嫡男はまだ十歳だ。嫡男が成長するまでは、わしが頑張らねばならぬと思うておる。だが……」

そこで時頼は小さく息をついた。

「わしは若くして執権となったが敵が多く苦労をした。幕府が二つに割れて内乱となる惧れがあり、やむなく名越と三浦を討った。その祟り（たた）であろうか次々と病に罹って、執権の務めが果たせず隠居することになった。いつまで生きておられるか……。善鸞よ、念仏というのはまことに霊験のあるものなのか」

「わたくしどもの門徒は、阿弥陀仏の本願を信心し、必ず極楽浄土に往生できると思いが定まっておりますので、生きておるうちから悟りの境地に達しております」

「わしも念仏を唱えるとするか」

　そう言って時頼は寂しげに笑った。

「得宗どのは、日蓮という修行者をどのように見ておられるのでしょうか」

　時頼の目が一瞬、ぎらりと光ったように感じられた。

「あやつは信念をもっておる。そこが危険だ。あやつの弟子たちも死を恐れておらぬ。幕府にとっては厄介な連中だ。日蓮ももう少し年をとって、人が練れ（ね）てくればよいのだがな。このままでは、そなたの親父どのにはとても敵わぬであろう」

　相手の言い方に、善鸞は驚きの声を上げた。

「わたくしの父をご存じなのですか」

　時頼は遠くを見るような眼差しになった。

「一度だけ見かけたことがある。あれは確か文暦（ぶんりゃく）のころであったか。だとすれば二十五年ほど前だな。鎌倉で一切経校合（きょうごう）の催しがあり、東国の高僧が何人か招かれた中に、親鸞もおったのだ。親鸞は戒律を守らぬ僧だということで鎌倉でも評判になっておった。三代執権北条泰時どのがまだご健在で政務を執っておられた。将軍は九条家の藤原頼経（よりつね）どのであった。お二人も同席された宴席があって、そこに招かれなかった下級の御家人たちが、廊下などから好奇の目で親鸞のようすを窺っておった。親鸞が獣肉を喰うかどうかで賭けをするものがおり、それを聞いてわしも興味を覚えて座敷の中に入り込んだ。親鸞のようすを見に行ったのだ。わしは九歳の子どもであった」

時頼は楽しげに笑い声を立てた。

父を見世物にするような言い方だったので、善鸞は不快に感じたのだが、話の成り行きを知りたかった。

「それで、父は獣肉を食したのでございますか」

時頼は笑い続けながら言った。

「執権や将軍も臨席した宴会であるから、食膳には豪華な料理が並んでおった。魚もあれば干した獣肉も並んでいた。他の法師はもちろん獣肉には手をつけぬ。わしは子どもであったから無邪気なふりをして、親鸞のすぐそばまで行って食膳を覗き込んだ。親鸞も獣肉には手をつけていなかった。御家人たちの好奇の目を身に覚えて、意地でも喰うつもりはなかったのだろう」

いかにも楽しそうに時頼は言葉を続けた。

「だがわしが食膳を覗き込んだのを見ると、黙って微笑をうかべ、それから獣肉をつまんで口に放り込んだ。法師が獣肉を食するところをわざわざ見せてくれたのだ。わしはまだ子どもだったから、それを見てただおもしろがっただけであったが、あとになって振り返ってみると、親鸞どのは傑出した高僧であったと思うようになった。まさに仏のような優しさで、わしを喜ばせてくれたのだ」

時頼はさらに語調を改めて言った。

「親鸞どのはまことの生き仏であった。それに比べれば日蓮は人柄が練れておらぬ。言いたいことを言うだけの若造にすぎぬ」

時頼との話はそこで終わった。

父にまつわる思いがけない話を聞いた。

いかにも父らしい姿だと思った。

おぬしの親父どのは大嘘つきで、おぬしは欺されておるのやもしれぬぞ……。

日蓮の言葉を思い出した。

あの父ならば、欺されてもよいという気がした。


善鸞が日蓮の草庵を訪ねたのと同じ月に、新善光寺の道阿の念空が率いる念仏衆が、松葉谷草庵を襲った。多くの負傷者が出たが、日蓮は何とか脱出することができた。

この騒ぎが発端となって、他宗派を誹謗（ひぼう）して騒ぎを起こしたとして日蓮は捕縛され、伊豆に流罪となった。

翌年、三村山の忍性が鎌倉に招かれ、扇ケ谷（おうぎがやつ）の釈迦堂に拠点を定めた。

忍性は以前から鎌倉の寺院の建立や仏像の制作などに工匠（たくみ）を手配して貢献していた。また鎌倉の海岸近くに浜悲田（はまひでん）と大仏悲田という二箇所の悲田院を開いていた。そうした忍性の活動は幕府の知るところとなり鎌倉で重用されることになった。

善鸞の側近の良安は、三村山にかつての同僚がいるので、忍性の動向は随時伝わってきた。

その翌年、忍性は師の叡尊を鎌倉に招いた。

二月の末に釈迦堂に到着した叡尊は、翌月には得宗北条時頼と面会し、律宗による受戒の儀式を執り行った。これは時頼の強い要望によって実現したものだと伝えられた。

善鸞は叡尊に会いたいと思った。

叡尊とはお互いに若かったころに言葉を交わしたことがある。

まだ叡尊が西大寺を拠点とする前で、のちに唐招提寺を再興した覚盛らとともに、興福寺の寺域の奥まった場所に施設を設けて病人の救済に当たっていた。西大寺に移ってからの叡尊の業績は、京にいるころから耳に入っていた。

病人救済だけでなく、寺院建立、水路や道路の開削など、土木工事で貢献し、金属製や石造りの宝塔、宝珠などの法具制作を担う工匠を育てていることでも知られていた。

忍性は叡尊が育てた工匠を引き連れて東国に来た。忍性の真言律宗が幕府に認められたのも工匠たちの活躍があったからだ。

忍性は善鸞よりもかなり若く、人としての未熟さが感じられた。叡尊はほぼ同世代で、その業績に敬意を払いたいと感じていた。

叡尊はすでに六十歳は過ぎているはずだ。

高齢にもかかわらず東国に下向した真意は何か、探る必要があったし、叡尊とじっくり話し合って素直に何かを学びたいという思いもあって、鎌倉を訪ねることにした。

鎌倉に出向いたおりに定宿にしている杉本寺に一泊して、早朝に寺を出た。幕府のある大蔵を過ぎ、鶴岡八幡宮の前に出た。扇ヶ谷は鶴岡八幡宮の西の山間にある谷間の総称で、鎌倉の中心部からも程近い場所にある。

寺域に入るとどういうわけか念仏を唱える声が聞こえてきた。三村山の極楽寺は建立の資金を寄進した笠間時朝の求めに応じてその名称がつけられ、後にはそれほど大きくはないが阿弥陀仏も安置されていた。従って真言律宗の門徒の中にも阿弥陀仏の前で念仏を唱えるものが少なくなかった。

だがいま聞こえている念仏の声は、谷間のあちこちから響いてくる。

施薬院などになっているらしい小坊の間を先に進んでいくと、若い遁世僧を指図している忍性の姿が目に入った。

　声をかけて挨拶した。三村山は笠間から近いので何度も訪ね、忍性とは親しい関係を保っている。

「思円房(しえんぼう)叡尊どのが鎌倉に来ておられるとお聞きしまして、ご挨拶に伺いました。もう三十年近く前のことですが、まだ興福寺におられたころに、一度だけお目にかかったことがあるのです。思円房さまはお忘れかもしれませんが……」

「いや、善鸞どのが常陸で活動されていることはおれも話した。憶えておいでであった。それよりも、見るがいい。ついにおれは鎌倉進出を果たしたのだ」

　忍性は自慢げに周囲を見回した。

　鶴岡八幡宮の西側には深い谷が広がっている。八幡宮の神宮寺の小坊が谷間に点々としているのだが、その谷の一郭の広大な地域が、忍性のために提供されたようで、釈迦如来像を本尊とした本堂はもとより、多くの小坊が真言律宗の活動のために割り当てられていた。

　悲田院や施薬院も充実しているようで、黒っぽい僧衣を着た大勢の遁世僧が早朝から忙しげに立ち働いていた。

「幕府がわれらの活動を認めてくれた。病人救済のための資金も出してくれることになった。幕府の行事も真言律宗で実施することが決まっておる。ついにおれは鎌倉でも随一の名僧として名を残すことになった」

　いかにも嬉しげに忍性は語った。

　その軽薄とも見える手放しの喜びようを見ていると、ただ呆れるしかなかった。

　もともと野心を隠そうともしない俗っぽい人物ではあったが、病人や貧民の救済に取り組んでいたのも、結局のところただの名誉欲に衝き動かされていただけなのかと思われ、その異例ともいえる成功には驚きを覚えるものの、称賛する気持にはなれなかった。

　日蓮を流罪にした得宗時頼は、この忍性を鎌倉に迎え入れた。確かに門徒に厳しい戒律を守らせる律宗は、為政者にとっては役に立つ宗教なのだろう。世の中の秩序が保たれるし、律宗が率先して病人や貧民の救済に取り組んでくれれば、幕府としても好都合だ。

　さらに唐招提寺を再興した覚盛の伝統的な律宗と違って、忍性が叡尊から受け継いだのは密教の呪法を併用する真言律宗なので、忍性は密教の陀羅尼（だらに）や声明（しょうみょう）を用いる幕府の公式行事にも関わっていた。確かに本人が自画自賛するように、忍性は鎌倉で最も権威をもった高僧になったのかもしれない。

　それにしても気にかかるのは、谷間に響いている念仏の声だ。

「念仏の声が聞こえるようですね……」

「おお、あれか」

　忍性は急に低い笑いを洩らした。

「叡尊さまが東国に下向されたのは、律宗による授戒の儀式を受けたいという北条時頼どのの強い要請があったからだ。叡尊さまが到着されると、ただちに時頼どのをお招きして、儀式が実施された。得宗どのが律宗の授戒を受けられたという噂が弘まると、自分も授戒を賜りたいと御家人などが次々にやってきたのだが、その中に新善光寺の住職、道阿の念空がおった。法然の孫弟子だということだが、あやつも律宗の授戒を受けることになった。念空が門弟になると、鎌倉の念仏衆が押し寄せてきて、施薬院や悲田院の手伝いを申し出た。ここは狭い谷間だ。斜面を整地して谷の奥まで道を広げようと思うておったので、人手はいくらでも欲しい。それで念仏衆を受け容れたのだが、困ったことに念仏衆は道路開削の工事をしながら、ひっきりなしに念仏を唱えるのだ。ここが律宗の寺だということを忘れてしまいそうになる。まあ、浄土宗がわが軍門に降ったと思えば、悪い気分ではないがな」

そう言って笑い声を立てた忍性は、寺域の奥の方に歩き始めた。

「さて、わが師のもとにご案内しよう」

忍性は上機嫌で、先に立って歩きながら話を続けた。

「新善光寺はもともと初代執権の北条時政（ときまさ）が私邸に信濃（しなの）の勧進僧を招いたのが始まりとされるが、東国で浄土宗を弘めた然阿の良忠というものが、同僚の念空を招いて鎌倉での拠点にしたようで、大仏造営のおりにも寄進集めの先頭に立っておった。あやつらは先年、日蓮の草庵を襲撃して大騒ぎを起こした。日蓮は流罪となったのだが、新善光寺の念仏衆もお咎めを受けそうな状勢だった。得宗どのが授戒を受けられたという噂を聞いて、念空は慌てて叡尊さまのところに駆けつけ、門弟にしてくれと頼み込んだ。律宗に加わって道路工事などに従事すれば、幕府にも認められると悪知恵を絞ったのだろう。まあよい、あやつらが加わってくれたので、道普請が捗（はかど）るようになった」

そのようなことを自慢げに話す忍性の口ぶりからすると、高齢の叡尊を鎌倉に呼び寄せたのも、叡尊の威を借りて自らの権威をさらに高めようという算段があったのではないかと推察された。

良安の協力で善鸞は笠間に施薬院を設け、周囲の人々に感謝されていた。忍性の取り組みは評価されるべき事業ではあったが、名誉欲の強すぎる忍性の人柄には、割りきれぬものを感じてしまう。

谷間の奥まったところにある小坊が、叡尊の宿舎に当てられていた。ここには忍性の同僚の定瞬（じょうしゅん）らも滞在していた。彼らとは三村山で会ったことがあるので軽く挨拶して、奥の間に入った。

叡尊と対面した。

相手は頬が痩（こ）けた老翁の姿になっている。長旅の疲れが出ているのかもしれない。こちらも同じくらいの年齢だから、はたから見れば老いて見えるのかもしれないが、善鸞は自分の年齢のことは考えない。京ではまだ父の親鸞が存命だ。いつまで経っても親鸞の子という思いから逃れることができない。

「慈信房善鸞でございます」

善鸞は叡尊の前で頭を下げた。

「以前に興福寺でお目にかかったおりは、まだ印信（いんしん）という法名でございました」

叡尊は過去を懐かしむように目を細めて応えた。

「昔のことだな。わしはまだ醍醐寺を出たばかりで、自らの行く末にも迷いがあった。おぬしも同じように、迷うておったのであろう。専修念仏の親鸞聖人の子息でありながら、まだ比叡山での修行を続けておったようだな」

「あのころのわたしは、自分が何を求めて生きていけばよいのか、一寸先も見えぬ無明長夜（むみょうちょうや）のただなかにおりました。一方あなたさまはすでに悲田院や施薬院の活動を始めておられ、自分は行基（ぎょうき）になるのだという強い決意をおもちでございました」

「まだ始めたばかりで、わしにも確信があったわけではない。多くの若者たちが集まり、わしの後押しをしてくれた。彼らのおかげで、わしも後には退（ひ）けぬという思いになり、覚悟が定まった。とはいえその後も迷うことが多く、いまだに大いなる迷いの中におるような気分だ」

叡尊の語り口は昔と変わらなかったが、若き日の野心や意気込みはきれいに拭われて、高僧らしい悟りの境地に近づいているようだった。

同世代の善鸞にとっても共感できるところがあった。目指すところが違っても、年月を経ることによって、二人は近いところに歩み寄っているのでは思われた。

善鸞も静かな口調で問いかけた。

「いまの叡尊さまにも迷いがおありなのですか。いったい何を迷うておられるのでしょうか」

叡尊は同じような静かな口調で答えた。

「律宗は戒律を厳守するのが建前だが、われらの配下におるのは遁世僧と呼ばれる若者たちで、比叡山や奈良の伝統的な教えからは外れたものらだ。彼らにどこまで戒律を押しつければよいか、難しいところだ」

善鸞は頷く仕種を見せてから言った。

「わが父は専修念仏の教えを弘めました。念仏以外の雑行も認めず、戒律などもないというのが建前でしたが、わたしは父の教えをそのまま踏襲するのではなく、わたしの門弟たちには緩やかな戒律を示し、なるべく戒律を守るように指導しております。いまは東国の隅々にまで幕府の威光が広がっておりますので、戒律を破って人に迷惑をかけるものが出ましては、布教を停止されてしまいます。とはいえ、わが父が酒を飲んでもよいという教えを弘めましたので、門徒には酒好きのものが多く、わたしも飲むなとは言わぬようにしております。酒は飲んでもよいが、飲み過ぎてはいかんという、緩やかな戒律を定めております」

「わしも同じようなことを考えておった。後嵯峨院から授戒を受けたいというご要望があり、この旅から戻れば京に出向いて儀式を執り行うことにしておる。相手は帝であったお方だ。側室を何人もお持ちだ。譲位されたとはいえ院はまだお若い。戒律の中から女犯は取り除かねばならぬ。むろん酒を飲むなと申し上げるわけにもいかぬ」

そう言って叡尊は低い笑い声を洩らした。

それから急に厳しい表情になって、つぶやくように言った。

「その場その場で語りようを変えることは、方便と呼ばれ、釈迦尊者もお認めだが、場に応じて戒律を緩めてよいものかどうか、悩みは尽きぬ。僧侶ならばひたすら戒律を守っておればよいのだが、わしの弟子たちは道路や水路の開削など、激しい作業に耐えねばならぬ。それが律宗の信心だということにしてあるが、さて、それでよいものかどうか……」

叡尊は息をついた。

「悲田院や施薬院を作れば、孤児や病人を救うことはできる。作業に従事する遁世僧たちにも、これが菩薩への道なのだという信心が宿り、それが救いになるはずだが、中にはそのような信心をもてぬものもおる。病人の看護も、土木作業も、命を削るような危険な仕事だ。信心をもてずに脱落するものも少なくない。そういうことがあると、わしの心の中にも迷いが生じる。弟子たちに苦しい作業を押しつけるばかりで、結局は彼らを救えなかったのではないかと、心が安まらぬ日々が続いておるのだ」

そこまで話して、叡尊は話題を転じた。

「おぬしが親鸞聖人の跡継として東国で布教しておることは、忍性から聞いた。念仏というのもなかなかよいものだな。忍性のもとには多くの念仏衆が押しかけておるようで、彼らは土木作業に従事しながらひたすら念仏を唱える。この谷の到るところで念仏の声が響いておる。念仏を聞いておるうちに、真言宗の声明を聞くような気分になった。声明を唱和できるようになるためには修行が必要だが、念仏は誰でも唱えることができる。そうして多くの人々が一斉に念仏を唱えておるのを聞いておると、極楽がすぐそこにまで迫っておるような気がする」

叡尊は大きく息をついて、遠くを見るような眼差しになった。

「信心というのは、いったい何なのか……。ながながと教えを説いてみても、それがどのように伝わっておるのか、よくはわからぬ。門弟らに戒律の大事さを伝え、確かに戒律が守られておると思えれば、わしの役目は果たされたということになるのだろうが、彼らがどこまで信心をもっておるかは、ようわからぬのだ。わしは仏舎利を納める宝塔や宝珠を工匠に作らせた。石造りの宝篋印塔も石工に作らせた。これは形ばかりのものだが、形があれば人は拝む。拝んでおればそれが信心であるということになるのか……」

　叡尊は微笑をうかべて話を続けた。

「わしは覚盛どのの教えを受けて、東大寺法華堂の不空羂索観音の前で自誓受戒という前例のない儀式を行い、真言律宗という新たな宗門を弘めることになった。その後、覚盛どのは唐招提寺を再興され、正統の律宗を伝えられた。わしは若いころに醍醐寺におったので、真言というものが頭の中に染みついておる。多くの人々に真言の大事さを伝えたいとも思うておる。だが、あまたある真言を衆生に憶えさせるのは難儀だ。そこで最近は、門徒の方々に、光明真言だけをお伝えしておる。これは弘法大師空海さまが伝えられた、大日如来を称える真言だ」

　叡尊は低い声で真言とも陀羅尼とも呼ばれる呪を唱え始めた。

「唵　阿謨伽　尾盧左曩　摩訶母捺囉　麼抳　鉢納麼　入嚩攞　鉢囉韈哆野　吽」

　善鸞も比叡山で修行したのでこの真言は熟知している。

　口の中で小声で唱和した。

　呪を唱え終わると、叡尊は満足そうな笑みをうかべた。

「声を出すというのは、気持のよいものだな。おぬしらが専修念仏を弘めるのも、宜なるかなと、いまにして思うておるのだ」

　叡尊の穏やかな話しぶりに、善鸞は年月の経過を感じずにはいられなかった。お互いに還暦を過ぎるほどの年齢になっている。

　いまの叡尊にはかつて覇気は失われていた。

しかしその年月の重みによって、叡尊はまことの菩薩の境地に近づいたのではないかと思われた。

「叡尊さまは菩薩の前で受戒され、まさに菩薩として生きられて、多くの事業を成し遂げられました。見事な仏道でございます」

善鸞はそんな言葉を投げかけていた。

叡尊の顔が引き締まった。

「菩薩の前で受戒し、自らも菩薩として生きたいと念じてはおったが、何ほどのことをなせたのか。寺を築き道路や水路を開削し孤児や病人の支えとなってきた。これがまことの仏道であったかどうか、先に進めば進むほどわからなくなる。ますます迷いが深くなっていくようにも思われる」

そう言って叡尊は静かな笑い声を洩らした。


同じ年の暮れに、親鸞の訃報が届いた。

王御前すなわち覚信尼からの書状だった。

この時代、飛脚などの定期便があるわけではない。覚信尼は伝を辿って東国に赴く人を探し出し書状を託したのだろう。

親鸞が亡くなったのは十一月二十八日と記されていたが、その書状が届いたのはほぼ一か月後だった。駆けつけたところですでに荼毘に付されているだろう。

病で倒れたという報せなら、顔を見て言葉を交わしたいと思うところだが、遺骨と対面しても仕方がない。

親鸞は九十歳だった。

来るべきものが来たというだけのことだ。

間を置かずに如信が訪ねてきた。

ほぼ同時に書状を受け取って、慌てて陸奥から駆けつけて来たようだ。

如信は奥の居室にいた善鸞の顔を見るなり息を弾ませて言った。

「よかった。父ぎみはもう京に向けて出立されたかと思うておりました」

「京に……」

善鸞は低い声でつぶやいた。

そのまま黙っていると、如信は訝るような顔つきになった。

「わたくしは帰洛するつもりでこちらに寄ったのですよ。父ぎみは行かれないのですか」

「すでに葬儀は終わっているでしょう。覚信尼どのに労いの言葉をかけたいとは思うたのですが……、わたしもすでに老人ですからね」

同じ年の春に、長旅で窶れた叡尊の姿を見ていた。

「覚信尼どのには書状を書きました。京まで届けてくれるものを捜しておったのですが……。あなたは京に行かれるのですね。母代わりであった王御前に会いたいでしょうし、婚約している光玉の顔も見たいでしょう。書き上げた書状はあなたに託しましょう」

「書状はお届けします」

そう言った如信の口調に、咎めるような響きが感じられた。

「今夜はここに泊まっていくのでしょう。あなたと父の想い出などを話し合いたいと思います」

浄念が夕餉の仕度をしてくれた。善鸞の指示で、浄念と良安も加えて、四人で食膳を囲んだ。酒も用意させた。若者たちにも飲むように勧めた。

語るのは善鸞と如信だった。親鸞の想い出を語り合った。親鸞に会ったことのない浄念と良安は、一言も聞き洩らすまいと耳を傾けていた。

話が一段落したところで、善鸞が問いかけた。

「大網（おおあみ）というのはどのような土地ですか」

如信は陸奥に赴いてしばらくすると、大網という地に居を定めたと書状で知らせてきた。そこで布教をしているらしい。

如信は意気込んで語り始めた。

「山間（やまあい）の鄙（ひな）びた村ですが、小鶴と同じような海に近い土地で、海から暖かな風が吹いてくる穏やかな土地です。お祖父（じじ）さまとは縁のない地で、当初は布教が進まなかったのですが、いまでは門徒も増えており、小さいながらも道場も建っております。鎌倉からは離れておりますので、農兵として戦さに駆り出されることもなく、人々は穏やかに暮らしております。ただ地獄の恐ろしさはその地にも伝わっておりますので、専修念仏に励めば地獄に堕ちることはないと伝えますと、皆喜んで念仏を唱えるようになりました」

「道場を開かれたのであれば、いったん帰洛したあとも、大網に戻られるのですね」

「今度は光玉を連れて陸奥に戻ろうと思うております」

「覚信尼どのがお寂しいのではありませんか」

「王御前は芯の強いお方です。聖人が薨（みまか）られれば、いずこかに再嫁したいとつねづね語っておられました」

「それは頼もしいことです」

そんなことを話しているうちに酒が進んだ。

少し酔いが回ったころに何気なく、善鸞はこんなことを語り始めた。

「あなたはつねに聖人のおそばに侍っておりましたね。わたしは五条西洞院に詰めておりましたので、如信どのとじっくり話したことがないような気がします。そこでどうでしょうか。仏の道について、思うておることを語り合うてみませんか。実は以前から気にかかっておることがありましてね。一つあなたに、問うてみたいことがあるのですよ」

「何でしょうか」

如信は微笑をうかべた。父からこのように改まった言葉をかけられることを、喜んでいるようだった。

善鸞は問いかけた。

「信心とは、いかなるものでしょうか」

唐突な問いだった。

如信はにわかに表情を引き締めた。

しばらく考えたあとで、如信は淀みのない口調で語り始めた。

「聖人は教行信証の『信』の巻の冒頭に、至心信楽（ししんしんぎょう）の願いについて書かれています。これは金剛石のごとくけっして壊れることのない真（まこと）の心です。これをもっている人は、すでに極楽浄土への往生が定まっております。至心信楽は仏の本願によってもたらされるものですから、誰にも具（そな）わっているはずなのですが、多くの人はそのことに気づいていないのですね。至心とは迷いも疑いもない真心（まごころ）のことです。信楽とは信じることの喜びです。これをもっておれば、目の前の世界が無限の光によって輝いて見えてくる。生きながらにしてすでに浄土に往生したような気分になる。それはまさに菩薩の境地と言えるでしょう。この仏の至心信楽の願いによってもたらされる真心と喜びこそが、信心といえるのではないでしょうか」

さすがに如信は教行信証を深く読み込んでいる。わからないことがあれば、すぐそばにいる親鸞に問いかけて、納得するまで教えを受けたのだろう。

善鸞自身、教行信証は何度も読み返した。その文言は細部まで記憶している。

善鸞は問いかけた。

「多くの人はそのことに気づいていないと言われましたね。確かにそのとおりだとわたしも思います。では、その気づいていない人に、どのようにして至心信楽をお伝えすればよいのでしょうか」

「専修念仏……、それしかないのではありませんか」

模範的な答えだ。

だがそれでいいのか。善鸞はわずかに声を高めた。

「それでは訊きますが、如信どの、あなた自身は、至心信楽の信心をもっておいでなのですか」

わずかな間も置かずに如信は応えた。

「わたくしは幼少のころからつねに親鸞聖人のおそばにおりました。親鸞聖人はいささかの揺らぎもない、生き仏のようなお方でありました。それこそはまさに至心信楽の極みでございました。おそばに侍らせていただいているだけで、その揺らぎのない境地が、わたくしにも伝わってまいりました。わたくしは親鸞聖人と一心同体になった気持で、阿弥陀仏の本願をひたすら信じております」

わが息子ながら、見事な対応だった。

まさに如信は、親鸞の教えの正統な後継者であると思われた。

だが同時に、善鸞の胸の内に、奇妙な軋(きし)みのようなものが生じた。

自分はそのようには、親鸞の教えを信じていない。親鸞が東国で説いたことは、すべてはその場凌ぎの方便であったのではないか。そんな疑いを抱えながら、これまでの日々を生きてきた気がする。

そのことを善鸞は、かつて父の親鸞に問いかけたことがあった。

阿弥陀仏の本願は、しぼめる花ではないのか。

自分は大輪の花を咲かせてみせる。そのように善鸞は父に告げたのだった。

父はそれを否定しなかった。

そのかわりに、父は自分の体を強く抱きしめてくれた。

それこそが秘事の法門なのだと自分は確信している。

自分の胸の内には秘密がある。そのことを如信に説き明かすことができない。

いま浄念と良安が見ている前ではあるが、如信をこの胸に抱いて、何かを伝えてやりたいという気がした。だが息子を抱きしめたところで何かが伝わるとも思えなかった。

如信こそは、親鸞の直系であり、一弟子相承の後継者なのだ。

翌日、如信は京に向けて旅立っていった。


如信は毎年の命日に帰洛し、親鸞聖人を偲ぶ法要を開いた。この慣習は長く続き報恩講と呼ばれることになる。

父の臨終を看取った覚信尼は、小野宮禅念という下級貴族と再婚して、一名丸という男児を産む。この男児は仏門に入って唯善という修行者になった。

小野宮禅念の没後、覚信尼は親鸞が若き日に法然の教えを学んだ吉水草庵の近くに親鸞の遺骨と遺影を祀った大谷廟堂を築いた。やがて覚信尼が亡くなると、長男の覚恵と異父弟の唯善の間に、廟堂をめぐる抗争が起きることになるのだが、のちに比叡山の裁定で覚恵の子息の覚如が後継者と定められた。

この覚如は、毎年報恩講のために帰洛する如信の教えを受け、大谷廟堂を本願寺として、京における浄土真宗の基礎を固めることになる。

覚如は曾祖父の親鸞を宗祖とし、如信を二世、自らを三世と定めた。

第六章　秘儀

親鸞（しんらん）の死が伝えられた時、善鸞（ぜんらん）はさして驚くことはなかった。

父は高齢であった。

いずれは薨（みまか）ることになると覚悟していた。

だが年月が経過するにつれて、父の死がもたらした重圧のようなものが、しだいに善鸞の胸にのしかかってきた。

父はもういない。父の後継者として、父の教えを弘める責務を自分は負っている。父の教えを百年後、二百年後、あるいは末代にまで伝えるために、自分に何ができるのか。

浄土真宗を一つにまとめるという当初の目標は達成できずにいる。笠間（かさま）の施薬院を中心に門徒を増やしてきたが、横曾根（よこそね）門徒や高田（たかた）門徒に対抗できるほどではない。息子の如信（にょしん）は妻となった光玉（こうぎょく）とともに陸奥（むつ）の大網（おおあみ）に戻り教えを伝えているが、大網の門徒が大きな勢力になるとも思えない。

何年も前から考え続けてきたことがある。

揺るぎのない信心。

それこそが専修念仏（せんじゅねんぶつ）の極意であり、大輪の花に譬（たと）えられる仏の教えの神髄なのだ。

善鸞は鎌倉の扇ヶ谷で聞いた叡尊のつぶやきを記憶に留めている。

「信心というのは、いったい何なのか……」

叡尊ほどの高僧でも、心の内に迷いを残している。

一方、息子の如信は何の迷いもなく言いきった。

「仏の至心信楽の願いによってもたらされる真心と喜びこそが、信心といえるのではないでしょうか」

如信の信心にはいささかの揺るぎもない。如信にとって親鸞は祖父であり育ての親でもあった。そのような血縁のない門弟に揺るぎのない信心を伝える方途はないか。

そのことを考え続けてきた。

秘事の法門。

そうとしか言いようのない、言葉を超えた教えの道筋が、いまは自分の胸の内にある。

あとはそれを実際に試みてみるだけだ。


善鸞が拠点としている笠間は、幕府のある鎌倉からは遠く離れている。従って鎌倉で何が起ころうと大きな影響を受けることはなかったが、幕府の内部では激しい動きが起こりつつあった。

発端は親鸞の死の翌年だった。

得宗北条時頼が没した。三十七歳の若さだった。

その翌年には時頼から執権の座を譲られていた同族の北条長時が没した。得宗を継ぐべき嫡男の北条時宗はいまだ十四歳で執権に就任するには若年すぎる。一族の長老格で三代執権北条泰時の異母弟にあたる北条政村が臨時に執権に就任し、時宗は執権を補佐する連署の地位に就いた。

時宗が執権となるのは四年後のことだが、その年、蒙古の使節が国書を携えて九州大宰府を訪れた。

国書への対応は十八歳の若き執権に委(ゆだ)ねられた。

時宗は返書を送らなかった。ただ国書を朝廷に届けただけだ。武力をもたない朝廷も対応に苦慮して、用心するようにと幕府に伝えただけだった。蒙古は再三に亘って使節を送り込んできたが、幕府も朝廷も無視を続けた。蒙古の使節は口頭で、国書への対応がなければ武力による侵攻があると警告した。

伊豆に流罪となった日蓮(にちれん)は二年後には放免されていて、故郷の上総(かずさ)で活動していたのだが、国書が届いたことを知って鎌倉に駆けつけ、かつて時頼に手渡して無視された立正安国論(りっしょうあんこくろん)を再び幕府に献呈すると同時に、辻説法を再開した。

日蓮が立正安国論で予言した他国侵逼(しんぴつ)難が現実のものとなろうとしていた。日蓮は辻説法で蒙古が攻めて来ると演説して人々の不安を煽(あお)り、国の防備を怠っている幕府を非難した。また正法(しょうほう)である法華経を軽んじて真言律宗の戒律を弘め、いまは幕府の中枢を担っている忍性(にんしょう)を罵倒した。

忍性は幕府に日蓮の捕縛を要請した。これに対して日蓮は法力(ほうりき)による忍性との対決を申し出た。

文永八年（一二七一年）六月のことだ。

この年は梅雨の時期にもかかわらず旱天(かんてん)が長く続いた。幕府は忍性に祈雨(きう)の修法(しゅほう)を命じていた。

忍性は長く連署を務めた北条重時(しげとき)が隠居所としていた極楽寺を受け継ぎ拠点としていた。山間(やまあい)の谷間にある扇ヶ谷の釈迦堂と違って、極楽寺は鎌倉大仏のそばの海に近いなだらかな丘陵地にあって、広大な寺域を有していた。施薬院などの施設を設け、多くの人々が押し寄せていた。また由比ヶ浜(ゆいがはま)に設けられた船着場の管理も任されていたので財政も豊かで、鎌倉全域の仏教寺院を差配する立場にあった。

極楽寺だけでなく周辺の僧侶を動員した盛大な修法が始まろうとしていた。日蓮は幕府に、忍性にはいかなる法力もなく雨が降ることはないと進言し、七日のうちに雨が降ったならば自分は忍性の弟子になると宣言した。これを受けて忍性も、雨が降らなければ自分が日蓮の弟子になると応えたと伝えられる。

雨は降らなかった。

この敗北によって忍性は権威を失墜することになった。

しかしただちに要職を解かれたわけではなく、逆に咎めを受けたのは日蓮だった。

日蓮は捕縛され、佐渡に流罪となった。

その三年後、ついに蒙古の大軍が九州北岸に押し寄せることになる。

鎌倉における忍性と日蓮の対決は、常陸にいる善鸞にとっては遠い世界の無益な争いと感じられたが、蒙古が攻めてくるという懸念は、常陸のあたりの人々にとっても深刻な脅威と感じられ、危機感が広がっていた。

日本国が滅びるかもしれぬという危機を前にして、もはや思い惑うことは許されない。

善鸞は懸案となっていた秘儀の実現に向けて、最初の一歩を踏み出す決意を固めた。

協力者が必要だった。強い地縁で結ばれ、結束が固く、秘密を守れる仲間でなければならない。

善鸞は結城に近い新堤を本拠とする信楽のことを考えていた。

信楽は豪放な性格ではあるが、下総守護の遠縁にあたる名門の武者であり、信義を守る強い意志をもっている。

自邸を改修して弘徳寺という寺を開いた信楽は、近在の門弟たちと緊密な関係を保っていた。

定期的に酒宴を開き、酔いが回ったところで全員で念仏を合唱するという話を聞いたことがあった。

扇ヶ谷の谷間に響いていた念仏の声や、真言密教の声明（しょうみょう）、叡尊が唱えていた光明（こうみょう）真言……。確かに人の声には不思議な魅力がある。皆で念仏を合唱すると法悦（ほうえつ）のごときものを覚えると信楽も話していた。

善鸞は信楽の寺を訪ねた。

新堤に赴く時は帰りが夜になるので、提灯持（ちょうちんも）ちに浄念（じょうねん）を同伴することが多かったが、その日は単身で赴いた。

善鸞が酒宴に加わるのは久方ぶりのことだった。何かしら決意を秘めたような善鸞のものごしに接して、その場には最初から異様な緊張感が漂っていた。

固唾（かたず）を呑むようにして善鸞の言葉を待ち受けている人々に向かって、善鸞は静かに語り始めた。

「日蓮が佐渡に流されたことは、皆さまもお聞き及びのことと思います。立正安国論に記された他国侵逼難という予言が、まことのものになるやもしれませぬ。蒙古という戦さ好きの異国人が、すでに宋を滅ぼし、高麗（こうらい）まで侵攻したとのことでございます。いずれ九州あたりで戦さが起こるのではないでしょうか。日蓮は正法を守らぬゆえの仏罰だと申しておりますが、われらが信心しております阿弥陀仏はけっして仏罰を下すようなことはありません。仏は慈悲の心によって十方（じっぽう）世界を包み込んでおられます。何事があろうとも、われらが極楽浄土に往生するのは、すでに定まっておりますので、心を穏やかにして事態の推移を見守りたいと思います」

そう言って善鸞は、宴席に加わった人々の顔を見回した。

この席には、親鸞面授の門弟の心願（しんがん）という老人も加わっていた。

以前は造悪無碍（ぞうあくむげ）という言葉を吹聴して仲間たちを煽り、酒を飲んで暴れたり、悪事を働いたこともあったのだが、善鸞の忠告に従って酒を控え、最近はすっかり穏やかな人柄になっている。

その心願が口を挟んだ。

「本当に蒙古が攻めて来るのかね。まあ、おれのような老人が戦さ場に駆り出されることはないだろうがな。敵が九州に上陸したとしても、この東国に到達するには時がかかるのであろう。先のことを心配しても仕方がない。蒙古が下総や常陸にまで来るということは、京も鎌倉もぶっつぶれておるということだ。もはや日本国は消滅ということではないか。まさに末法の世だ。これでは酒でも飲まずにはおられぬではないか」

この酒宴の主催者の信楽が、笑いながら言った。

「だからこうして酒を飲んでおるのだ。されども、心願よ、酒を飲みすぎるのはいかんぞ」

「おれも年だからな。昔のように底が抜けるほどに飲むことはできぬ。暴れることもないから安心安堵してほしい」

心願が殊勝なことを言ったので、周囲の客の間から笑いが洩れた。

和やかな酒宴だった。

信楽が客たちの顔を見回しながら、語り始めた。

「異国が攻めてくるということになれば、国の中の争いがなくなり、かえって平穏の世になるやも知れぬ。われらの浄土真宗も無用な争いをせずに、門徒たちをまとめなければならぬな。善鸞どのが東国に来られて、親鸞聖人の教えがしっかりと固まった。それまでは面授の門弟の間で競うようなところがあって、弟子の取り合いのようなこともあったのだが、このところは横曾根、鹿島、高田など、大きな門徒の集団がそれぞれに結束を固めて、各地で棲み分けができておる。われらも緩やかな戒律を守り、施薬院などの活動で評判をとって門徒も増えた。何よりも親鸞聖人の跡継の善鸞どのがおられるので、門徒たちの信頼に揺るぎはない。善鸞どののおかげで、こうして楽しく酒が飲めるのが何よりありがたい。われらは善鸞どのに感謝せねばならぬ。何よりも心願が飲んで暴れなくなったのだからな」

信楽がそう言うと、周囲の人々は再び笑い声を立てた。

その笑い声が静まったころあいに、善鸞は改まった口調になって言った。

「昔のことでございますが、父の師であった法然上人も、わが父も、流罪となりました。厳しい戒律を守らずともよいという専修念仏は、京や奈良の秩序を乱すということで、いまだに公の布教は禁じられております。ただ鎌倉では、法然の孫弟子にあたる良忠、念空らの浄土宗が認められております。彼らは戒律を守り座禅を組むのも修行だと奨励しているからで、多くの支援者を集め、阿弥陀仏の大仏が造営されました。性信どのは造悪無碍の輩を出さぬという誓約書を幕府に提出して、浄土真宗を守られました。わたしも三村山におられた忍性どのに倣って、戒律を作り、施薬院などの活動も始めました。これは親鸞聖人の教えにはなかったことです。この善鸞も父の教えに叛いておるのでしょうね。致し方のないことだと思うております。この日本国が滅びるやもしれぬという末法の世でございますから、父の教えにはない新たな教えを求めるのもやむなきことではないでしょうか」

善鸞は話しながらその場にいる人々のようすを眺めていた。信楽の寺に集まってくる近在の門徒たちは、親鸞の名声を知っていて、嫡男の善鸞に対しても揺るぎのない信頼を寄せてくれていた。善鸞の話を聞きながら、人々は何度も頷くような仕種を見せていた。

善鸞はわずかに語調を変えて話を続けた。

「日蓮は他国侵逼難を仏罰だとしておりますが、法華経で示されている久遠本仏にしても、無量寿経などで示されている本師本仏としての阿弥陀仏にしても、仏は大いなる慈悲で十方世界を包み込んでおられるのですから、世界が滅びるなどということはけっしてないでしょう。われらは世の動きに惑わされずに、粛々と専修念仏の教えを後の世に伝えていかねばなりませぬ。ただこれまでにもお伝えしてきましたように、専修念仏に理屈はありません。理屈がないのにいかにして信心すればよいのか。父の親鸞がわたしに伝えてくれたのは一弟子相承ともいえる秘儀による揺るぎのない信心でございます」

善鸞の口調にはしだいに厳しさが加わっていった。

「揺るぎのない信心……。わたしは確かにそれを、父から受け継いだのです。わたしは皆さまに、わが父からわたしだけに伝えられた秘密の教えがあると申し上げてきました。しかしその秘密の教えを皆さまにお伝えすることはできておりません。それはこの教えが、父と子の間だけに伝えられる秘儀だからです。されどもこの秘儀を、どうしても後の世に伝えなければなりませぬ。そこでここにおられる皆さまにお願いがございます。どうかわたしに力をお貸しください。皆さまのお力添えによって、血を分けた肉親でなくても伝わる秘儀、新たな秘事の法門の扉を開いてみたいと思うております」

善鸞の口から秘事の法門という言葉が出ると、聞いている人々の間に、動揺が走るのが感じられた。善鸞はしばらくの間、口を閉じたまま、人々の反応を見守っていた。

横曾根や高田で秘事の法門という言葉を口にしたことはあったが、実際にその先のことを語るのはいまが初めてだった。

秘事の法門などというものは、本当は存在しない。父はただ顔を近づけて小声で語りかけただけだった。だが確かにそれは秘密の儀式だった。顕智はその気配を察して、その後は善鸞に対して敵意をもつようになった。

父と子の肉親の絆を超えて、秘密の教えを伝えるために何が必要なのか。

考えてきたことがある。

秘密の教えの伝授には、伝える側にも受ける側にも、気持の昂ぶりが必要だ。その気持の昂ぶりをいかにして実現するか。

時間をかけて手順を考えてきた。

考え尽くしたといってもよい。

それはいまのところ、自分の頭の中にある夢想のごときものでしかない。

失敗は許されない。協力者を巻き込んで成果が得られなければ、協力してくれた人々は落胆する。そうした懸念のために、試みることもできずにいた。

いまは国の危機だ。

試みるのは、いましかない。

そのように思いを定めて、この場に臨んだ。

善鸞は語り始めた。

「皆さんには、善知識になっていただきます」

話を聞きながら酒を飲んでいた信楽が、口に運ぼうとした杯の手を止めて問いかけた。

「それは何だ」

「善い知識を有するお方、というくらいの意味で、お釈迦さまのことを指すこともありますが、そのあたりの村や町にもおいでの生き仏のようなお方というふうに考えていただければと思います。わたしは皆さまに、そのようなお方になっていただきたい」

「生き仏になるためには、厳しい修行をせねばならぬのではないか」

「比叡山や奈良ではそうなのですが、専修念仏の教えは違います。阿弥陀仏の本願によって、われらの極楽浄土への往生は約束されているのですから、われらは生きておるうちに安心安堵できます。それは悟りの境地に等しいものです。ですから皆さんもすでに生き仏といってよいのです。こうしてこの場に集い、われらが酒を飲みながら語り合うているのも、すべては阿弥陀さまの思し召しによるものです。この場におる皆さま方は、阿弥陀さまに選ばれてここにおるのです。まずは阿弥陀さまに感謝をいたしましょう。ありがたや、という感謝の気持が、すなわち悟りの境地なのです。その感謝の気持をもっておれば、誰もが善知識なのです」

この時、しゃがれた大声が響いた。

心願だった。

見事に禿げ上がった頭をピシャッと叩きながら心願は言った。

「わかった。おれは善知識になるぞ」

信楽が慌てて声を張り上げた。

「おうよ。わしも善知識になる」

すると酒宴に参加していた他の人々も、われもわれもと声を上げ始めた。

皆、酒を飲んでいるので、酔いが回っている。ただ人に迷惑をかけないという戒律を定めているので、皆が自重しながら飲んでいる。深く酔っているものはいない。

善鸞は一同の顔を見回して、全員が熱意のこもった眼差しでこちらを見ていることを確認した。

「ありがとうございます。皆さまのご決意に感謝いたします。されども皆さまがここで決意されたことは、すべて阿弥陀仏の思し召しで定まっておったことだとお考えください。それだけに皆さまのご決意の固さは揺るぎがないものであろうと承知しております。われらがこれから始める活動も、すべては阿弥陀さまのお導きによるものでございます。そこに選ばれたものだけが執り行うことのできる秘密の儀式を誰にも知られずに始めることになります。わたしが笠間で開いております道場は、言わば表向きの布教の場です。この新堤の道場で開かれる酒宴も同様です。そうした表向きの活動とは別に、秘められた儀式を執り行うというのは、前例のない試みであり、この場におるものの他には、けっして知られてはならぬ内証の秘儀だということを、肝に銘じていただきたいのです。従ってそこに参加いただく方々には、この秘儀の内容についても、秘儀があるというそのことも、誰にも洩らさぬと誓っていただかねばなりませぬ」

善鸞は語気を強めた。

「無量寿経には阿弥陀仏の本願として、その名号を唱えたものは誰もが極楽浄土に往生すると書かれておりますが、ただし五逆を除くということも記されております。すなわち殺父、殺母、殺阿羅漢、出仏身血、破和合僧……すなわち父を殺すこと、母を殺すこと、高僧を殺すこと、仏を傷つけること、教団を壊すことの五つの罪を犯したものは、いくら念仏を唱えようと地獄に堕ちるということでございます。秘密の儀式の内容を余人に洩らすことは、秘密の儀式そのものを壊すことになり、破和合僧の罪にあたります。秘密を洩らせば必ず地獄に堕ちると心得おきくださいますように」

ふだんは何事があろうと救われると語っている善鸞が、必ず地獄に堕ちると言い出したので、その場にいる人々の間に緊張が走った。

父はこのような言い方はしなかった、と善鸞の心の内で感じていた。いま自分は、しぼめる花を棄て、大輪の花をめざしている。

信楽が緊張した声で言った。

「わしは親鸞聖人から破門された身だが、善鸞どののおかげでこの寺を守ることができた。秘密を守れと言われたら守ってみせる。なあ、皆もそうであろう」

信楽が声をかけると、人々は真剣な顔つきで頷いてみせたのだが、心願だけは顔を曇らせて考え込んでいた。

「おれは酒を飲んで暴れたこともあるし、素面で狼藉を働いたこともある。前にも言うたことがあるが、悪というものは誰の心の内にも具わっておるものではないか。ここにおられる方々は、その悪の心を、人とのつきあいとか、世間体などを考えて、無理に抑え込んでおられるのだ。それができるものは善人と言うべきであろう。善人なおもって往生を遂ぐ、いわんや悪人をや、と親鸞聖人は話された。おれは悪人だ。心が弱く、おのれを抑えることができぬ。そんな心の弱いものでも、阿弥陀さまは救うてくださると、聖人は言われた。だからおれは、その言葉を信じた。聖人の門弟に加えていただいた。だがそれは、往生した先の来世での話だ。この世ではおれは心が弱く、おのれを抑えることができぬままなのだ。それがおれの自然であってみれば、ここで秘密を守れと言われても、安請け合いはできぬ。皆が誓いを立てたのに、おれ一人、仲間外れになるのは、おれとしても辛い。だが……約束はできぬ」

心願は苦しげに大きく息をついた。

善鸞は微笑をうかべた。

「心願どの。あなたは正直なお方です。おのれの弱さをよく弁えておられる。されども心が弱いのは、あなた一人ではありませぬ。わたしも弱さをもっております。ここにおられる皆さまも、誰もが弱さをもっておるのです。それは宿世であり、阿弥陀仏の計らいによって、誰もが弱さをもってこの世に生まれてくるのです。この世界が善人ばかりなら、仏などは不要です。誰もが弱さをもっておるから、仏は温かくわれらを見守ってくださるのです。ですからわたしたちは、仏に感謝しなければなりません。ただ極楽往生を願うだけでなく、この世で生きている間にも、仏に感謝してよりよく生きていかねばならぬのです。そのためには、仲間が必要です。善知識という語は、梵語ではカリヤーナ・ミトラと申します。そのまま訳せば、善き友という意味をもっています。ここに集っておられる皆さま方のすべてが善き友なのです。その善き友が結集して、講(こう)（宗教団体）を作りましょう。最初は小さな講ですが、一人、また一人と仲間を増やしていけば、後の世まで続く大きな流れが生じます。心願どのも、皆さまも、励まし合いながら互いの秘密を守り、講の結束を固めていただきたい」

善鸞の言葉は胸に染みたようで、心願は俯(うつむ)いたままで小さく息をついていた。

横合いから信楽が励ますように言った。

「何という温かいお言葉ではないか。なあ、心願よ。わしもおまえも、性信どののような立派な弟子ではなかったが、それでも親鸞聖人に巡り逢うことができた。さらにこうしてご嫡男の善鸞どのから、秘密の教えを伝授しようというありがたい申し出を受けておるのだ。これに応えずにおるのではこの世に生まれた甲斐(かい)がないではないか。おまえも仲間になれ。おまえの弱い心が折れそうになれば、わしが励ましてやる。いっしょに酒を飲んで、笑ったり、涙を流そうではないか」

心願は涙ぐむような顔つきになっていた。

それでもまだ心の内の不安を拭えないようで、善鸞に向かって問いかけた。

「講を作ってわれらは何を為そうというのだ。信心を深めるというのか。その信心というのが、おれにはどうにもわからぬ。おれはな、このおれ自身に信心があるかどうか、疑いをもっておる。おれは親鸞聖人のお言葉に胸を打たれて門弟になった。おれのような悪人でも極楽浄土に往生できるとあのお方が約束してくださったからだ。だがそれは、自分に都合の良いお言葉だったから信じたというだけのことかもしれぬ。聞いた当初は、それではあまりにも話がうますぎると、疑う気持もあった。いまだって、その疑いがすっかり消えたわけではない。なあ、善鸞どの。信心とは何なのだ。揺るぎのない信心などといったものを、どうやって自分のものにすることができるのだ」

善鸞は心願に向かって、大きく頷くような仕種を見せた。

「だからこそ秘密の儀式を挙行するのですよ。この儀式は特別のものです。少し酒を飲んでおいた方がよいかもしれませんね。参加している全員が、ふだんの生活よりも少し昂ぶった気分になっておる必要があります。新たに入会する新参者を除いて、その儀式に参加を許されているものは、全員が善知識と認められた会員でなければなりません。ここにいる皆さんがその善知識です。新参者はそこで秘密の儀式すなわち秘事法門を授けられることになります。これは得度授戒と同じようなものですが、異なるところはそれが秘儀であるということです。ここで皆さんに重ねてお願いがあります。秘事法門は言わば裏の儀式です。表に当たるのは皆さんのこれまでの暮らしそのものです。信楽どのの門弟であるとか、心願どのと付き合いがあるとか、そういったこれまでの皆さんの暮らしぶりは、そのまま続けていただきたい。皆さんが善知識になったことを余人に自慢することはもってのほかですが、ちらっとでも誰かに洩らしてはいけません。家族にさえ気取られてはならぬのです」

善鸞は静かな口調で語り続けた。

「これは秘密の講ですが、その講に加わったものは、秘密を共有することで、親子や兄弟の血のつながりよりも濃密な同胞（はらから）となり、かけがえのない仲間となるのです。心願どののような疑いや不安があっても大丈夫です。仲間の皆で支え合えば、必ず秘密は守られます。ただその秘密の儀式の場所が必要ですね。この寺はあけっぴろげで無防備です。皆さまの中に、堅固な土蔵のようなものをお持ちの方はおられないでしょうか。中の声がけっして外部に洩れないくらいの分厚い壁があればありがたいのですが……」

それを聞いていた信楽の門弟の一人が言った。

「喜兵衛（きへえ）どののところには、土蔵があったんじゃねえが」

するとと別の一人が応じた。

「確かに、りっぱな土蔵がなんぼもあったっぺ」

いままで発言することのなかった喜兵衛が大きく頷いて言った。

「わたくしのところには土蔵がございます」

喜兵衛は近くの結城を中心にした織物業を営むだけでなく、さまざまな商いに手を広げている豪農なので、大きな土蔵をいくつも持っているはずだった。

喜兵衛はいかにも嬉しげに言葉の一つ一つを噛みしめるようにして言った。

「昔はただの百姓でしたが、欲に駆られまして商いをするうちに、大きな蔵が建ちました。それでもさらに商いを広げていくうちに、一つまた一つと蔵が増えていきました。自分の敷地にある蔵の数を目にするたびに、おのれの煩悩（ぼんのう）のありさまを見せつけられるようで、蔵を見るのがいやになることもありましたが、その蔵を親鸞聖人の教えのためにお使いいただけるのでしたら、わたくしも商いを続けてきた甲斐があったというものでございます。これも阿弥陀さまのお導きなのでしょうか」

善鸞は声を高めて言った。

「まさにそれは阿弥陀仏のお思し召しでございます。それでは明日にでもその土蔵にお伺いしてよろしいでしょうか。蔵の大きさを見た上で、儀式の段取りを考えないといけません。この秘儀は、最初が大事でございます。計画どおりに儀式を進行させるためには、しっかりと段取りを決めた上で、その段取りを皆さんに憶えていただかなくてはなりません。一度や二度ではなく、繰り返し段取りを試してみることになります。ただそうなると、ここにいる全員が、何度も蔵に集まることになります。われらが頻繁に蔵にこもって何事かをなしているということになると、ご家族や手伝いの方、ご近所の方々に怪しまれることになるのではと懸念されます。それでは秘儀になりません。われらが何事かをなしているということは、その気配すら余人に知られてはならぬのです」

喜兵衛が笑いながら言った。

「それではこうしてはいかがですか。いつも信楽さまのお寺で酒宴を開いておりますが、これからはわたくしどもの土蔵で酒盛りをするということにしましては……。もちろん儀式の練習をしたあとで、実際に酒宴にしてもよいのですが。酒宴ということにしておけば、家族のものにも伝えられますし、妻や娘が酒のつまみを用意してくれるでしょう。ただし宴席の準備や後片づけは、男たちだけでやると言うて聞かせておけば、女たちも手間が省けて喜ぶでしょう」

信楽が大声を張り上げた。

「それはありがたい。酒盛りの回数がこれからは増えそうだな」

心願は声をわざとらしく潜(ひそ)めて言った。

「それでも皆の衆、酒の飲み過ぎはいけませんぞ」

心願がそんなことを言ったので、皆は声を立てて笑った。

その笑い声が静まった時に、信楽が善鸞にささやきかけた。

「ところで、その秘儀というのは、新参者を仲間に加える儀式なのだろう。その新参者とは誰なのだ」

善鸞はずっと以前から考えていたことを口にした。

「最初は浄念を……と考えております。何しろあのものは、わたしの第一の側近でございますから」

「それはよい。あやつはわしの弟子でもあるのだからな」

信楽が嬉しげに言った。

善鸞は何度も新堤に出向いて、儀式に参加する人々に指示を与えた。

実際に土蔵の中に入り、覚悟を固めた人々と真剣に儀式の段取りを確認した。

同時に儀式に参加するすべての人々に、善知識としての心得を説いた。

最初の儀式では、生き仏に相当する善知識の役目は、善鸞自身が務めることにして、他の人々には導師を補佐する長老として参加してもらうことになるのだが、この儀式が後の世まで伝えられるためには、誰もが導師を務められるだけの見識を具えていなければならない。

難しい理屈を伝える必要はない。だが、儀式の最中は、全員が悟りの境地に到達したような昂揚(こうよう)した気分を維持しなければならない。その覚悟さえあれば、儀式はうまくいく。

さらに大事なのは、この儀式が秘儀だということだ。

家族や隣人など、余人に知られてはならぬ秘密の儀式だ。

喜兵衛は豪農であるから、配下の下人も多い。ふだんは蔵に荷物を運び込んだり、蔵の周辺で作業をしている人々に、秘儀の気配を知られてはならない。

その秘密を守るという緊張感が、参加する長老たちの気分を昂揚させていく。

周囲の人々には土蔵で酒宴を開くと言っているので、段取りの確認が終われば実際に酒を飲む。緊張の中にも昂揚した酒盛りの宴(うたげ)となる。程よく酔いが回ったところで、全員が立ち上がって念仏を合唱する。念仏の声が土蔵の全体に響きわたる。法悦の心地よさに誰もが酔いしれることになる。

のちに土蔵の法門、夜中の法門などと呼ばれることになる、秘密の儀式が、目の前に迫っている。

高田の門徒たちを前に話をしてから、夜を徹して笠間に戻る途中で浄念がつぶやいた言葉が胸に残っている。

「大輪の花……、いつかわたくしも、その花を見ることができるのでしょうか」

浄念よ……。

善鸞は胸の内でつぶやいた。

その大輪の花を、見せてあげますよ。


笠間の道場で、善鸞は浄念と向かい合った。

「あなたがわたしの門弟となられてから、ずいぶん時が経ったように思います。側近として雑用ばかりをお願いして、心苦しく思うております」

浄念は屈託のない微笑を浮かべて応えた。

「善鸞聖人さまの側近に取り立てていただいて、ありがたいことと感謝いたしております。おそばに侍（はべ）らせていただくだけで、身に余る幸せでございます」

善鸞は静かに頷いてから、語調を強めて問いかけた。

「ほんとうにそれでよいのですか。わたしもかなり年をとってきました。いつまでもあなたを側近として手元に留めておいてよいものかと、懸念するようになりました。あなたはこのままずっとわたしのそばにおることに、不満はないのですか」

いつにない強い口調で詰問されて、浄念は途惑いを隠せぬようすだったが、しばらく沈黙したあとで、低い声で語り始めた。

「不満はございません。師のために尽くすのがわたくしの使命だと思うております。ただ如信さまが単身で陸奥に赴かれて、大網という地で布教をされているとお伺いして、わたくしは自らの無力を痛感しました。わたくしも勉学に励んで、いずれはいずこかの地に赴き、布教を始めたいと思うております」

善鸞は深く息をついた。

確かに浄念をいつまでも自分の手元に置くわけにはいかないだろう。いずれはこの若者も、自分の寺をもって門弟を育てることになるはずだ。

そのために、浄念に自信をもたせる秘伝を授けなければならない。

善鸞は、一語一語、噛んで含めるような口調で語り始めた。

「わが父はつねに、無義の義ということを言うておりました。専修念仏は理屈ではないということです。従ってわたしからあなたにお伝えできることも限られており、専修念仏とは何か、仏の本願への信心とは何か、ということについても、これだという教えを伝えることができませんでした。あなたもご承知でしょうが、わたしは父から、秘儀を授かりました。わたしはそれを秘事の法門と呼び、大輪の花と譬えてきましたが、それは血の通った父と子であったからこそ伝えられる秘伝であったやもしれませぬ。その秘密の教えをどうやったら門弟の皆さまにお伝えすることができるのか。わたしは東国に来てからもひたすら考え続けておりました。そしていまわたしは、その『大輪の花』をお伝えする方途が見えてきたように思うております」

ふだんとは違った善鸞の語調に、浄念は不安げな顔つきになった。

その浄念のようすを見守りながら、善鸞は言葉を続けた。

「大輪の花とは、一言で言えば、揺るぎのない信心……これに尽きます。信心が不動であれば、永遠に安心安堵しておられるのですから、それは菩薩の境地と同等なのです。そこであなたにお伺いしますが、あなたはその揺るぎのない信心を切望しておられますか」

浄念は意気込んで言った。

「もちろんです。そのためにわたくしは善鸞聖人の側近としてお仕えいたしてまいったのです」

「あなたは命を投げ出すような気持で、心の底から、菩薩の境地を求めておいでですか」

浄念は声を高めた。

「求めております。命をかけて求めております」

「あなたのそのお気持は大事です。しかしわたしに長く仕えてきたことや、一途に信心を求めていることを、自慢してはなりません。自分でこれこれの努力をした、これだけの修行をしたという思いは、信心の妨げになります。信じたい、信じなければならぬと思うておるうちは、至心信楽の真の信心ではなく、自力に任せて何とかしたいと思う煩悩の一種にすぎず、それは慢心につながります。真の信心は阿弥陀仏の本願によってすでにあなたの心の内に宿っております。あなたがそのことに気づいておらぬだけなのです。この十方世界は阿弥陀仏の無碍光と呼ばれる輝かしい無量の光で満たされております。すなわちそれが仏の回向と呼ばれるものなのですが、自力に頼ろうとするものにはその光が見えないのです。あなたはその光を見たくありませんか」

「見たいです。心の底から見たいと思うております。見られるものであればぜひとも見せていただきたい。お願いでございます。わたくしをお助けください」

浄念は胸の奥から絞り出すような声で哀願した。

善鸞は応えて言った。

「そのお気持が大事なのです。無碍光そのものが阿弥陀さまの思し召しで発散されておりますので、無碍光が見えるようになるのも、阿弥陀さまの思し召しに頼るしかないのです。慢心を捨て、すべてを阿弥陀さまにお任せしてひたすらに助けを求める。これこそが他力本願であり、無義の義なのです。阿弥陀仏に身を任せて、お助けくださいとお願いする。助け給え、助け給え、助け給えと、ひたすらお願いする……それこそが秘儀であり、秘事の法門なのです」

「お願いいたします。助け給え、助け給え、助け給えと……」

「いいでしょう。あなたはすでに、秘事の法門の入口に立っておられます」

善鸞は微笑をうかべた。

信楽（しんぎょう）や喜兵衛と日取りを打ち合わせた。

準備は調（ととの）った。

その日、善鸞は浄念を伴って喜兵衛の土蔵に赴いた。あたりには夕闇が忍び寄っている。鬼怒川（きぬがわ）の両岸に広がった段丘の上方の平らな土地に、堅固な土蔵が何棟も建ち並んでいた。

土蔵の前には篝火（かがりび）が焚（た）かれていた。薄闇の中に白い土蔵の壁がうきだしている。

入口の扉を叩くと中から応答があった。

扉が開いた。

重い扉が軋（きし）みながら開くと、密閉された土蔵の内部の濃密な気のようなものが頭上からのしかかってきた。ここかしこに小さな灯火が点されているが、広い土蔵の隅々にまでは光が届かず、天井のあたりは闇に包まれている。

何人かの人影が見える。全員が白い衣をまとい、白い頭巾で顔を隠している。彼らは低い声で念仏を唱えていた。

なむあみだぶつ、なむあみだぶつ、なむあみだぶつ……。

念仏の響きが土蔵の内部の空間を満たしている。土蔵の中にいるのは十人ほどにすぎないのだが、声が壁や天井に反響して、大群衆が声を揃えて合唱しているような重厚な響きが四方八方から押し寄せてくる。

土蔵の隅に衝立（ついたて）で仕切った場所があり、善鸞はそこに浄念を案内した。

この日は善鸞が善知識の導師の役を担い、他の参加者は長老と呼ばれる補助の役割を担当することになっている。

衝立の前に座した浄念に善鸞が語りかけた。

「あなたは新参者としてこの法門の前においでになりました。ここにおるのは善知識と呼ばれる菩薩のごとき方々です。そのうちの一人が、導師の善知識として、あなたさまを法門に導くことになりますが、その前にあなた自身のお気持を、阿弥陀さまにお伝えせねばなりません。このお伝えの言葉はおわかりですね」

浄念は静かに、呪文のごとく同じ言葉を繰り返し唱え始めた。

「助け給え、助け給え、助け給え……」

善鸞が叱咤（しった）するように言った。

「もっと大きな声で」

「助け給え……」

浄念の声が高まった。

「もっと大きく」

善鸞の声も高まった。

浄念は上体を激しくふるわせながら声を張り上げた。

助け給え、助け給え、助け給え……。

長老たちが唱える念仏の響きを突き破るように、新参者の声が土蔵の天井の暗がりに響き渡る。その声は天井の闇に融（と）け込み、十方世界に拡散していくようだった。

浄念は土蔵に向かう道を歩いている時からすでに極度の緊張にとりつかれていた。土蔵に入ると緊張はさらに高まり、異様な昂ぶりに包まれていた。助け給え、助け給えと同じ言葉を繰り返すその声は、すでに人の声とも思えない怪しい野獣の咆吼（ほうこう）のごときものとなっている。

善鸞は静かにその場を離れた。

土蔵の反対側まで来て、他の人々と同じ白い衣に着替えた。頭巾で顔を覆う。これで善鸞の姿は十人ほどの長老たちの中に融け込んでしまった。

長老たちの念仏の声が止んだ。ただ「タスケタマエ」という新参者の声だけが響き続けている。浄（きよ）めの儀式として皆で酒を飲んだ。それから全員で、再び念仏を唱え始めた。念仏の声が高まっていく。

その合唱の響きを突き破るように、浄念の声が土蔵の全体に響いている。ただ一人の声のはずだが、四方八方と上下から声が反響し、まるで十方世界が請願の声で満たされたように感じられる。

タスケタマエ、タスケタマエ、タスケタマエ……。

すでにかなり時間が経っている。疲れ果てているはずだが、浄念の声にはいささかの衰えもない。物狂いのような昂揚が全身にみなぎっている。長老たちの合唱も絶叫に近くなっている。烈しく交錯する声の響きが、土蔵の上方の闇の中で、激流のように渦巻いている。

土蔵の奥まったところに簡素な祭壇が設けられていた。善鸞はその上に立って合図を送った。白装束の長老たちは左右に分かれて列を作り、念仏を唱え続けている。その中の二人ほどが、新参者を迎えに行った。

部屋の隅にいた浄念が左右から抱えられるようにして祭壇の前に引き出された。

善鸞がその前に立つ。

浄念はまだ叫び続けている。

「よろしい。そこまでだ」

善鸞が声をかけても耳に入らなかったようで、浄念は叫びを止めなかった。浄念の手を取った。それでも叫びは止まらない。善鸞は一歩前に進み出て、浄念の体を強く抱きしめた。

浄念の耳もとに口を寄せて、ささやきかけた。

「祈りを止めなさい。そなたは救われたのだ」

助け給えという叫びが、不意に途絶えた。

長老たちの念仏の声も消えている。土蔵の中を凍てついたような静寂が満たしている。

善鸞は厳かに言い渡した。

「秘儀は終わりました。そなたの請願は仏に届いたのです。阿弥陀仏の思し召しによって、そなたはいま十方世界に満ちた無碍光に浸されております。そなたはすでに菩薩の境地に到達しました。目を開けてこちらをご覧なさい」

善鸞はまだ浄念の体を抱きしめたままだった。

体を離した。

浄念が目を見開いていた。白い頭巾で覆われているためこちらの顔は見えないはずだ。

善鸞がささやきかけた。

「これが大輪の花です」

浄念はまだ目を見開いたまま、表情を硬ばらせていた。起こった事態が呑み込めていないようすだった。

善鸞はささやきを続けた。

「すべてが成就したのです。あなたはいま阿弥陀仏の無碍光に浸され、阿弥陀仏の懐に抱かれ、阿弥陀仏と一体になりました。あなたは菩薩となり、善知識となったのです」

その言葉の意味がようやく届いたようだ。浄念はにわかに表情を崩して涙をこぼし、身を乗り出すようにして善鸞の膝に倒れ込んだ。善鸞はその上からかぶさるようにして、浄念の体を再び強く抱きしめた。

それから身を離し、浄念の腕を取って、相手の上体を起こした。息のかかるほどの間近に浄念の顔があった。その顔は陶然としてまだ夢の中にいるようだった。

善鸞は改まった口調で声をかけた。まだ頭巾をかぶったままで顔は見せていない。

「わたくしは本日の秘儀の導師を務めております善知識でございます。左右に並んでおられる方々は善知識の長老がたです。本日ただいまから、あなたも長老の一人に数えられることになります。わたくしたちは誰もが阿弥陀仏と一つにつながった同胞です。本日はたまたまわたくしが導師を務めましたが、この中のどなたが導師を務められても、同じ儀式が執り行われます。あなたを含めてすべての同胞が等しい立場の善知識となりました。これが秘事の法門です。お近づきのしるしに、皆で念仏を唱えましょう」

善鸞は低い声で称名念仏を唱え始めた。

その場にいる全員が唱和した。

南無阿弥陀仏、南無阿弥陀仏、南無阿弥陀仏……。

念仏の声が一つの響きとなって土蔵の上方の闇の中に融け込み、やがては十方世界に拡散していった。

その後、全員で酒を飲み、それぞれの体を浄めた。

酒を飲むために全員が頭巾をとって杯を口に運んだ。照明が暗いのでそれぞれの顔立ちまでは判別できない。声も聞こえない。だがこうして酒を飲んでいれば、信楽の寺に集まっている仲間たちだということはわかったはずだ。

善鸞が低い声で発言した。

「本日ここで起こったことは、すべてが秘儀でございます。けっして余人には伝えぬようにお願いいたします。本日の新参者はすでに善知識となり長老の一人となりました。今後もこのような秘儀を続けて、同胞の善知識を増やしていくことになりますが、必ず秘密を守れるものを厳選する必要がございますので、誰でも勧誘してよいというものではありません。そもそもこれは秘密の講でありますから、このような講があることも、誰にも知られてはならぬのです。それでも一人、また二人と、善知識を増やしていくことができれば、この秘儀が後の世に伝わっていきます。専修念仏の真の信心が末永く人から人へ伝えられることでございましょう。それこそが阿弥陀仏の思し召しでございます」

善鸞の声がしだいに高まっていく。

「皆さまは明日から以後も、ふだんどおりの暮らしを続けていただきますようにお願いいたします。皆さまはすでに浄土道ですれ違うことがあったとしても、けっして目配せなどなさいませぬように。皆さまはすでに浄土真宗の門徒でありますから、表向きの門徒の集まりにはこれまでどおりご参加ください。次の秘儀については、また改めてお伝えしますが、この土蔵での酒宴はこれまでどおり続けていきたいと思うております。ただ秘儀については、秘密を守っていただきますように重ねてお願い申し上げます」

あとは静かに酒を酌み交わし、そのまま一人、また一人と帰途についた。

善鸞も浄念を伴って、笠間に向かった。

土蔵を出る時、善鸞は浄念にささやきかけた。

「今夜はわたしが提灯を持つことにしましょう」

「もったいないことでございます。わたくしが……」

提灯を持とうとして手を伸ばした浄念を、善鸞が遮った。

「また明日からは、師と門弟ということでよろしいのですが、今夜のうちは、対等の善知識でございます。わたしが師であることはお忘れください。誰もが阿弥陀仏の無碍光に包まれた同胞であり、後の世に秘儀を伝える同行の仲間なのです」

善鸞は提灯をかざして、先に立って歩き始めた。


何ごともない日々が続いた。

笠間の道場には門弟となった周辺の武者や農民たちが集まってきた。側近の浄念が訪問者の相手をしてくれた。良安（りょうあん）が指導する施薬院も、若い門弟たちが手伝いをするようになって、施設は拡大し、多くの病人が押しかけていた。

笠間城主の笠間時朝（ときとも）は亡くなって、二代目の笠間景朝（かげとも）が跡を継いでいる。

初代の時朝は広く仏教全体を支援していたが、善鸞が忍性の活動を真似て笠間に施薬院を設けたことを高く評価してくれた。

忍性が鎌倉に進出したので、善鸞の施薬院は常陸のあたりでは最大の医療施設になっていた。二代目の笠間景朝も変わらずに支援してくれている。

施薬院の活動が、善鸞の浄土真宗の支えとなっていた。

従って、善鸞の門弟で最も活躍しているのは良安のはずだが、その良安がこのところ、浮かぬ顔をしていた。

気になったので声をかけた。

「良安どの。どうされたのですか。ご気分がよくないようにお見受けしましたが」

良安は小さく息をついた。

「このところ気分が塞ぎ込んでおります。煩悩に取り憑かれておるようでして」

「いかなる煩悩ですか。言うてみなさい」

「それが……。自分でもよくわからないのです。忍性どののもとで働いていた時にも、こういう気分になったことがございます。もう長い間、すっかり忘れておった気分の落ち込みでして……」

「忍性どののところでも、施薬院で働いておったのでしょう」

「いまとなっては遠い昔のようでございます。わたくしは若者でしたので、先のことは何も考えてはいなかったのですが、それでもこの身を何かに役立てたいとは強く願っておりました。忍性どののところにおれば、世のため人のために少しでも役に立つことができておるという気がしておったのですが……」

そう言って良安は遠くを見るような目つきになった。

忍性のもとを離れ、善鸞の草庵を訪ねて弟子にしてくれと懇願した良安は、三村山では心の充実を感じていなかったのだろう。それでは笠間に来て、良安の心は充たされていたのだろうか。

そんな良安の心の内については、気に懸かってはいたものの、問いかけてみることはなかった。

善鸞は相手の顔を見据えて尋ねた。

「あなたは三村山からこちらに移られたわけですが、ここでは心が充たされておったのですか」

良安は生真面目な顔つきになって言った。

「わたくしは善鸞聖人のお人柄を信じておりました。こちらでは実際に薬草を煎じたものを紙に染み込ませて患者に与えています。梵字を書いただけのただの呪いではありません。わたくしの薬草についての知識が活かされておりますので、ここで働かせていただくことに生き甲斐を感じておりました。専修念仏についても、聖人から教えをいただいて、それなりに勉学したつもりではいたのですが、安心安堵して菩薩の境地に到達するというのは、わたくしには遠く及ばぬことだと感じておりました。それでもよいと、わたくしは思っておったのですが……」

そこまで話して、良安はにわかに不安げな顔つきになった。

「このところ浄念さまのことが気に懸かって仕方がないのです。浄念さまはここでは先輩の法兄でありますが、浄念さまとわたくしとが、聖人の側近として重用されておるとわたくしは考え、そのことを誇りに思うておりました。わたくしは薬草の知識がありましたので、この笠間では薬草園の開設に携わり、施薬院でも若者たちを指導してきました。それなりにお役に立っておるつもりでいたのですが、専修念仏については知識が浅く、浄土三部経などを読み解くことにおいては、浄念さまには及ばぬと思うております。それでもなお、浄念さまとわたくしとは同格の側近であると自負いたしておりました。ところがこのところ、浄念さまのようすが変わりました。何やらもの静かな感じになり、落ち着きというか、風格のようなものが漂っておるようで、これはもしや浄念さまは菩薩の境地になられたのかと、驚くと同時に、正直のところを申し上げれば、羨ましいとも感じております。わたくしはそういう自分が情けなく、またなぜわたくしは浄念さまのようになれぬのかと、悔しい思いもいたしております」

善鸞は微笑を浮かべながら、良安の手を取った。相手の手を自分の掌で包み込み、励ますように軽く揺すってから、手を離した。

「人のようすを見て、羨ましがったり、悔しがったりするのは、まさに煩悩ですね。菩薩の境地には遠く及ばぬと申すしかありません。しかしその煩悩の元になっておるのは、あなたがわたしのために尽くしたいと思う誠実な気持でしょうし、それは阿弥陀仏への報謝の気持があるからだと思います。阿弥陀さまはあなたのそのお気持をご存じで、すでにあなたは仏の思し召しによって、菩薩の境地に到達しているのですよ。あなたがそのことに気づいていないだけなのです」

良安の顔にわずかな安堵の表情がうかんだ。それでもまだ疑念が拭えないような、不安げなようすが見てとれた。

善鸞は言葉を続けた。

「あなたの働きはよく承知しております。無心に世のため人のために尽くしておられる姿は、すでに菩薩の境地と言うてよいでしょう。浄念とあなたとを比べて、どちらがより近しい側近かといったことは、わたしは考えたこともありません。二人ともよく尽くしていただいております。ただ申し訳ないことですが、あなたに秘密にしておったことがあります。わたしは密かに秘事の法門という一種の講のようなものを始めました。主に新堤周辺の親しい方々にご協力いただいて、秘密の儀式の手順をお伝えし、試みに浄念を新参者として、儀式に参加させたのです。あなたから見て、浄念が菩薩のように感じられるとしたら、その試みが成就したのでしょう」

そこで語調を変えて、善鸞は声を高めた。

「良安どの。次はあなたの番です。わたしどもの秘儀に参加していただけますか」

「ああ、まことでございますか。その儀式に加われば、わたくしは菩薩になれるのでございますか」

良安は泣き声にも似た歓喜の声を洩らした。

浄念、良安に続いて、何人かの門弟が秘事の法門を経て、講の仲間に加わった。

のちにはそこに加わったものたちが新たな地域に出向いて独立し、この儀式を各地に伝えることになる。

それは秘密の儀式だ。儀式を設定して善知識の導師となったもの、長老として儀式を見守ったもの、新参者として参加し、善知識の一人となって儀式を設定する側に回ったものなど、この儀式に関わったすべての人々が、そこであったこと、見聞きしたことを、けっして余人に話さないということを鉄則としている。

従って、そこで何が起こったかは余人には伝えられず、世の中に知られることもない。

一般の宗派のように、表立って布教活動をするわけではない。まして日蓮のように相手を折伏して門徒に加えるなどということはありえない。一切の表立った布教をしないため、そのような集まりや密かな伝統があることさえ、誰にも知られることはない。

いまこの国は異国の民に征服されるかもしれぬという未曾有の危機に瀕している。これから先、何が起こるかわからないが、たとえ外敵を撃退することができたとしても、この国では内戦が続いていくことだろう。国の支配者が変われば、奨励される宗教も変わっていく。専修念仏が弾圧される日が来るかもしれない。だがどんなことがあろうと、この秘事の法門は後の世に伝えられるはずだ……。

そのような思いで始められたこの秘密の講は、土蔵の法門、夜中の法門、あるいは御内証などと呼ばれて各地に伝えられ、数百年後まで存続していくことになる。

浄念は善鸞のもとを離れ、相模の飯山という地に拠点となる寺を開いた。

相模川に合流する支流の小鮎川という渓流を西方に遡ったところが飯山だ。

南北を山地に囲まれた谷間にわずかに開けた平地に寺域が広がっていた。

始めは小さな地蔵堂があるだけの場所だったようだ。その小さな堂で雨露を凌ぎながら、浄念は相模川の流域に足を運び、専修念仏の布教に務めた。

相模川を下れば河口に出る。そこから海岸沿いを東進すれば、江ノ島、腰越、七里ケ浜、稲村ケ崎を経て、鎌倉大仏に到る。

そのあたりは浄土宗を信心する念仏衆が多い地域だ。法然が興した専修念仏は孫弟子に伝わる過程で、戒律を守り座禅を組む雑行も認めた諸行本願義という教えに変節した。

諸行本願義を伝える然阿の良忠の教えは下総あたりでも弘まりを見せていたが、新善光寺の道阿の念空が率いる念仏衆は、忍性の真言律宗に組み込まれた。しかし念仏衆の中にはそのことに不満をもつものも少なくなかった。

とくに鎌倉から離れた相模の内陸部の念仏衆は、戒律の厳しい真言律宗を嫌い、浄念のもとに集まってきた。

純朴な浄念の人柄と、誠実な語りぶりが、多くの人々の胸を打ったものと思われる。

寄進が集まり、立派な本堂や宿坊も整備された。荒れ地を整備して寺域を増大させ、墓地とする土地も確保した。

寺の名称は新堤の信楽の寺にちなんで弘徳寺ということにした。

浄念の活躍は善鸞の耳にも届いていた。笠間に訪ねてきた浄念から話を聞き、誘いも受けていたのだが、その寺に出向いたことはなかった。

すでに高齢となっている善鸞は、徒歩による旅が負担になっていた。

しかし浄念の方は、頻繁に笠間にやってくる。

「寺域の中に小さな塚を築きました」

いつもは穏やかな浄念が、自慢げに声を高めた。

「そこに登ると目の前の小鮎川が相模川に合流するところが手に取るように見えるだけでなく、相模川の河口の先に相模の海が広がっているところまでが一望のもとに見渡せるのですよ。江ノ島も見えますし、ひょっとしたら大仏まで見えるのではと思うほどです」

珍しく冗談を言う浄念のようすに、善鸞も心が軽くなる気がした。

「そうすると忍性の極楽寺のあたりも見えるかもしれませんね」

そう言って善鸞は笑い声を立てた。

東国においては、さまざまな宗派の教えが弘められ、鎬を削っていることは確かだが、造悪無碍というような過激な考え方はすでに修正されている。相手を折伏するために諍論を挑む日蓮宗は別として、多くの宗派は互いを認め合っているように思われる。

善鸞の教えも、飲酒を認めるものの暴力は許さないという穏やかな戒律を設定し、病人救済という律宗の長所も採り入れ、現実に対応した宗門として活動していた。

ただし、それは表向きの活動だ。

それとは別に、秘密の講を実施している。

これは日蓮宗のような過激なものではないし、講の参加者を増やすことを目的としたものでもない。仏の教えの神髄を求めるごく限られた人々の間にだけに密かに伝えられる教えを、百年後、二百年後、あるいは未来永劫まで続けようという試みだ。

秘密が守られている限り、他の宗派と衝突することはありえない。幕府や朝廷から弾圧されることもない。

それは親鸞の教えからは逸脱した試みかもしれない。しかしもとはと言えば、善鸞自身が父の親鸞から受けた、父から子への秘儀のごときものから始まったものだ。従って善鸞はこの秘事の法門を、親鸞から伝えられた正統な教えだと思っている。

その教えを、自分の息子の如信には伝えていない。

如信はあまりに父に近すぎる。

如信は親鸞の教えに疑いを差し挟むことがない。如信と比べれば、自分が伝えている秘儀は、異端と言うべきだろう。

いまでは善鸞が伝えた秘儀は、下野（しもつけ）の方にも伝えられている。高田門徒の中にも講への参加を望むものがいて、そこから秘密が洩れるのではないかという懸念もあり、実際に御内証と呼ばれる秘密の講があることが噂として広がってもいるらしい。

高田門徒は警戒して、秘密めかした集まりにはけっして近づかないようにと、門徒たちに厳重に言い渡していると聞いた。秘密の集まりで得られる安心安堵は、親鸞の教えからは大きく外れたもので、異安心（いあんじん）と呼ばれているようだ。

善鸞は自分の人生を振り返る年齢になっている。

父の命（めい）を帯びて東国に下向した。

義絶という思いがけない事態にも遭遇したが、自分なりに使命を果たしたという思いがある。

善鸞は高齢となった自分の寿命のことを考えるようになっていた。

「相模のあなたの寺は温暖なところですか」

そんなことを浄念に尋ねてみた。

浄念は大きく頷いた。

「わたくしの寺は谷間（たにあい）にありますが、南側の山地は低くて、陽当たりは充分です。相模は南に海があります。夏は涼しい海風が吹きますし、冬も常陸よりはずっと暖かいですよ」

常陸は温暖な地だと妻から聞いていたのだが、実際に暮らしてみると、冬の寒さは身に応えた。浄念が自慢げに語る相模のその地に、心が動いた。

「ならば一度、行ってみましょうか」

「ぜひおいでください」

浄念は嬉しげに言った。

東国に下向して笠間を本拠としたあとは、布教のために出向くのはその周辺の限られた地域と決めていた。性信の横曾根門徒、順信(じゅんしん)の鹿島門徒、顕智の高田門徒など、親鸞面授の門弟が開いた宗派とは争わないようにしていた。

父が本拠とした稲田(いなだ)、妻の故郷の小鶴(こづる)、それに笠間時朝の支援で草庵を開いた笠間のあたりに親しみを覚えていた。

このままこの土地で一生を終えるものと思っていた。

だが高齢となった善鸞は、父の親鸞が六十歳を過ぎて帰洛したように、この地での活動から引退してもいいと思うようになっていた。

浄念は声を高めて語り続けた。

「寺の前を流れている小鮎川を遡っていった山の中に、よい湧き水があるのですよ。温泉ではないのですが、温めて湯浴みをすると薬効があるそうです。そのあたりには門徒もおりますので、湯治をしながらのんびり寛(くつろ)がれるのもよいのではないですか」

話を聞いてさらに心が動いた。

笠間の道場はすでに良安に管理を任せてある。若い門弟も育っていた。

翌年の春になったら、改めて浄念が迎えに来ることになった。

穏やかな陽光が川沿いの道を照らしていた。

相模川を越え、支流の中津川（なかつがわ）を渡って、すぐ先の小鮎川という渓流の北岸を遡っていく。北にも南にもなだらかな丘陵地があった。

やがて浄念の寺に到着した。

新しい寺なので、まだ木の香が周囲に漂っている。

本堂の少し先に、緑に覆われた小さな丘のようなものがあった。それが浄念が土を盛って造らせた塚だった。新たに築いたものだがたちまち緑に覆われたということだ。

宿坊となる小坊に案内され、旅装を解いた。

背に負っていた笈（おい）から、巻かれた名号（みょうごう）を取り出し、部屋の壁に掛ける。

帰命尽十方無碍光如来（きみょうじんじっぽうむげこうにょらい）。

父から賜った直筆の十字の名号だ。

京を出た時から必ず笈の中に収納していた。笠間の道場に掛けていたこともあったが、自分の筆で六字の名号を認（したた）めたものを本尊とし、この名号は大事に保管していた。

名号に向かって頭を下げ、念仏を唱えた。

しばらく休憩してから、浄念の案内で寺域を回った。

草が生えた荒れ地のようなところもあったが、そこも寺域として寄進を受けたのだという。その一部は、笠間でも見慣れた薬草園として整備されていた。

「良安どののご指導で種や球根を植え、薬草を育てております。いずれここに施薬院を建てるつもりです。協力してくれそうな近在の若者にも声をかけてあります」

浄念はとくに自慢するようすもなく淡々と語った。ここに到るまで苦労もあったのだろうが、いまは先のことしか考えていないようだ。

「このあたりの人々は、念仏というものを、どのように受け止めているのですか」

善鸞の問いに、浄念は微笑をうかべた。

「大仏のある鎌倉が近いので、浄土の教えは弘まっております。ただ戒律をしっかり守るようにと教えられているようで、専修念仏ということを伝えると始めは途惑うようですが、酒は飲んでもよいが酔って暴れないように、といったことをお伝えすると、賛同して門徒になっていただけることも多く、このところ寄進が増えています。新善光寺の念仏衆が律宗と合併したので、戒律が堅苦しくなり、かえってわたくしたちの専修念仏が受け容れられることになったのでしょう」

浄念の声は抑え気味ではあったが、その語りように揺るぎのない自信が感じられた。

本堂に案内された。

近在の小領主が寄進してくれたという小さな阿弥陀仏が安置されていた。その脇には石造りの地蔵菩薩があった。これはもとからこの地にあったものだという。

この本堂の造りや仏像に接すれば、確かに浄念が多くの門徒に支持されていることが見てとれた。もともと念仏が弘まっていた地域だ。

造悪無碍にならない程度に戒律を緩めるということも、生真面目な人柄の浄念が語ると、人々の胸の奥まで染みていったのかもしれない。

性信の横曾根の寺で門徒たちに語りかけ、その直後に信楽に声をかけられて新堤の寺に出向いた。そこで浄念と会ったのが最初の出会いだった。

その夜、浄念が手にした提灯の灯りだけで笠間まで戻ったのが、つい昨日のことだった気がする。

浄念がこの地で、土蔵の法門を伝授しているのか、善鸞は知らない。訊くこともなかった。

秘儀であるからその講の参加者だけが知っていることだ。自分の門弟であっても、秘儀に関することは訊くべきではないと善鸞は思っている。

夕刻になっていた。

本堂の外に出てみると、西に傾いた陽が、前方の山地の稜線に近づいていた。

空が赤く染まっている。

浄念に誘われて、塚に登った。

相模川の川面がきらきらと光っている。その向こうの丘陵も西に傾いた陽差しを受けて、輝きを放っている。

さすがに海までは見渡せないだろうと思っていたのだが、浄念が指で示す方向に目を凝らすと、それらしき光の反射が見えるようにも思われた。

あるいは尽十方無碍光如来が発散する無量光が、いま善鸞の全身を包み込んでいるのかもしれない。

あらゆるものが光り輝いている。

自分はこの光の中で死んでいくのだろう……。

唐突に、そんなことを思った。

塚を下りて宿坊に向かいながら、善鸞は浄念にささやきかけた。

「ここはよいところですね。しばらくこの地に滞在したいと思います」

「そのようにお願いできればと思い、宿坊をご用意したのです」

しっかりとした口調で浄念は応えた。

善鸞は静かに息をついた。

「もしかしたらここがわたしの終焉(しゅうえん)の地になるかもしれないですね。もしそうなったら、この寺のどこかに葬ってください」

「そう思って、あの塚を築いたのです」

「あれがわたしの墓ですか。それはまた用意のよいことですね」

そう言って善鸞は声を立てて笑った。

終章　覚如

浄土真宗の第三世と称される覚如は親鸞の曾孫にあたる。

父親の覚恵は親鸞の末娘覚信尼の長男だ。

覚恵と同様、幼いころから天台の教えを学んだが、父のように比叡山に入ったわけではない。

覚如は文永七年（一二七〇年）の生まれ。三歳の時に祖母の覚信尼を亡くし、翌年には母親を亡くした。

幼名を光仙という。

幼いころは乳母の手で育てられたが、四歳の時に近所に住む澄海という僧から天台教学を学んだ。

その後、何人もの高名な僧の教えを受けることになったが、僧たちの間で覚如の奪い合いが生じた。

覚如の才が擢んでていたということもあるが、それ以上に、類稀な美童として、光仙の噂は京の周辺から奈良にまで広まっていたようだ。

十七歳の時にようやく得度受戒して、覚如房宗昭となる。

長く奈良の興福寺にいたので、法相、三論などを学んでいた。

親鸞の墓所は覚信尼が再婚した小野宮禅念の邸宅の跡地に建てられた。そこが親鸞が法然から教えを受けた吉水草庵に近かったからだ。

　墓所はのちに大谷廟堂と呼ばれ、親鸞面授の門弟たちの支援を受けて増築し、覚信尼が留守職を務めていた。

　覚信尼の没後、長男の覚恵が留守職を継承していたが、土地が小野宮禅念のものであったことから、覚信尼が再婚後に産んだ唯善との間に紛争が生じることになるのだが、覚如が出家したころにはまだ紛争は起こっていない。

　親鸞の命日には毎年、東国から如信が駆けつけて法要に加わっていた。この法要はのちに報恩講と呼ばれることになる。

　出家した翌年の命日に、覚如は報恩講に参列し、如信と会った。

　如信は幼少のころから祖父親鸞の手元で育てられ、専修念仏の教えを受けた。天台、法相、三論を学んでいた覚如は、この時になって初めて、専修念仏の教えを聞き、親鸞の偉大さを知ることになる。

　覚如は如信の弟子になり、のちには報恩講に参列した河和田の唯円からも親鸞の逸話を聞いた。

　覚如は浄土真宗の復興を決意し、廟堂を本願寺として新たに宗門を興すことになる。親鸞を一世、如信を二世とし、自らは本願寺三世と名乗った。

　覚如には如信から聞いた話をまとめた口伝鈔などの自著があり、その生涯については、子息の慈俊が編纂した慕帰絵詞や弟子の乗専が著した最須敬重絵詞などで詳述されている。以下はそれらの史料をもとにした挿話だ。

　覚如は二十一歳の時に、父の覚恵とともに親鸞所縁の地を巡る旅に出た。

　相模の大磯に近い余綾という地で覚如は高熱を発して身動きがとれなくなった。京を発つ前に如信から、相模の寺にいるので訪ねるようにと指示されていた。宿のものに弘徳寺という寺の名を告げると、近在に門徒がいると教えてくれたので、頼んで如信宛の書状を届けてもらった。

すぐに見舞いに来てくれたのだが、思いがけず如信には父親の善鸞(ぜんらん)が同伴していた。

善鸞の名は聞いていた。

親鸞の自筆の名号(みょうごう)を大事にしてつねに身近に置いているといった話には好感をもったが、義絶された話や、夜中(よなか)の法門(ほうもん)と呼ばれる怪しい秘儀を伝えているとか、真言律宗に近づき親鸞の教えからは大きく逸脱しているといったことを聞かされていたので、警戒する気持になっていた。

善鸞は九十歳に近い高齢だが矍鑠(かくしゃく)としていて、覚如から見ると尊大な人物と感じられた。

寝込んだまま身を震わせている覚如の姿を見るなり、議論の余地はないといったふうに善鸞は断定した。

「これは風瘧(ふうぎゃく)ですね。温病(うんびょう)の一種です」

風瘧も温病も高熱を発する風邪の類だ。

「護符を差し上げましょう」

善鸞は懐から紙片を差し出した。

キリクという阿弥陀仏の種字(しゅじ)が書かれている。

覚如は警戒心を解かずに、寝床の中からかすれた声を絞り出した。

「お気づかいは無用でございます。わたくしは若く頑健でございますので、さような呪(まじな)いに頼らずとも、じきに快復いたします」

善鸞は声を高めた。

「ただの呪いではありません。この紙には薬効があるのですよ。丸めて服されるようにお願いします」

横合いから如信も助言をした。

「この紙は効くのですよ。弘徳寺には施薬院が設置されていて、病がすぐに治ると評判です。そのおかげで門徒も増えているのです」

　如信は覚如の師であるから拒絶できない。覚如は紙片を受け取って丸め、飲むふりをしたが、実際は服用せずにそのまま掌の中に握り締めていた。

　善鸞はそのことに気づいたようすだったが、何事もなかったように語り始めた。

「わたしはもう隠居の身でございましてね。門弟の浄念の寺に厄介になっておりましたが、浄念が設置した施薬院が評判になりまして、師であるわたしに幕府からお呼びがかかりました。いまでは執権北条貞時さまの側近のような立場になっております。真言律宗の忍性は雨乞い祈願の勝負で日蓮に負けて評判を落とし、やがては失脚しました。勝負に勝った日蓮も佐渡に流罪となりました。その後、蒙古の襲来で他国侵逼難の予言が的中し鎌倉に呼び戻されたのですが、国の柱になると大言壮語して始めた呪法で蒙古の襲来を阻止できず、しばらく身延山にこもったあと、武蔵国の池上という地で没したそうです」

　淡々と語っているようだが、結局は自らの業績を自慢していると覚如は感じ、善鸞に対する不信感は拭えなかった。

　ただ年齢から来る落ち着きと自信たっぷりの物言いには圧倒される思いがした。

「わたしはその昔、得宗の北条時頼どのと問答をしたことがあります。なかなかの切れ者と思うたのですが、惜しいことに若くして亡くなられた。ご子息の時宗さまは見事に蒙古を撃退されましたが、やはり早世されてしまった。いまの執権の貞時さまは十三歳で幕府を任されたそうです。わたしが呼ばれたのは、信頼できる助言者が必要だと思われたからでしょうね。そういえば貞時さまと覚如どのは、同じくらいの年齢ですね」

そう言って善鸞は覚如の顔を見つめた。

「若いお方は羨ましい」

善鸞はつぶやいて、わずかに溜め息をついた。

それから覚如の顔を見据えて言った。

「あなたのことは、如信から聞いています」

善鸞はいきなり上体を傾けて顔を寄せ、覚如にささやきかけた。

「あなたが親鸞聖人の教えを後の世に伝えてくださるのですね」

善鸞は手を伸ばして覚如の額に触れた。

「まだ熱がありますね。されどもすぐに楽になりますよ。護符は飲み込まずとも、手に触れただけで効能があるのです」

さらに手を伸ばして、掛け布団の中に手を入れ、護符を握っている覚如の掌をその上から包み込むように握り締めた。

「あなたに会いたいと思うておりました」

善鸞はさらに上体を傾けた。

仰向けになった覚如の体に覆い被さるような姿勢になった。

覚如の耳もとで、ささやきが聞こえた。

「父からわたしに伝えられた秘密の教えがあります。それは言葉にならない教えです。こうして手で触れていれば、あなたに伝わっていきます。血を分け合うたものにのみ伝わる秘密の教えです」

覚如の手を握った相手の手に力がこめられた。

確かに温もりをもった何かが手から手へ、伝わってくる気がした。

数日、余綾の宿で過ごすうちに、熱は収まり、体力も回復した。

覚恵と覚如は海岸沿いの道を鎌倉に向かった。

稲村ヶ崎を経て、鎌倉大仏に到る。しばらくは大仏の偉容に見とれていた。

さらに海岸沿いを進み、鶴岡八幡宮から真っ直ぐに延びている若宮大路の、最も海岸に近い一の鳥居の前に出た。京に住んでいる二人にとっては、幅の広い道路は珍しくないが、大路の先に海が広がっている眺めに目を瞠った。

五十年以上も前のことだが、親鸞は一切経校合の催しで鎌倉に招かれている。従って鶴岡八幡宮や幕府の御所なども親鸞所縁の地で、実際に目の当たりにしておきたかった。二人は若宮大路を八幡宮に向かって進んでいった。

すると前方に人だかりのようなものが見えた。その人だかりは徐々にこちらに近づいてくる。両側の家屋の中からも人が飛び出してきた。

そのうちの一人に覚恵が尋ねた。

「あれは何ですか。何が始まるのですか」

相手は答えた。

「執権どのの御浜出ですよ。由比ヶ浜の先にある船着場の改修工事の視察を兼ねて、執権どのが浜に出向かれるのです」

言われて前方の遥か先を見渡すと、二百騎とも三百騎とも思われる騎馬武者の大行列が、ゆっくりこちらに向かって行進してくるようだ。見物人の多くはそちらに向かって駆けていくのだが、浜に出るのならばこのあたりを通るはずで、道の両側に座り込んで行列が来るのを待ち受けるものもいる。

いずれにしても大群衆がいて先の方には進めない。覚恵と覚如もその場で行列が通り過ぎるのを待つことにした。

行列が近づいてくると二人の周囲も行進を見物する人でひしめきあうほどになった。

やがて先頭の騎馬武者の姿が目の前に見え、二人の前を通り過ぎていく。

周囲の人々が騒ぎ始めた。

警護の兵たちの後ろに、執権北条貞時の姿が見えた。

ひときわ美麗な衣服を身に着けた若者の姿に、沿道の人々は思わず頭を下げた。

「あれは……」

覚如のかたわらで父の覚恵が呻（うめ）くような声を洩らした。

貞時のすぐ後ろに、僧尼の一団が騎馬で続いていた。その僧尼の先頭にいるのが、数日前に会ったばかりの善鸞だった。

純白の僧衣に身を包み黒地に金の文様の袈裟（けさ）を着けた善鸞の首から背にかけて、白い紙のようなものが下がっていた。

よく見るとそこには墨で文字が記されていた。

「十字の名号ですね」

覚如も声をあげた。

おそらくそれは親鸞が認（したた）めた十字の名号なのだろう。

帰命尽十方無碍光如来（きみょうじんじっぽうむげこうにょらい）。

午後の陽差しを浴びた善鸞の姿は、まるで十方世界を覆い尽くす無量の光に包まれたように、まばゆいほどの輝きを放っていた。

「念仏を唱えておられる……」

覚如は低い声でつぶやいた。

善鸞は片方の手で手綱を取りながら、もう一方の手に念珠（ねんじゅ）を持ち、いっしんに唇を動かしていた。

声は聞こえないが、馬上にあってもひたすら念仏を唱えているように見えた。

覚如は思わず自らも念仏を唱え始めた。

たちまち善鸞の姿は覚如の前を通り過ぎ、由比ヶ浜の方に去っていった。さらに何十騎もの騎馬武者たちがあとに続いていく。

すでに善鸞の姿は見えなくなっていた。

目の前に光に満ちた広大な海が広がっている。

覚如は善鸞の去った方向に目をやったまま、いつまでも念仏を唱え続けていた。

あとがき

善鸞(ぜんらん)についての史料は少ない。相模(さがみ)の寺に墓があることは確かだが、その人生の足跡を辿るのは難しい。

義絶状などの親鸞の書状は残されている。しかし親子の縁を切られた善鸞の人物像はそれだけでは見えてこない。善鸞を主人公にした作品を書くというのは、無謀な試みであり、不可能なことへの挑戦のように思えた。

すでに発刊された拙作『親鸞(しんらん)』の中にも善鸞は登場する。担当編集者の高木有さんから、次は善鸞を書くようにと提案されたのだが、聞かなかったことにして他の作品を書いた。そうしていくつかの作品を高木さんに読んでいただき、作品社から本も出していただいたのだが、結局のところ、善鸞を書くことになった。

最初の二章を書くのに長い時間が必要だった。『親鸞』で書いたことを善鸞の側から描き直すだけの作業と思えたのだが、善鸞のイメージが固まっていないので書きように窮することが多かった。

それでも二つの章を書き終え、主人公が東国に下向してからは、一気に筆が進んだ。同時代に叡尊、忍性、日蓮がいる。また親鸞面授の門弟として、性信、真仏、顕智、信楽らがいる。こうした人物を配置して、対話劇として話が進み始めると、作品はひとりでに不思議な領域に入り込んでいった。

歴史的な人物が登場するけれども、これは私的な文学作品であり、史実そのままを描いたものではない。ただ書いた本人としては動かしがたい真実を描いたような手応えを感じている。

髙木有さんの慫慂(しょうよう)によって書き始めたこの作品が、このようなかたちで世に出ることを喜びたい。

参考文献

『親鸞』石田瑞麿責任編集（中央公論社「日本の名著」）
『親鸞』赤松俊秀（吉川弘文館「人物叢書」）
『親鸞』平松令三（吉川弘文館「歴史文化ライブラリー」）
『親鸞』伊藤益（集英社新書）
『親鸞聖人』宮井義雄（春秋社）
『親鸞と如信』今井雅晴（自照社出版）
『親鸞の家族と門弟』今井雅晴（法蔵館）
『覚如』重松明久（吉川弘文館「人物叢書」）
『日蓮』佐々木馨編（吉川弘文館「日本の名僧」）
『叡尊・忍性』松尾剛次編（吉川弘文館「日本の名僧」）
『忍性の真実』理崎啓（哲山堂）
『執権時頼と廻国伝説』佐々木馨（吉川弘文館「歴史文化ライブラリー」）
『吾妻鏡の謎』奥富敬之（吉川弘文館「歴史文化ライブラリー」）
『鎌倉北条氏の興亡』奥富敬之（吉川弘文館「歴史文化ライブラリー」）
『善鸞事件をめぐる研究史』山田雅教（高田学会「高田学報」）
『秘事法門の思想的系譜』重松明久（金沢文庫研究）
『かくし念仏と通過儀礼』五来重（真宗研究）
『大谷本廟留守職考』多屋弘（大谷学報）
『善鸞の異義について』熊田順正（印度学仏教学研究）

参考文献

『近世の真宗信仰にかんする一考察』窪田高明（松本短期大学研究紀要）
『潜伏する仏教集団』クラーク・チルソン（南山宗教文化研究所報）
『親鸞』三田誠広（作品社）
『こころにとどく歎異抄』三田誠広（武蔵野大学出版会）

著者略歴

三田誠広（みた・まさひろ）

一九四八年、大阪生まれ。

早稲田大学文学部卒業。

七七年『僕って何』で芥川賞受賞。

著書＝『いちご同盟』『鹿の王』『釈迦と維摩』『桓武天皇』『空海』『日蓮』『親鸞』『尼将軍』『天海』『光と陰の紫式部』『新釈 罪と罰』『新釈白痴』『新釈 悪霊』『偉大な罪人の生涯』他多数。

善鸞（ぜんらん）

二〇二三年一〇月二〇日第一刷印刷
二〇二三年一〇月二五日第一刷発行

著者　三田誠広
装幀　小川惟久
発行者　青木誠也
発行所　株式会社作品社

〒一〇二-〇〇七二
東京都千代田区飯田橋二ノ七ノ四
電話　（〇三）三二六二-九七五三
FAX　（〇三）三二六二-九七五七
https://www.sakuhinsha.com
振替　〇〇一六〇-三-二七一八三

印刷・製本　中央精版印刷㈱
本文組版　㈲マーリンクレイン

落・乱丁本はお取り替え致します
定価はカバーに表示してあります

ISBN978-4-86793-000-7 C0093

三田誠広の本

親鸞

煩悩具足の凡夫・悪人に極楽往生を約束した日本仏教の革命児！書き下ろし長編歴史小説。生誕850年！

尼将軍

源頼朝の正妻にして頼家・実朝の母。頼朝没後は尼将軍として鎌倉幕府を実質差配した北条政子。承久の変では三上皇を隠岐などに配流した鋼鉄の女帝を描く、書き下ろし長篇歴史小説。

天海

比叡山焼き討ちから、三方ヶ原の戦い、本能寺の変、小牧長久手の戦い、関ヶ原の戦いと続く戦国乱世を一〇八歳まで生き抜き、江戸二六〇年の太平を構築した無双の傑物が辿る壮大な戦国絵巻。書き下ろし歴史長篇小説。

光と陰の紫式部

『源氏物語』に託された宿望！幼くして安倍晴明の弟子となり卓抜な能力を身に着けた香子＝紫式部。皇后彰子と呼応して親政の回復と荘園整理を目指し、権勢を極める藤原道長と繰り広げられる宿縁の確執。書き下ろし長篇小説。